Dello stesso autore

nella collezione Oscar

L'attore
La busta arancione
Le due città
L'Incendio
Le lettere da Capri
La Messa dei villeggianti
Lo smeraldo
La sposa americana
Vino al vino

nella collezione I Meridiani

Romanzi

Mario Soldati

EL PASEO DE GRACIA

Introduzione di Massimo Onofri

Nota al testo di Stefano Ghidinelli

OSCAR MONDADORI

I edizione Oscar scrittori moderni gennaio 2009

ISBN 978-88-04-58125-3

Questo volume è stato stampato
presso Mondadori Printing S.p.A.
Stabilimento NSM - Cles (TN)
Stampato in Italia. Printed in Italy

La pubblicazione nella collezione Oscar
delle opere di Mario Soldati
avviene sotto la supervisione di Bruno Falcetto.

Introduzione
di Massimo Onofri

Quando pubblica nel 1987 il suo ultimo romanzo, *El Paseo de Gracia*, Mario Soldati ha ottantun anni. È, in tutti i sensi, un personaggio che il grande pubblico riconosce e addita nelle fattezze d'un vecchio bellissimo e di successo, prepotente protagonista nei campi più diversi – letteratura, giornalismo, cinema, televisione –, leggendario fumatore di toscano, impareggiabile giocatore di carte, tifoso irredimibile della Juventus. Sui suoi romanzi e racconti hanno già detto la loro molti illustri amici – imperdibili le pagine di Montale, Bassani, Natalia Ginzburg, Bertolucci, Pasolini e Sciascia – e i più importanti critici militanti del secolo appena trascorso: da Borgese e Cecchi a Pampaloni e Cases, da Baldacci e Garboli a Raboni e Siciliano, per stare soltanto a chi ora non c'è più.

Eppure, a quell'altezza cronologica, colui che un giovane Sciascia definiva come il più grande narratore del Novecento è uno scrittore di fatto espulso dal canone corrente e dichiarato "in scadenza". Basta consultare i manuali e le storie letterarie in circolazione nella scuola di quegli anni, a partire dalle più accreditate, per rendersi conto che il nome di Soldati non compare quasi mai: dove il "quasi" s'aggiunge qui con mero valore cautelativo, per non essere costretti a dire "mai", non essendo di facile reperibilità una bibliografia vastissima e consegnata, spesso, a una distribuzione solo regionale.

Del resto: «*barbatus* da Ottocento» qual era – l'espressione è di Cesare Garboli in una *Nota* a *Salmace* del 1993 –, come poteva davvero interessare Soldati a coloro che, negli aggiornatissimi cantieri semiologici delle nostre università, quel canone s'apprestavano a istituire, nel segno del metaromanzo e dell'autonomia del significante, insomma di una teoria letteraria dogmatica? Senza dire, poi, del feroce schiacciamento sulla contemporaneità operato dalle nuove generazioni letterarie, disposte a retrocedere i loro interessi e le loro conoscenze, al massimo, da Tondelli a Calvino.

I tempi della consacrazione definitiva, cui seguirà un entusiasmo addirittura contagioso tra le ultime generazioni critiche, a dir la verità, non sono lontani, anche se allora inimmaginabili: il volume *Opere I. Racconti autobiografici*, a cura di Garboli, appare infatti nel 1991, innescando un processo di rilettura foriero di notevoli risultati e ancora in corso, fino alla nascita, negli anni più recenti, d'una filologia soldatiana – tra l'altro ricca di sorprese – che risponde ai nomi di Salvatore Silvano Nigro e di Bruno Falcetto.

Se le cose stanno così, non sorprenderà che al *Paseo de Gracia* venga riservata dagli addetti ai lavori un'accoglienza alquanto distratta: non per niente, nella *Bibliografia della critica* redatta per le *Opere I* e *II*, Garboli si limiterà a segnalare soltanto l'articolo di Manlio Cancogni, apparso sul «Giornale» del 5 luglio 1987. Un'accoglienza che andava ormai saldandosi a una convinzione che, negli anni seguenti, si sarebbe presto trasformata in un luogo comune stancamente ripetuto (senza più bisogno di nuove verifiche sui testi), e che verteva su un'immagine dell'ultimo Soldati quale copia sempre più impallidita e semplificata di quella, euforica e romanzesca, degli anni Cinquanta e Sessanta.

Chi volesse avere un'idea più circostanziata di quanto sto dicendo, potrebbe rileggersi le poche righe che, proprio nel 1987, Giuliano Manacorda dedicava a Soldati nella *Letteratura italiana d'oggi 1965-1985*, abbastanza rappresentative del giudizio diffuso negli ambienti della critica politicamente impegnata, d'estrazione non solo marxista. Cito:

> Anche Mario Soldati ha continuato a produrre con giovanile energia racconti e romanzi, dove un'indubbia maestria di nar-

ratore nato (e per questo trasferibile con fortuna anche sugli schermi televisivi) ha seguitato a convivere con qualche fretta letteraria. Sono nati così, da un lato, *I racconti del maresciallo* (Mondadori, 1967) e le *Novantanove novelle* (ivi, 1980), dall'altro i romanzi *L'attore* (ivi, 1970), *Lo smeraldo* (ivi, 1974) e *L'Incendio* (ivi, 1981) che nella sua estrema leggibilità riassume forse in modo esemplare pregi e limiti della narrativa soldatiana.

Ecco: «fretta letteraria» ed «estrema leggibilità». Che poi voleva dire, nella sostanza, la liquidazione d'un autore che, nonostante possedesse una «maestria di narratore nato», era però diventato uno scrittore d'intrattenimento, rovinato dalla sua stessa facilità di penna: uno scrittore che, negli anni, attratto da un successo facile e popolare, non aveva fatto altro che ripetersi e semplificarsi.

Curioso destino, questo di Soldati: e non dissimile da quello del suo amico e coetaneo Moravia. Entrambi interpretati, da certa critica, come epigoni di se stessi, se non addirittura disapprovati in nome dei loro prodigiosi precedenti. La domanda, a questo punto, s'impone: che romanzo è *El Paseo de Gracia*? Che cosa veramente vi si racconta? È davvero inevitabile leggerlo come la replica stanca – che so – delle indiavolate *Lettere da Capri* (1954)? O non si tratta piuttosto, come sono propenso a credere, d'un romanzo diverso, che, delle *Lettere da Capri*, potrebbe costituire addirittura la palinodia?

Andiamo con ordine. E cominciamo dalla vicenda, che si apre con un grido e poche parole: «Olga!... cara!... perché non rispondi?». A pronunciarle in sogno è Eugenio Crema-Donnini, ormai noto in California come Eugene Kramer, scenografo e costumista di fama mondiale. Olga, «la geometra» – il «casco lucido alla Louise Brooks», il «musetto sciocco e furbo», il «sorriso imbronciato»: così ci apparirà poi – era una dei suoi assistenti in Italia – fortemente caldeggiata da sua moglie Irma, antica amica di lei – prima che Kramer emigrasse in America. C'è solo un piccolo, inquietante particolare: Eugenio, dal trasferimento negli Stati Uniti, non l'ha più rivista. E poi: nel sogno Olga gioca a scacchi con Kramer – gioco di cui la donna ignorava, nella realtà, persino le regole – su una scacchiera con sei riquadri, invece che otto. Di più: la scacchiera, di vetro, manca completamente dei pezzi del colore bianco. Lo dico per inciso: per uno scrittore che s'è sempre divertito a farla in barba a Freud, deliberatamente orientato a utilizzare, con maggior profitto, il sistema cattolico del peccato, si tratta di cosa non da poco, su cui occorrerà tornare al momento opportuno.

Ma andiamo avanti. Come spesso accade – sull'importanza dei colpi di scena e degli incontri fortuiti in tutta l'opera soldatiana, ha scritto un bel saggio nel 1997 Stefano Verdino, *I romanzi gesuitici di Soldati* – è il Caso a mettere in moto la macchina narrativa: quando arriva, inaspettata, la telefonata di Peppino, vecchissimo amico e, soprattutto, spregiudicato produttore cinematografico degli anni Cinquanta. Cosa voglia Peppino da Eugenio, lo sapremo presto: intende coinvolgerlo, con l'ausilio d'un altro spregiudicato capitano d'industria, però televisivo, nella realizzazione di un kolossal biblico in trenta episodi ispirato al *Giudizio Universale* di Michelangelo, anche in vista d'un Giubileo, dato per sicuro, che tuttavia poi non si farà. L'impresa – condotta a buon fine, sì, ma con imprevedibili variazioni – porterà Eugenio prima a Roma, poi a Madrid e, infine, a Barcellona.

La storia, con quel sogno e quella telefonata, comincia nel dicembre 1986. Ma questo è soltanto, diciamo così, il presente narrativo: perché, quando Olga – non più «strano, straziante, silenzioso fantasma» – entra davvero in scena – primo combustibile della narrazione –, e cioè nella seconda parte di un romanzo che ne prevede cinque, l'attenzione si sposterà sul secondo dopoguerra, quando Eugenio, «con un lungo anticipo sul suo primo Oscar», è già «uno dei più quotati nella sua professione» – tra tutte «una delle più redditizie» –, condizione che gli consentirà di trasferirsi presto, con famiglia e studio, «in una delle zone più chic: via Gregoriana, un palazzo vicino a Trinità dei Monti».

Dove, in effetti, tutto avrà inizio. Olga, futura e furtiva amante di Eugenio, ha appena, e casualmente, incontrato per strada la sua vecchia compagna di scuola Irma: si può cominciare per davvero. Soldati ha finalmente individuato la sua preda: e non la mollerà più.

Parrebbe che ogni cosa congiuri in vista d'un esito che, per i frequentatori appassionati di Soldati, è consueto, con le sue note implicazioni sadomasochiste: almeno a partire dalle *Lettere da Capri*. Un triangolo erotico: là Harry, la moglie Jane e l'amante Dorothea; qua Eugenio, Irma e Olga. Una dicotomia psichica e sociale che oppone le due donne nel desiderio dimidiato del protagonista maschile. Come accadeva nelle *Lettere da Capri* tra Jane e Dorothea, tanto, nel *Paseo de Gracia*, separa Irma da Olga: la condizione sociale, la bellezza, l'intelligenza, laddove è Olga a occupare sempre il polo, non importa ora quanto dialettico, del negativo. Parimenti, per Eugenio la partita si giuoca per intero – come inizialmente per Harry – nella contrapposizione tra un amore idealizzato e una passione sconcia, morbosa, ineludibile e totale, ma proprio per questo temuta e sprezzata. Olga è sciatta e insignificante, stupida, piena di complessi d'inferiorità. Eppure, quando l'oscena passione s'accende, Eugenio non capisce più «di amare Irma di vero amore», mentre Olga assume le sembianze di «una divinità misteriosa e simbolica»: «Olga tremenda, Olga padrona assoluta, Olga Regina!». Eppure, consumati quei cinque minuti di «sfrenato piacere», annunciati come l'«approssimarsi di un rito sacro», Eugenio, ogni volta, «non avrebbe voluto vedere mai più Olga per tutta la vita».

Cosa ne dovremmo dedurre? Dovremmo, forse, dare ragione ai detrattori dell'ultimo Soldati? Dovremmo convenire su quella denunciata ripetitività di uno scrittore che, tentato dal successo facile, continua a fare il verso a se stesso? Tanto più che, tra le righe, emergono altri sottotemi, altrettanto consueti nell'opera soldatiana, come, per fare un solo esempio, la risentita immagine di Roma, rivelata da quel sole «pagano e cattolico, fatalmente peccaminoso», una Roma che appare «dall'alto, mostruosa come un'eruzione patologica su una pelle umana».

Non la penso per nulla così. Se guardiamo meglio al romanzo nella sua più larga complessità, leggendolo ben oltre il suo nucleo ossessivo, non ci potranno sfuggire alcune incongruenze e anomalie. Intanto: il libro viene stampato nell'aprile del 1987 e subito distribuito in libreria, mentre la vicenda di Eugenio si conclude il 15 ottobre dello stesso anno, quando lo scenografo sale sul Concorde che lo riporterà in California dalla moglie. Un tempo, insomma, che, ai lettori della prima ora, risulterà declinato al futuro.

Che cosa significa tutto questo? È vero: Soldati non è nuovo a queste proiezioni, come testimonia *Lo smeraldo* (1974), che però – vera eccezione nell'opera soldatiana – ci sospinge entro una dimensione allucinata e onirica, distopica, che nulla ha a che fare col realistico e plausibile futuro del *Paseo de Gracia*. Perché questo è il punto: lo spostamento temporale è quasi impercettibile e lascia lettori e personaggi in una condizione non diversa da quel presente narrativo con cui il romanzo comincia. Si direbbe quasi che la dislocazione nasca da un capriccio dello scrittore o, più probabilmente, valga come una sospensione soltanto simbolica del tempo, in sintonia – e lo vedremo meglio – con quell'atmosfera da giudizio universale che grava sulle ultime pagine. Dirò di più: sembra quasi che Soldati rilutti ad assecondare la dialettica erotica che funge da motore della vicenda, evitando di svilupparne, con quella velocità indiavolata che abbiamo conosciuto non solo nelle *Lettere da Capri*, tutte le potenzialità narrative.

Soldati, insomma, si lascia distrarre sino al punto, qualche volta, di irritare il lettore. E lo fa, sostanzialmente, in due modi: o abbandonando talvolta la pagina a sferragliare sul binario morto d'una storia secondaria improvvisamente annunciata, poi sviluppata rapidamente, quindi lasciata cadere con la stessa facilità con cui la si era proposta; oppure, concentrandosi, senza che ve ne sia apparente necessità narrativa, su un dettaglio, con accanimento, lavorandolo fino al parossismo.

Quanto alla prima modalità, mi limito a ricordare la trentina di pagine – non poche, a dir la verità, per una digressione – dedicate a Eva Bignami: giovane e bravissima aiuto operatore, con cui Eugenio si trova a lavorare nel corso delle riprese romane del kolossal. Quando lo scenografo s'accorge che quel tecnico di macchina non è un ragazzo, come inizialmente gli era sembrato, ma una donna affascinante, la storia s'impenna

– trasportando Eugenio «quasi in un'epoca nuova della vita, un'improvvisa stagione piena di attesa e di speranza» –, sino a campeggiare: come «un riflusso di giovinezza», per diventare un capitolo autonomo, quello di «un libertino ai suoi colpi finali». Cene in trattoria, attese e fibrillazioni, un regalo: per scoprire, alla fine, che Eva ha inclinazioni saffiche, indirizzate a un oggetto del desiderio che è proprio quella figurante impegnata nel kolossal – una farmacista in là con gli anni, ma dal seno magnificente – che era stata l'occasione della loro prima conversazione. La storia finisce così, all'improvviso, com'era cominciata. Mentre l'immaginazione del libertino già si lascia tentare da una nuova avventura:

> [...] Eugenio uscì dalla farmacia pentito e mortificato di non avere fatto amicizia con la Farmacista come del resto avrebbe potuto benissimo!
>
> Che cretino sono stato! si disse appena in macchina. Pensava ai seni, ancora di più al sedere di quella donna straordinaria. Di Eva, se ne era completamente e per sempre dimenticato: come se non fosse mai esistita.

È la seconda modalità, tuttavia, a riservare le sorprese maggiori: la parossistica e inaspettata insorgenza del dettaglio che inceppa la narrazione. Siamo nella stanza da bagno dell'ultimo piano di via Gregoriana, quando Eugenio, «distratto dalla fretta stessa con cui si radeva senza guardarsi, vide qualcosa che non aveva mai visto fino allora»: «in uno dei quattro angoli della piastrella più vicina allo specchio, l'occhio di un uomo barbuto sembrava spiarlo». Ecco: «l'uomo barbuto, il killer, il Bravo che lo spiava come se fosse nascosto dal fogliame». E che diventa presto un'apparizione ossessiva, avvistata poi dal protagonista, non senza fatica, in numerose e impercettibili varianti, tutte le volte che si reca in quella stanza. Soldati, soggiogato dall'immagine, procede per quasi dieci pagine, all'apparenza oziose, senza preoccupazione alcuna per l'eventuale e irritata reazione di chi legge. Perché lo fa? Per il gusto perverso di menare il lettore (e i critici) per l'aia della sua debordante fantasia? Che si tratti in fin dei conti d'un atto esorcistico – l'ho già scritto a proposito del fumo del toscano, nel saggio *Rami secchi* (1989) incluso nel volume *Soldati, Mario* (2007), curato da Barbara Pasqualetto – lo capiamo soltanto alla fine dell'imprevista diversione, dell'insolente divertimento:

> No, l'ossessione delle piastrelle e del Bravo era soprattutto stupida, e quando proprio Eugenio voleva trovarci un senso, si diceva che era una meditazione sull'ingannevole, inutile, tragico disegno dell'esistenza: il nulla. Il nulla come il nulla delle ceramiche colorate, calcolate, quadrettate, in mezzo a cui si indovinava senza certezza un nero occhio umano, uno spione beffardo e premonitore.

Mi pare evidente: Soldati, sia che giuochi ad abbandonare la storia principale per inseguire un personaggio secondario – com'anche nel caso di Peppino, nelle prime pagine –, sia che s'ostini su un particolare apparentemente insignificante, sembra mettere in atto una consapevole strategia della distrazione, di cui, peraltro, le pagine sulle piastrelle del bagno di via Gregoriana diventano come il correlativo oggettivo: quasi a suggerirci che la verità di ciò che racconta nel romanzo non stia in ciò che, effettivamente, narra.

Peraltro: se si ritorna al triangolo erotico del *Paseo de Gracia*, se lo si riguarda con più attenzione, ci si rende conto che le analogie con quello delle *Lettere* non sono superiori, per numero, agli elementi che ne demarcano, invece, la differenza. Soffermiamoci su un passo: quello in cui si consuma, per la prima volta, il rapporto sessuale tra Eugenio e Olga, secondo quei modi sbrigativi e bruschi che saranno poi ripetuti, identici e con implacabile ritualità, in ogni incontro successivo. Eugenio si è inginocchiato davanti a Olga, schiacciando il viso «contro il suo ventre, tra le cosce». Ecco:

> Le aveva alzato la sottanella di lino beige, con uno strappo le aveva tolto lo slippino, si era gettato a baciarla là nella furia di vincere un'arsura implacabile, come l'assetato che finalmente trova una fontana dopo avere attraversato un deserto senza potere bere. Appena avvertì un primo sintomo di sazietà gli si ripresentò, nella fantasia, quel volto ieratico che a Olga era così estraneo, e ora pareva a Eugenio il segno di qualche cosa

d'altro: la gioia sensuale si mescolava a un trionfo vendicativo, a un orgoglio, a una superbia, alla improvvisa scoperta del suo giusto potere femminile.

È quasi incredibile come il pensiero umano sia capace nello stesso istante di tante contraddizioni. Eugenio intuì che la giustizia di cui Olga era convinta poteva essere l'errore di una stupida e, per lui, se ne fosse stato convinto anche lui, poteva, invece, essere una colpa. Ma, ecco, appunto questo, appunto la certezza della stupidaggine di lei e insieme il sospetto della propria colpa davano a Eugenio il gusto, il brivido inebriante di una voluttà suprema: si rotolò su se stesso in un breve spazio del pavimento come a volte per gioco fanno i gatti, e le disse:

«Siediti! Siediti sulla mia faccia!»

Il rapporto in cui Eugenio s'incastra con Olga pare dello stesso tipo di quello che Harry, nelle *Lettere da Capri*, intrattiene con Dorothea. Ho detto "pare" e lo sottolineo: perché Olga, a ben vedere, è solo la replica immiserita e quasi parodica di Dorothea. Quanto la seconda, una pugliese d'equivoci se non facili costumi, è sensuale e prosperosa, accogliente, giunonica, beatamente imperturbabile nel suo ruolo ignaro di Signora, tanto la prima è brutta e insignificante, complessata, assolutamente inadeguata al ruolo di *domina* che Eugenio le attribuisce nei pochi e furiosi minuti dell'atto erotico. E poi: se Dorothea rappresenta per Harry il pieno e soddisfatto godimento d'una rotonda e completa dimensione sessuale, Olga è consegnata invece alla ripetizione autistica di un atto – sempre quello: con una sola eccezione di un viaggio in macchina di ritorno dall'Elba – che Eugenio vive con assoluta sottomissione: quel trionfale adagiarsi di lei, col suo sesso, sulla bocca avida dell'uomo.

È vero: come Harry con Dorothea, anche Eugenio con Olga, tanto più riesce a godere, quanto più crede di scoprirla avida, vuota e volgare, per poi avvertire fortissima ripugnanza subito dopo aver consumato l'atto. Non sono poche, tuttavia, le differenze: se è vero che il masochismo di Harry – non quello di Eugenio – ha bisogno di sentirsi sicuro dei ripetuti tradimenti di Dorothea. Per non dire dell'evoluzione cui, nel corso delle *Lettere da Capri*, il personaggio femminile di Dorothea è sottoposto, trasformandosi alla fine nel modello di perfetta madre di famiglia, mentre, per converso, Jane, la moglie ideale, si muta in adultera cieca e furiosa, dimentica persino delle proprie responsabilità di madre, scatenando in Harry nuovi e spasmodici desideri. Tutto questo quando, invece, Olga resta irrigidita per sempre, dall'inizio alla fine del *Paseo de Gracia*, in quell'unico e ossessivo rito, mentre Irma non abbandona nemmeno per un attimo, anche quando lontana nella sua California, il ruolo perfetto di moglie e nonna. Insomma: se nelle *Lettere* la dialettica si sviluppa all'infinito nella molteplicità delle contraddizioni, nel *Paseo* resta bloccata al primo e secco movimento di tesi e antitesi.

Soldati, in sostanza, attraverso il suo vicario Eugenio, e forse sollecitato dalle scene di quel *Giudizio Universale* in cui, per dirla col Bernard Berenson dei *Pittori italiani del Rinascimento* (1954), «si sente che al cataclisma nessuno sopravviverà, e neanche Dio», pare voler estrarre, dal guscio di quella furiosa, elettrizzante, dialettica erotica delle *Lettere*, il suo nocciolo guasto e inautentico. Ce ne rendiamo conto, e definitivamente, all'inizio della quarta parte del romanzo. Sentite qua:

> Nei loro intermittenti, violenti, muti o quasi muti, e sempre brevi amplessi, era naturale che Olga finisse per innamorarsi di Eugenio. Dedurne, però, che il piacere più profondo fosse quello provato da lei sarebbe forse uno sbaglio. Quello provato da Eugenio era il piacere verissimo di un rapporto falso. Mentre Olga sapeva di essere una vera ragazza povera, ignota, e di modesta intelligenza che ormai amava un vero uomo ricco, famoso e intelligente, Eugenio godeva sinceramente di un'enorme, meravigliosa bugia doppia [...].

Ecco: se il «piacere di Olga era tutto realtà», quello di Eugenio «era infinitamente diverso e consisteva in qualcosa di molto più misterioso». Quello di Eugenio, insomma, è un «piacere dell'inganno»: laddove egli gode della sottomissione a una donna che si finge nell'immaginazione come «Autoritaria, potente, Regina», ma nell'assoluta coscienza che se Olga avesse posseduto davvero «questi attributi», «ne avrebbe provato addirittura ribrezzo». Di qui quella «meravigliosa bugia doppia» detta a se stesso, a nutrire un «brevissimo piacere» che, appunto, «consisteva nell'ingannare se stesso consapevole e, insieme, anche l'inconsapevole Olga».

Siamo al punto: se *El Paseo de Gracia* è, come s'è provato a dimostrare, la ritrattazione delle *Lettere da Capri*, la sua beffarda e insolente palinodia, che cosa effettivamente si racconta, allora, nell'ultimo romanzo di Soldati?

Credo sia giunto il momento di interrogarsi sul titolo, *El Paseo de Gracia*, com'è noto nome d'una famosissima via di Barcellona, importante snodo monumentale e commerciale, che si sviluppa da Plaza de Catalunya all'Hotel Majestic. Quella via in cui s'annuncia al protagonista – ancora in sintonia con quel senso di giudizio divino incombente – il capolavoro architettonico della Pedrera: «lo spettrale, funebre palazzo di Gaudí y Cornet coi suoi enormi buchi neri, coi suoi mostruosi catafalchi di granito...». El Paseo de Gracia e Barcellona – occorre sottolinearlo – occupano appena cinque pagine, nelle ultimissime del romanzo. Scrive Soldati:

> Presero alloggio al Majestic sul Paseo de Gracia, quel grande e lunghissimo viale che attraversa tutta Barcellona, e dove, come Fifth Avenue a New York, Piccadilly a Londra, Les Champs Elysées a Parigi, pare che si finisca sempre per incontrare *tutti quanti*, come al Giudizio Universale.

Se le cose stanno così, una domanda s'impone: per quale ragione, affinché tutti i nodi arrivino al pettine, Soldati ha scelto El Paseo de Gracia e Barcellona, insomma la Spagna, per intitolare il suo romanzo? Una domanda che è il rovescio dell'altra, decisiva: la Spagna ha qualcosa a che fare con ciò che, in queste pagine, Soldati vuole effettivamente raccontare, al di là della storia di Eugenio e Olga?

Intanto un dato di minima filologia: proprio l'anno precedente al *Paseo de Gracia*, e cioè il 1986, Soldati pubblica come fuori collana per Rizzoli, includendovi ventun disegni a grafite di Antonio De Rosa, *ah! il Mundial! Storia dell'inaspettabile*. Vi raduna tutte le cronache del campionato del mondo spagnolo (che incorona la Nazionale italiana), redatte tra il 6 giugno e il 12 luglio 1982 per il «Corriere della Sera», su invito del direttore Alberto Cavallari, facendole seguire da due poscritti composti a Tellaro, rispettivamente con la data dell'11 luglio e del 14 settembre 1983.

Soldati aveva accolto l'invito di buon grado, felice di poter finalmente realizzare un antico impegno. Scrive il 6 giugno 1982, riferendosi al doppio incontro di calcio tenutosi a Firenze, tra azzurri e spagnoli, nel 1934:

> Ho passato i 75, ho sempre viaggiato, e conosco mezzo mondo, gli Stati Uniti, la Russia, il Giappone, il West Africa, anche il Portogallo. Ma non sono mai stato in Ispagna. Una ragazza, qualche anno dopo le partite di Firenze, una ragazza bionda e bellissima mi aspettava a Saragozza. Non ho potuto raggiungerla, e l'ho perduta. Colpa di Franco e della guerra civile spagnola.

Si tratta della seconda occasione mancata, come ci ricorda Salvatore Silvano Nigro nel risvolto di copertina della ristampa Sellerio (2008), che presenta anche una bella *Nota* di Massimo Raffaeli: la prima s'era consumata invece nel 1934, quando Soldati fu costretto a fermarsi a Lourdes e a tornare indietro, in quanto il direttore del «Corriere padano» gli avrebbe riconosciuto soltanto la diaria francese, mentre non gli avrebbe pagato le corrispondenze spagnole.

L'esperienza è entusiasmante e decisiva, in qualche modo una rivelazione. Lo scrittore se ne accorge a Tellaro l'anno successivo. Scrive l'11 luglio 1983: «Non so fino a che punto Alberto Cavallari, spedendomi al Mundial, riuscì a sospettare quello che scatenava in me». Per poi concludere qualche pagina più avanti: «Mi accorgo che la mia avventura spagnola è stata un inconsapevole, irresistibile, esplosivo, folle ritorno alla gioventù».

La Spagna, dunque: che è come dire «un inconsapevole, irresistibile, esplosivo, folle ritorno alla gioventù». Che cosa sia la gioventù per Soldati, con che cosa in effetti coincida, noi lo sappiamo bene. È lui stesso, del resto, ad avercelo suggerito inequivocabilmente in una bellissima pagina di *Rami sec-*

chi (1989), legata, guarda un po', a un'immagine di Roma e di via Gregoriana:

> Notte di luglio, di agosto, verso le due o le tre. Silenzio. Pace. Aria tiepida e ferma. Luna piena. Abitavo al centro di Roma. Dopo aver fatto l'amore con una gioia estrema, con un trasporto senza residui, nella fiamma dura e avvolgente dei miei trent'anni, mi affacciavo alla finestra, guardavo a lungo nella luce argentea i tetti grigi e appena rosa, le cupole grigie e ormai spente, guardavo il cielo, la luna: ed era come se avessi aperto le persiane non su via Gregoriana ma sulla verità del nulla. Capivo di avere capito tutto quello che c'era da capire.

La via Gregoriana della gioventù: esattamente il luogo e gli anni che furono di Eugenio e Olga, nel momento della loro sconcia passione. E il nulla, la solida verità del nulla: la stessa che Eugenio accoglie in sé in quegli attimi in cui si concentra nella contemplazione delle piastrelle nel bagno del suo studio.

Adesso, forse, possiamo dire di averlo capito che cosa effettivamente sia *El Paseo de Gracia*: un romanzo sul congedo dalla giovinezza, dalla propria giovinezza. Il romanzo in cui Soldati assume finalmente e consapevolmente i panni del convitato di pietra – non più il cordiale e accondiscendente narratore di *A cena col commendatore* (1950) –, per convocare il se stesso giovane, la sua lussuriosa gioventù, e sottoporli a giudizio, il giudizio finale.

Eugenio – non dimentichiamolo – è un uomo pieno di rimorsi: «la felicità per colpa nostra è ormai perduta». Olga è alla radice di tutte le sue angosce, quelle che affida a un aforisma di Bachelard, più volte ripetuto nel romanzo: «I grandi doni dell'inconscio si riconoscono dallo spavento in cui ci lasciano».

Ho parlato del sogno con cui il romanzo si apre, promettendo che vi sarei ritornato sopra. Siamo finalmente a Barcellona: «Il destino, dunque, aveva voluto che questo maledetto viaggio, incominciato da Eugenio con un sogno, finisse con una realtà, senza redenzione». Una realtà senza redenzione: quella sulla quale il sogno, con tutte le sue implicazioni freudiane, s'è già dissolto. A incombere è, invece, quel giudizio universale che non potrà non avere il suo scenario in quel Paseo de Gracia dove, come sappiamo già, «pare che si finisca sempre per incontrare *tutti quanti*».

Eugenio, dall'inizio, non ha fatto che temere questo momento, pur dopo tanti anni: l'ineludibile, improcrastinabile, incontro con Olga. Ha già fatto l'esperienza, davvero terrorizzante, di credere d'averla riconosciuta a Roma: impressione poi rivelatasi bugiarda. Ora sa che Olga è a Barcellona: anche se il suo cognome non è nell'elenco telefonico. I giorni di lavoro sono passati velocemente: restano soltanto poche ore prima di riprendere l'aereo per la California e tornare a casa. Eugenio ha deciso: ripercorrerà El Paseo de Gracia a piedi, dal Majestic alla Plaza de Catalunya e ritorno, in attesa della tremenda, finale, apocalittica epifania. Avanti e indietro, lentamente, fino a infilarsi nella porta girevole dell'hotel. Non è accaduto nulla. Olga non è apparsa, il suo lontano fantasma è svanito per sempre: «E tutto, ancora una volta, si risolse in un paralogismo: dato che non l'ho incontrata e anche se ignoro che cosa incontrandola avrei fatto... sono contento e basta». Lungi dal ricomporsi in un giudizio, terribile e ultimativo, e rivelarsi in una verità accecante, la vita al suo saldo, per il Soldati estremo e laicissimo, è soltanto questo: un semplice paralogismo.

Lo scrittore, del resto, in *ah! il Mundial! Storia dell'inaspettabile*, s'era affidato a un motto di Eraclito, più volte citato: «Chi non si aspetta l'inaspettabile non lo raggiungerà mai». È l'inaspettabile cui ci si vota nella giovinezza: e l'inaspettabile, durante il Mundial dell'82, atteso con giovanilissimo fervore, in effetti si realizzerà, con la vittoria della sfavoritissima Italia. Nel *Paseo de Gracia*, invece, non accade proprio nulla, niente di niente: e il nonno Eugenio – così si chiude il romanzo – tornerà serenamente dalla moglie in California, per festeggiare la sua nipotina, cui è caduto il primo dente. Al suo *alter ego* giovane, arrivato puntuale all'appuntamento del Paseo de Gracia, il commendatore non ha proprio nulla da imputare: il congedo dalla giovinezza avviene senza conseguenze.

Sono passati cinquant'anni, ma ora Soldati sembra aver fatto interamente sue le parole con cui Ernesto Buonaiuti rispondeva ai suoi dubbi sui peccati di natura sessuale. Cito da *Rami secchi*: «che vuole poi che importi a Nostro Signore di quelle sciocchezze? il male, caso mai, sta proprio nell'eccessiva importanza che lei dà, o mi pare che dia, con colpevole orgoglio, a quelle sciocchezze».

Cronologia

1906
Nasce il 17 novembre a Torino, in via Ospedale 20 (oggi via Giolitti), da Umberto Soldati e Barbara Bargilli.
Umberto apparteneva a una vecchia famiglia torinese originariamente proveniente dalla Svizzera e poi emigrata in parte in Francia e dedita al commercio della seta. Il figlio lo descrive come un uomo «buono», «brillante e allegro», amante della musica, del lavoro (e del gioco d'azzardo), sempre in viaggio per ragioni professionali e tutt'altro che alieno dall'infrangere il vincolo coniugale. Donna volitiva, profondamente e attivamente religiosa, sensibile alle arti, Barbara è una madre affascinante ma «rigida, iperprotettiva» sino al dispotismo, che stabilisce con il figlio un legame «fortissimo, quasi sadomasochistico» (Lajolo 1983, 107). La sua famiglia d'origine, i Corvetto, era di tradizione risorgimentale e militare: generale di corpo d'armata, poi senatore del Regno e sottosegretario alla Guerra, il bisnonno; ex ufficiale dei bersaglieri anche il nonno Giuseppe Bargilli, figura decisiva nella primissima formazione di Soldati: «bellissimo uomo, letterato, scrittore di romanzi e di novelle, e professore di storia e letteratura italiana all'Accademia di Artiglieria e Genio, a Torino» (Maraini 1973, 200). È anche la vicinanza di un nonno narratore a fare per Soldati della scrittura, fino dall'infanzia, «un'attività fisiologicamente naturale» (*Rami secchi*, 74).
I suoi primi anni sono di bambino timido, insicuro, senza amici per interdizione materna, che comincia ad aprirsi al mondo per il tramite del nonno e, gozzanianamente, delle fantesche.

1912
Inizia le scuole elementari, come "esterno", presso l'Istituto Sociale dei Padri Gesuiti, dove proseguirà gli studi sino alla terza liceo clas-

sico. L'esempio famigliare (madre e, forse più, nonna) e la familiarità con i gesuiti lo spingono a un'adesione convinta alla religione cattolica: «Sono stato un allievo dei gesuiti esemplare, da comunione quotidiana almeno sino ai sedici anni» (Messori 1982). Nell'adolescenza sentirà la fede come «sola vera cosa importante». Da qui il «desiderio violentissimo» di entrare nell'Ordine, ma, durante l'anno di riflessione suggeritogli da padre Argàno, l'impulso vocazionale si spegne (Lajolo 1983, 11). Subentra presto un diverso rapporto con la sfera religiosa, un suo modo «più particolare di credere» che lo accompagnerà negli anni a venire. Resta, anche dopo il distacco, affetto e stima verso i gesuiti che, dirà più volte, gli hanno insegnato la capacità di distinguere, e dai quali ha appreso anche il gusto della libertà.
Fino ai quindici-sedici anni la condizione borghese vuol dire prosperità economica, vita agiata, ricca. Poi, con le ripercussioni del crollo della Banca di Sconto, gli affari del padre subiscono un rovescio improvviso e rovinoso. Presto anche il matrimonio dei genitori entra definitivamente in crisi e il padre si trasferisce in Francia. L'imperativo "guadagnare" risuona costante nei discorsi materni di questi anni: il denaro diventa così una necessità e un assillo.

1922-1924
Il 17 marzo del 1922 salva l'amico Lello Richelmy dall'annegamento nel Po e in ottobre, con decreto reale, riceve la medaglia d'argento al valor civile. Fra gli ultimi anni di liceo e l'avvio dell'università si definisce il gruppo delle amicizie giovanili più strette. Sono Tino e Lello Richelmy (figli dell'avvocato fratello del cardinale di Torino e abitanti allo stesso indirizzo dei Soldati), e poi Mario Bonfantini, Enzo Giachino, Giorgio De Blasi, che con Soldati formano, secondo la scherzosa definizione dei compagni di università, il quartetto dei «tre moschettieri». Ancora Giacomo Noventa, «l'amico-maestro» (come ha scritto Garboli), Carlo Levi, Giacomo Debenedetti.
Nei primi interessi letterari di Soldati ha un posto centrale il teatro. È spettatore appassionato – un «patto di fanatismo teatrale» lo lega già durante il liceo ai compagni Lello Richelmy e Cesare Olivieri, *Mi ci tirano per i capelli (Notes di Mario Soldati)*, «Il Giorno», 24 gennaio 1967 –, attore dilettante e, soprattutto, autore: di un folto numero di testi che restano nel cassetto e di due opere, a soggetto religioso, che vedono le stampe e incontrano il pubblico seppure solo per un momento. *La madre di Giuda*, atto unico in versi, viene rappresentato nel 1923; il dramma in tre atti *Pilato* vince il concor-

so della Federazione Cattolica di Torino nel '24 e diventa libro l'anno dopo per la Società Editrice Internazionale.
Già nei primi anni dell'adolescenza è istintivamente contrario al fascismo anche per l'influenza paterna. Il delitto Matteotti contribuisce poi a radicare sempre più il suo «antifascismo viscerale» (Maraini 1973, 203), a renderlo più consapevole e netto.

1925-1928
A metà del decennio avvia un'embrionale attività pubblicistica sulle pagine di giornali cattolici torinesi («Il Momento» e poi «Il Corriere», più aperto e progressista) e di alcune riviste, con recensioni letterarie, scritti sulla musica e sulle arti figurative.
Nell'autunno 1927 consegue la laurea in Lettere con una tesi sul pittore Boccaccio Boccaccino, relatore Lionello Venturi. Agli studi storico-artistici è stato spinto in primo luogo dalle insistenze materne, ma i suoi lavori (universitari e giornalistici) gli valgono incoraggiamenti autorevoli. Da quelli del suo professore Venturi, che gli farà ottenere una borsa per un corso triennale di perfezionamento all'Istituto Superiore di Storia dell'Arte di Roma, dove studia con Adolfo Venturi e Pietro Toesca, a quelli di Emilio Cecchi. Ancora nel '27 cura la pubblicazione del catalogo della Galleria d'Arte Moderna del Museo Civico di Torino.
Fonda con Enrico Emmanuelli e Mario Bonfantini, che la dirige, la rivista novarese «La Libra» (1928-1930). Soldati porta un contributo di rilievo nel definire l'orientamento «ottocentista» del mensile, il suo lavoro di valorizzazione della tradizione narrativa italiana moderna condotto attraverso «uno studio amoroso e sistematico sugli scrittori cosiddetti di second'ordine del secolo diciannovesimo, troppo spesso trascurati» e «una revisione critica dei maggiori, nominati e citati sovente, ma quasi sempre male intesi e ben poco sentiti dalla "giovane letteratura"» (Bonfantini 1930).

1929-1930
«Il 1929 fu l'anno perno della mia vita. Tutto cambiò. Tutto si rovesciò, alcune cose sembrarono perdute per sempre.» Primo segno di questi rivolgimenti, esterni e personali, è il Concordato fra Santa Sede e Regno d'Italia: «molti amici, come me, ebbero l'impressione che il regime fascista sarebbe durato all'infinito...», almeno «altri venti o trent'anni». Secondo, la pubblicazione in primavera del libro d'esordio: la raccolta di racconti *Salmace* (presso le edizioni della Libra), accompagnata dall'importante apprezzamento di Borgese. Terzo, l'of-

ferta di una borsa di studio alla Columbia University di New York da parte di Lionello Venturi: «senza la minima esitazione dissi di sì» (*Il successo*, *Rami secchi*, 49).
In novembre si imbarca sul *Conte Biancamano* per quello che sentiva come «un tentativo di emigrazione», un viaggio condotto con l'intenzione di ottenere la cittadinanza, «di diventare americano a tutti gli effetti». Non riuscirci gli lascerà il rimpianto di un diverso destino letterario, da scrittore italiano in lingua inglese.
Arriva negli Stati Uniti all'indomani del crollo di Wall Street, in anni di proibizionismo, gangster e bar clandestini, cinema, disoccupazione e miseria (Lajolo 1983, 29-31). Qui svolge l'attività di insegnamento prevista dalla borsa, terminata la quale, nonostante ripetuti tentativi, non riesce a trovare un'occupazione stabile (Soldati ricorderà come l'atteggiamento di Prezzolini, che non vede di buon occhio il suo esplicito antifascismo, non abbia favorito i suoi sforzi di inserimento nella realtà statunitense).
Il soggiorno americano gli porta anche una delle amicizie più profonde e durature, quella con il poeta, critico e traduttore Henry Furst, conosciuto nel dicembre 1929. Soldati è subito conquistato dall'«immancabile e inesauribile lezione di nonconformismo» della sua compagnia e della sua conversazione, dalla generosità, dallo «sfavillio di intelligenza e innocenza che era luce di "carità"» negli occhi «verdi e fiammeggianti» dell'amico (*Due amici*, *Rami secchi*, 124).

1931-1935
Rientra a Trieste in gennaio col piccolo mercantile *Ida* della Cosulich Line e in maggio si sposa con Marion Rieckelman, sua allieva alla Columbia University, dalla quale avrà tre figli: Frank, Ralph e Barbara.
Nella primavera del 1931 viene assunto alla Cines. È l'ingresso nel mondo della celluloide, compiuto per ragioni economiche e vissuto controvoglia. Primo film *Figaro e la sua gran giornata*: «il cinema, per me, era poco meno della galera [...] nel luglio del '31 esordii a Cinecittà, quale terzo assistente di Camerini, al fianco di Matarazzo e Fatigati. Avevo il modesto incarico di battere il ciak, che mi piaceva abbastanza, e quello, che invece non mi piaceva per niente, di fare, ogni sera, i conti dei metri di pellicola e dei kilowatt di elettricità consumati» (Zanelli 1981). Nel lungo apprendistato è intensa e formativa la collaborazione con Mario Camerini, con il quale lavora come soggettista e sceneggiatore, già a partire da *Gli uomini, che mascalzoni* (Soldati ne suggerisce il titolo), *Giallo* e *Cento di questi giorni*.

Il suo percorso cinematografico subisce una battuta d'arresto in seguito alla lavorazione di *Acciaio* (1932-1933), dove è sceneggiatore e aiutoregista di Walter Ruttmann. Il film è tratto da un testo di Pirandello, che non vi si riconosce («Soldati, credevo aveste più rispetto per il Maestro!»): «Mi mandarono via senza neanche la liquidazione. Lasciai Roma e andai a vivere in campagna. Anzi, non avendo la tessera del Partito fascista non potevo scrivere sui giornali né insegnare nelle scuole. Riuscivo a pubblicare qualche articolo sul "Lavoro" di Genova, perché faceva un po' di fronda al fascismo, e sul quotidiano di Ferrara diretto da Italo Balbo. Vivevo con centoventi lire al mese, mentre alla Cines ne guadagnavo mille-milleduecento».
Nel giugno 1934 appare *Un viaggio a Lourdes* sul «Corriere padano». In settembre il rapporto con Marion, solo precariamente rinsaldato dal concepimento di Barbara, si spezza definitivamente e la donna torna, per la terza e ultima volta, negli Stati Uniti. Nello stesso mese Soldati giunge, in bicicletta con il carissimo Mario Bonfantini, al piccolo paese di Corconio sul lago d'Orta dove rimarrà fino alla fine del 1935, in un "autoconfino" straordinariamente fertile. Mentre il sodalizio tra i due amici si fa ancora più stretto, nascono *America primo amore*, «forse il mio libro più bello» (Bemporad, Firenze 1935), un *baedecker* per il mondo del film pubblicato con lo pseudonimo Francesco Pallavera (*24 ore in uno studio cinematografico*, Corticelli, Milano 1935) e vari altri scritti.

1936-1939
Ripreso il lavoro cinematografico, nella primavera del 1936 rientra a Roma. Al seguito di Camerini è in Africa Orientale per girare *Il grande appello*. Racconterà a Dacia Maraini che il suo «antifascismo istintivo», nell'anno dell'avvio dell'impresa d'Etiopia, ha avuto un'esitazione: una «simpatia» per la guerra (immediatamente caduta a contatto con l'Africa vera), una domanda «non inoltrata» di tessera (Maraini 1973, 204).
Fra l'aprile e il giugno 1937 pubblica a puntate su «Omnibus» *La verità sul caso Motta*, l'esito più notevole della vena onirico-surrealista della sua scrittura di questi anni e insieme la metafora politica che contrappone una vita di conformismo opaco e rigido a un desiderio di evasione e libertà.
Dopo essere stato aiutoregista nella *Contessa di Parma* di Alessandro Blasetti (1937) e aver dato un contributo determinante nel *Signor Max* di Camerini, giunge nel 1939 alla co-regia di *Due milioni con un sorriso* con Carlo Borghesio, e infine alla realizzazione di *Dora Nelson*,

soltanto a suo nome («Macché telefono bianco: è una commedia alla Lubitsch», Kezich 1981).

1940-1942
Tra agosto 1940 e gennaio 1941 gira *Piccolo mondo antico*, presentato al pubblico con grande successo nella primavera del 1941. Primo film di una trilogia fogazzariana: gira *Malombra* (1942, sceneggiatura con Bonfantini, Castellani, Tino Richelmy ed Ettore M. Margadonna). È la prima delle tante trasposizioni letterarie della sua carriera cinematografica. Anche *Tragica notte*, tratto dal romanzo *La trappola* di Delfino Cinelli, esce nelle sale nel 1942.
Nel 1941 pubblica il suo terzo libro, *La verità sul caso Motta. Romanzo seguito da cinque racconti* (Rizzoli, Milano) e nel 1943 il quarto, *L'amico gesuita* (ancora Rizzoli). I due volumi riuniscono gran parte della sua produzione novellistica successiva a *Salmace*.
Sempre nel 1941 incontra «una ragazza di Fiume, giovanissima, bella, strana, fredda e incantevole» (*L'inganno e la certezza*, 137), con la quale passerà tutta la vita. È l'attrice croata Giuliana Kellermann (Jucci), che sarà madre dei suoi tre figli Wolfango, Michele e Giovanni e diventerà poi sua moglie.
La sceneggiatura delle *Miserie del signor Travet* viene fermata dalla censura fascista per la satira contro la burocrazia ministeriale che anima la trascrizione soldatiana del testo di Vittorio Bersezio.

1943-1948
14 settembre 1943: lascia Roma verso l'Italia liberata, in un viaggio in treno e poi in bicicletta che lo porterà il 3 ottobre vicino a Napoli. Il primo libro pubblicato da Soldati nell'Italia democratica sarà appunto il resoconto secco, nervoso e incisivo, di una corsa verso la libertà senza retorica (*Fuga in Italia*, Longanesi, Milano 1947). A Napoli coabita in viale del Calascione con Leo Longanesi, Steno, il regista Riccardo Freda, l'anglista Gabriele Baldini, quattro amici ai quali sovente se ne aggiungevano altri (per esempio Aldo Garosci, Alberto Cianca, Giaime Pintor). Il loro lavoro consisteva essenzialmente «nella redazione d'un giornale di propaganda destinato oltre le linee e in una rubrica radiofonica trisettimanale di gran successo, intitolata *Stella bianca* [...] ideata, scritta e musicata da noi cinque con valido concorso, per quest'ultima parte, del geniale regista Ettore Giannini e dell'attore Arnoldo Foà» (Baldini 1948). All'inizio di giugno, subito dopo la liberazione di Roma, torna al Nord dove ritrova Giuliana Kellermann. Suoi articoli appaiono sull'«Avanti!» e sull'«Unità».
Girato fra 1943 e 1944, *Quartieri alti* esce a Italia liberata.

Tra '46 e '47 realizza *Eugenia Grandet* (sceneggiato con Emilio Cecchi e Aldo De Benedetti), versione composta e incisiva del romanzo di Balzac, con Alida Valli e un notevole Grandet padre (Gualtiero Tumiati), e gira *Daniele Cortis* (sceneggiato con Luigi Comencini e Cesare Zavattini), terzo e più stanco capitolo della trilogia fogazzariana (nella parte del protagonista un giovane Vittorio Gassman, in quella di Elena, Sarah Churchill, figlia del primo ministro inglese).
Il film "neorealista" di Soldati è del 1948, *Fuga in Francia*, un teso *noir* postresistenziale (soggetto di Ennio Flaiano e Carlo Musso, con la collaborazione di Cesare Pavese), con il wellesiano Folco Lulli e una indimenticabile scena in osteria. Nuovo appuntamento mancato con gli Stati Uniti: firma un contratto pluriennale con il produttore David O. Selznick, che prevede il trasferimento a Hollywood, ma Giuliana Kellermann si vede negare il visto «perché convivente con un uomo sposato». Soldati rinuncia all'impegno.

1949-1953
Nel gennaio 1949 inaugura la felicissima trilogia delle storie raccolte dal commendatore con *La giacca verde*, apparsa su «Botteghe oscure»; l'anno successivo la rivista ospiterà anche *La finestra*. Con *Il padre degli orfani* i due racconti formano *A cena col commendatore*, che esce, sempre nel 1950, e vince il Premio letterario San Babila.
Nel frattempo il Soldati *metteur en scène* indossa i panni del regista di genere, eclettico facitore di *B-movies* all'italiana. Da *Botta e risposta*, con Armstrong e Fernandel, a *Donne e briganti (Fra Diavolo)*, con Nazzari. Lo dimostra anche la celerità produttiva. Il 1951 è l'anno dei quattro film, uno per stagione (come aveva segnalato Garboli): *È l'amor che mi rovina* (inverno), *Ok Nerone* (primavera), *Le avventure di Mandrin* (estate), *Il sogno di Zorro* (autunno). Nel 1952 è la volta dei film di pirati: *I tre corsari* e *Jolanda, la figlia del corsaro nero*. Con un «passo del cavallo» però dirige uno dei suoi film più belli, *La provinciale*, dal racconto di Moravia ma con una sceneggiatura rivista e intensificata in collaborazione con Giorgio Bassani.
Nel 1953 muore in un incidente automobilistico il figlio Ralph.
Su un soggetto di Graham Greene, gira *La mano dello straniero*, che gli dà l'occasione di rinsaldare l'amicizia con lo scrittore cattolico inglese, già conosciuto ai tempi della guerra. Nel '53 gira anche l'episodio *Il ventaglino* nel film collettivo ispirato a testi pirandelliani *Questa è la vita*.

1954-1957

Nel 1954 esce *Le lettere da Capri* (Garzanti, Milano, Premio Strega). È il largo successo di pubblico che Soldati scrittore ancora non aveva conosciuto. In marzo inizia la collaborazione al «Corriere della Sera» che si chiuderà nel 1960, prima fase di un assiduo rapporto con la stampa quotidiana durato quasi un trentennio.

Sempre nel 1954 realizza *La donna del fiume*, affiancato ancora da un gruppo di letterati d'eccezione: a soggetto e sceneggiatura collaborano Flaiano, Pasolini e Bassani. Il 3 dicembre, primo giorno di programmazione della televisione italiana, viene trasmesso *Le miserie del signor Travet*: è il segno di una relazione felice e intensa con il nascente medium. Soldati firma alcune inchieste celebri e innovative, come *Viaggio nella Valle del Po* (1956-1957) e *Chi legge? Viaggio lungo le rive del Tirreno*, in collaborazione con Cesare Zavattini, Carlo Musso e Agostino Richelmy (1960); il suo volto e il suo personaggio diventano presto fra i più noti della TV, grazie, per esempio, a un'apparizione al «Musichiere» di Mario Riva e alla parodia che gli riservano Raimondo Vianello e Ugo Tognazzi.

Nel 1955 dà alle stampe *La confessione* (Garzanti, Milano), proponendosi al pubblico, dopo l'ampiezza e la complessità strutturale delle *Lettere da Capri*, con la levità lineare di una storia di educazione e iniziazione erotica. Lavora alla sceneggiatura di *Guerra e pace* di King Vidor e dirige la seconda unità: tutte le notevoli scene di battaglia del kolossal sono sue. Nel 1957 pubblica la raccolta che riunisce il meglio dei testi di misura breve e media di trent'anni di scrittura: *I racconti* (Garzanti, Milano). Insieme dà alle stampe ancora un piccolo romanzo, *Il vero Silvestri*, nel quale attorno ai temi dell'amicizia e dell'elusività delle apparenze, delle identità sfuggenti, costruisce un meccanismo narrativo pressoché perfetto.

Gira *Era di venerdì 17* e *Italia piccola*.

1958

Policarpo ufficiale di scrittura, sceneggiatura di Age e Scarpelli, Renato Rascel protagonista, è premiato a Cannes. Sarà l'addio al cinema di Soldati. Un cinema nel quale non si è (quasi) mai riconosciuto appieno, ma che gli si è cucito dentro: «Io non l'ho mai amato. Certo, ho vissuto nel cinema per venti, trent'anni. Di notte, sogno quasi sempre il lavoro del cinema: il montaggio, le luci, gli attori. Il cinema è qualche cosa di violento, che ti cambia completamente la vita. Non ci sono attenuanti, non c'è riparo» (Ajello 1991).

1959
Con la raccolta di racconti *La Messa dei villeggianti* (Mondadori, Milano), primo volume delle *Opere di Mario Soldati*, lo scrittore passa alla casa editrice milanese, che negli anni successivi riproporrà al pubblico in questa collana numerosi suoi testi. È il primo passo di un viaggio verso Milano che si concluderà, nel 1960, con l'approdo alla residenza in un appartamento del centro del capoluogo lombardo, in via Cappuccio. Il "viaggio" segna un profondo spostamento del baricentro della sua attività dal cinema alla letteratura e al giornalismo. Non a caso nell'ottobre del 1960 si avvia la collaborazione con «Il Giorno», che proseguirà per un decennio e più di 550 tra *Notes* e racconti.

1961-1963
La poliedricità dinamica della sua figura intellettuale, la vocazione di reporter e non da ultimo la notorietà lo portano a dirigere la sezione relativa alle regioni della mostra torinese per il Centenario dell'Unità d'Italia.
Nel luglio 1961 muore a Torino la madre.
Nel 1962 pubblica, sempre da Mondadori, la raccolta di racconti *Storie di spettri* e le poesie di *Canzonette e viaggio televisivo*. Da quest'anno trascorre l'estate a Tellaro, in Liguria, vicino a Lerici (acquisterà la villa "Le Rocce" nel 1967). In settembre, durante un fine settimana trascorso con Giorgio Bassani in casa dell'editore Giangiacomo Feltrinelli nel Monferrato, conosce Cesare Garboli, d'ora in poi amico intimo e costante interlocutore intellettuale.

1964-1967
Il 1964 è l'anno delle *Due città* (Garzanti, Milano), il suo romanzo più lungo, come mole e come gestazione. Nel 1966 esce *La busta arancione*, primo romanzo inedito pubblicato per Mondadori.
Nel 1967 raccoglie in volume *I racconti del maresciallo*, dai quali sarà tratta una fortunata serie televisiva.

1968-1970
È un triennio fertile per Soldati reporter. Nel 1968 pubblica *Fuori*, una raccolta di scritti di viaggio in Italia, Sierra Leone, URSS, Libia, e nel 1970 *I disperati del benessere (viaggio in Svezia)*, entrambi da Mondadori. Ma il testo più interessante è *Vino al vino. Viaggio alla ricerca dei vini genuini* (Mondadori, Milano 1970), primo di una serie di tre volumi di storie di vini e attraverso i vini che tracciano un

vivace ritratto dell'Italia (perché il vino è «qualcosa che vive e che fa parte della nostra vita»: raccontarlo dunque vuol dire parlare di noi, di persone e di paesaggi).
Nel 1970 pubblica *L'attore* (Mondadori, Milano, Premio Campiello), fra i suoi libri accolti con maggior favore da critica e pubblico. A presentare e commentare una scelta di testi soldatiani per la scuola, *Fuga in Italia e altri racconti* (Mondadori, Milano 1969) è Mario Bonfantini.

1971-1979
Nel 1971 pubblica *55 novelle per l'inverno* e *Vino al vino. II* (Mondadori, Milano).
Torna alla televisione nel 1972, con due speciali realizzati insieme a Cesare Garboli, *A carte scoperte*, girati in Giappone (conversazione con Soichiro Honda, sul miracolo industriale nipponico) e in Etiopia (con Hailé Selassié, sulla fine degli antichi regimi in Africa). Dopo non ci saranno altri programmi firmati Soldati.
Nel 1973 si trasferisce definitivamente a Tellaro. Sempre quest'anno, lasciato «Il Giorno», passa a scrivere per «La Stampa». Pubblica due libri che testimoniano una volta di più le qualità del giornalista-scrittore: *Un prato di papaveri. Diario 1947-1964* è il primo dei volumi che riordinano l'imponente lavoro del cronista, critico, reporter, nella varietà delle sue maniere; *Da spettatore* è il libro del Soldati che guarda il cinema (Mondadori, Milano).
Nel 1973 va negli Stati Uniti per un ciclo di lezioni di cinema e letteratura promosso dalla cattedra di Cultura italiana della Fondazione Giannini a Berkeley. Tornerà tre volte negli USA ('74, '77 e '86) e, in questo decennio, sono ancora tre i libri che attingono in misura rilevante al mondo americano: l'asimmetrico e avvincente *Smeraldo* nel 1974 (Mondadori, Milano), nel 1977 *La sposa americana* (Mondadori, Milano, Premio Napoli) e nel 1979 *Addio diletta Amelia* (Mondadori, Milano), che nasce dalla rielaborazione degli scritti che avevano accompagnato il viaggio del 1973.
Nel 1974 scrive il racconto per bambini di ambientazione tellarina *Il polipo e i pirati* (Emme Edizioni, Milano). Nel 1975 prosegue la pubblicazione dei suoi diari in pubblico (*Lo specchio inclinato. Diario 1965-1971*, Mondadori, Milano, Premio Bagutta) e si completa, con la terza serie, il viaggio enologico (*Vino al vino. III*, Mondadori, Milano).
Nel 1979 pubblica *Otto lettere* (Mondadori, Milano) e *44 novelle per l'estate* (Mondadori, Milano).

In aprile, dopo quasi vent'anni, riprende a scrivere per il «Corriere della Sera».

1980-1999

Nel 1980 assume la presidenza del Centro Studi Pannunzio di Torino.
Negli anni Ottanta la sua attività prosegue fervida. L'avvio del decennio è felice, contrassegnato dal romanzo *L'Incendio* e dalla raccolta di racconti e cose viste *La casa del perché* (Mondadori, Milano 1981-1982). Per invito della Banca Popolare trascorre nel 1982 un lungo soggiorno a Sondrio, dal quale tre anni dopo prenderà forma il "diario contemplativo" dell'*Avventura in Valtellina*, reportage della vecchiaia, scritto da un viaggiatore sempre più costretto alla stanzialità, sempre più incline a muoversi con la memoria. Segue anche il fortunato mondiale di calcio in Spagna per il «Corriere della Sera» (riunirà le corrispondenze nel volume *ah! il Mundial! Storia dell'inaspettabile*, Rizzoli, Milano 1986).
Nel 1983 assume la presidenza della sezione italiana del Pen Club e a settantasette anni si presenta alle elezioni nel PSI per il Senato nel collegio Torino centro.
L'anno successivo i *Nuovi racconti del maresciallo* appaiono presso l'editore Rizzoli; Soldati sceneggia la serie televisiva con il figlio Giovanni, che ne girerà gli episodi. Ancora Giovanni, nel 1986, sarà il regista della *Sposa americana*, con nelle parti principali Stefania Sandrelli, Thommy Berggren, Trudie Styler e Harvey Keitel.
Gli ultimi due romanzi escono a cavallo del suo ottantesimo compleanno (1986), festeggiato anche da un convegno promosso dall'Università di Pavia: sono *L'architetto* (Rizzoli, Milano 1985) ed *El Paseo de Gracia* (Rizzoli, Milano 1987). Nel 1987 pubblica una raccolta di scritti dedicati alla Liguria, *Regione regina* (Laterza, Bari). Chiude il decennio con la raccolta di ricordi-racconti *Rami secchi* (Rizzoli, Milano 1989), intensa ed elegantemente scabra come il titolo.
Nel 1991 e nel 1992 escono i due volumi di opere soldatiane curate da Garboli per Rizzoli (*Racconti autobiografici* e *Romanzi brevi*), testimonianza maggiore della lunga, fine e penetrante assiduità critica dell'amico.
Nel 1993 perde la moglie Jucci.
Nel 1994 pubblica la raccolta *Le sere* (Rizzoli, Milano), fitta e nitida galleria di persone, ambienti e opere condotta sul filo della memoria.
Si spegne a Tellaro nel 1999.

Bruno Falcetto

Riferimenti bibliografici

Ajello 1991: M. Soldati, *Credimi, sono pieno di peccati (Così il romanziere parla di se stesso)*, a c. di N. Ajello, in «la Repubblica», 14-15 aprile 1991.

Baldini 1948: G. Baldini, *Noterella quasi filologica su Mario Soldati*, in «La Fiera letteraria», 11 aprile 1948.

Bonfantini 1930: M. Bonfantini, *Ottocentismo*, in «La Libra», III, 1.

Kezich 1981: T. Kezich, *Sì, un film lo farei però senza la pellicola*, in «la Repubblica», 17 dicembre 1981.

Lajolo 1983: D. Lajolo, *Conversazione con Mario Soldati in una stanza chiusa*, Frassinelli, Milano 1983.

Maraini 1973: *Mario Soldati*, in *E tu chi eri?*, a c. di D. Maraini, Bompiani, Milano 1973 (l'intervista è del 1970).

Messori 1982: M. Soldati, *Cristo? Un simbolo. Ma solo il simbolo è vero*, a c. di V. Messori, in «Jesus», IV, novembre 1982.

Zanelli 1981: M. Soldati, *Il cinema prima del cinema. Le nozze d'oro con la macchina da presa*, a c. di D. Zanelli, in «Il Resto del Carlino», 20 maggio 1981.

L'inganno e la certezza: M. Soldati, *L'inganno e la certezza*, in *44 novelle per l'estate*, Mondadori, Milano 1979.

Rami secchi: M. Soldati, *Rami secchi*, Rizzoli, Milano 1989.

Bibliografia critica essenziale

Alla vigilia del centenario della nascita (2006), le monografie critiche dedicate a Mario Soldati erano due soltanto, di taglio divulgativo (M. Grillandi, *Soldati*, La Nuova Italia, Firenze 1979; W. Mauro, *Invito alla lettura di Mario Soldati*, Mursia, Milano 1981), alle quali si è aggiunto l'approfondito doppio profilo di Soldati regista e scrittore tracciato da Emiliano Morreale (*Mario Soldati. Le carriere di un libertino*, Edizioni Le Mani - Cineteca del Comune di Bologna, Recco-Bologna 2006). È stata invece assidua e sovente autorevole l'attività recensoria che ha accompagnato la sua carriera di scrittore, a partire dagli interventi di Borgese, Montale, Debenedetti sul libro d'esordio. Dalla metà degli anni Ottanta poi, alcuni volumi di atti e numeri unici di riviste hanno avviato un approfondimento articolato della riflessione attorno alla figura e ai testi di Soldati. Il miglior percorso d'avvio alla conoscenza del suo lavoro letterario è quello offerto dall'autoritratto dialogato firmato Lajolo (*Conversazione con Mario Soldati in una stanza chiusa*, Frassinelli, Milano 1983) e da *Introduzione* e *Fortuna critica* preparate da Cesare Garboli nel 1991 per il primo volume dell'edizione rizzoliana delle opere. Nel 2006 infine si è avviata la pubblicazione di un'ampia scelta di opere soldatiane nei Meridiani Mondadori con il volume *Romanzi*, a cura e con un saggio introduttivo di B. Falcetto, *Notizie sui testi* di S. Ghidinelli, cui si rimanda per più estese informazioni bio-bibliografiche.

Atti di convegno, altri volumi collettanei, numeri speciali di periodici

«La Fiera letteraria», 28 novembre 1954, rubrica «Galleria degli scrittori italiani», pp. 3-4 e 7. Articoli di G. Bassani, *Mario Soldati*; A.

Moravia, *Un bambino della mia età*; G. Bellonci, *Otto libri*; C. Levi, *La copertina dell'America*; G.L. Rondi, *È sempre l'autore dei suoi film migliori*; G. Antonini, *Il racconto, suo primo amore*; F. Di Giammatteo, *Velleità spirituali e crisi della borghesia*; G. Petroni, *Un personaggio imprendibile*.

Letterato al cinema: Mario Soldati anni '40, a c. di O. Caldiron, Cineteca nazionale del Centro sperimentale di cinematografia, Roma 1979.

«Paragone», XXXVIII, 442, dicembre 1986, *Omaggio a Soldati*, pp. 47-102, raccoglie parzialmente gli interventi della giornata di studio tenutasi a Pavia il 21 novembre 1986, in occasione degli ottant'anni di Soldati. Contributi di G. Raboni, *Soldati scrittore*; G. Gavazzeni, *Per Mario Soldati, a Pavia*; G. Fink, *L'uso del vetrino. Il cinema nelle pagine di Mario Soldati*; C. Garboli, *L'io della notorietà*; G. Magrini, *Soldati e i mezzi di comunicazione*; M. Vallora, *La giacca verde*.

Mario Soldati, a c. di G. Callegari e N. Lodato, Amministrazione provinciale di Pavia, Pavia 1986. Il volume, realizzato «In occasione della giornata di studio Pavia 1986», contiene: L. Bertone, *Presentazione*; M. Soldati, *Quattro scritti*; C. Garboli, *Com'è nata un'amicizia*; G. Callegari e N. Lodato, *Conversazione con Cesare Garboli*; *Cronologia*; *Le opere letterarie di Mario Soldati*; *Bibliografia*; *Filmografia*.

«Bollettino per Biblioteche», 33, aprile 1988, pp. 28-49, raccoglie parzialmente gli atti del convegno di Pavia del novembre 1986. Contributi di C. Martignoni, *Soldati e le astuzie del racconto*; L. Peroni, *Soldati e i formalisti del cinema italiano, 1940-1943*.

Mario Soldati. La scrittura e lo sguardo, Lindau - Museo Nazionale del Cinema, Torino 1991; scritto introduttivo di G. Bàrberi-Squarotti, P. Bertetto, M. Guglielminetti. Nella sezione «La scrittura» interventi di M. Guglielminetti, *In attesa dell'autobiografia*; M. Baudino, *Il narratore trasparente*; G. Conte, *Un'immagine di Soldati*; G. Davico Bonino, *Mario Soldati, un maestro dell'ironia*; P.F. Quaglieni, *Un impegno mai ostentato*; G. Raboni, *Nel più ci sta il meno*; S. Verdino, *Il capolavoro di Soldati: "Lo smeraldo"*. Nella sezione «Lo sguardo» interventi di G. Rondolino, *Soldati: cineasta e letterato*; C. Zavattini, *Dora Nelson*; A. Bertolucci, *La provinciale*; C. Bertieri, *Conversando con Soldati*; A. Costa, *Soldati, Puig e il volto "pieno di mistero" di Isa Miranda*; G. Davico Bonino, *Un "romanzo del cinema" italiano anni '30*; A. Farassino, *Le due Cinecittà. Mario Soldati fra Torino e Roma*; G. Fink, *Sopra l'automobile, una carrozza:*

"Dora Nelson" e "Quartieri alti"; P. Gobetti, *Mario Soldati. Gli esordi*; A. Grasso, *Viaggio lungo la televisione di Mario Soldati*; M. Morandini, *Faccio cinema scrivendo romanzi*; S. Alovisio, M. Arvat, C. Gianetto, *"La mano dello straniero": un noir a metà*. Cronologia, bibliografia delle opere, filmografia, bibliografia della critica a c. di G.C. Bertolina. Con testi di M. Soldati.

«Rivista di studi pirandelliani», IX, 6-7, terza serie, giugno-dicembre 1991, *Premio Pirandello 1990. Omaggio a Mario Soldati*, pp. 129-66. Interventi di W. Mauro, *L'uomo e lo scrittore*; G. Pullini, *L'esistenzialismo vitale di Soldati. I temi della narrativa*; G. Corsinovi, *La scrittura di Mario Soldati*.

I 90 anni di Mario Soldati, introduzione di W. Giuliano, disegni di M. Maccari, Provincia di Torino, Centro di Studi e Ricerche Mario Pannunzio, Tipolitografia Janni, Santena (Torino) 1996.

Mario Soldati. Lo specchio inclinato. Atti del Convegno internazionale. San Salvatore Monferrato, 8-9-10 maggio 1997, a c. di G. Ioli, Edizioni della Biennale Piemonte e letteratura, San Salvatore Monferrato 1999. Contributi di I. Crotti, *"Una metafora concisa e straziante": il sillabario di "America primo amore"*; P. Frassica, *Le "Lettere da Capri" e le varianti della discrezione*; E. Gioanola, *Le due città*; G. Bàrberi-Squarotti, *La curiosità morale*; S. Verdino, *I romanzi gesuitici di Soldati*; G. Ioli, *Rami secchi* (in appendice *Introduzione* a Luciana Frassati, *Torino come era*); S. Pautasso, *Soldati e l'*autofiction; G. Calcagno, *Uno scrittore per la rotativa*; G. Davico Bonino, *Soldati tra teatro e cinema*; F. Portinari, *Un viaggiatore in poltrona*; N. Lodato, *"Il cinema, io non ho mai voluto farlo"*; G. Corsinovi, *La scrittura di Mario Soldati*; M. Guglielminetti, *Appunti per una conclusione*.

Mario Soldati. Atti del convegno "Toscano, bretelle e papillon", a c. di G. Colotto, Agorà Edizioni, La Spezia 2003. Interventi di I. Tedesco Vergano, M. Melley, G. Tedoldi, M.L. Eguez, M. Piperno, M. Novaro, G. Soldati, S. Sandrelli; S. Verdino, *Appunti su Soldati e la musica*; P. Bertolani, *Mario Soldati: una superficie profonda*; G. Benelli, *Il sentimento religioso di Mario Soldati*; G. Bertone, *"America primo amore". Una lettura*; F. Battolini, *Mario Soldati critico d'arte*; B. Torri, *Soldati cineasta*; C. Bertieri, *Ricordando un amico*; L.M. Faccini, *"Frattanto avevo ordinato un altro Pernod...". Appunti sull'erotismo di Mario Soldati*.

Soldati, Mario, a c. di B. Pasqualetto, Gaffi, Roma 2007. Contributi di R. Manica, *Salmace*; F. La Porta, *America primo amore*; B. Pasqualetto, *A cena col commendatore*; S. Lutzoni, *Le lettere da Capri*; C. Cossu, *La confessione*; G. Mussi, *Il vero Silvestri*; M. Onofri, *Rami secchi*.

Saggi e profili critici

G. Bàrberi-Squarotti, *La narrativa italiana del dopoguerra*, Cappelli, Bologna 1965, pp. 84-86.

G. Bassani, *Le parole preparate e altri scritti di letteratura*, Einaudi, Torino 1966 (*Soldati, o dell'essere altrove*, 1951, pp. 127-33; *Ancora su Soldati: Emilio e Piero*, 1964, pp. 189-201).

A. Bertolucci, *Un incontro con Mario Soldati*, in «Vogue-Italia», giugno 1981.

M. Bonfantini, *Introduzione* e *Vita di Mario Soldati*, in M. Soldati, *Fuga in Italia e altri racconti*, Edizioni Scolastiche Mondadori, Milano 1969, pp. 5-21.

E. Cecchi, *Letteratura italiana del Novecento*, a c. di P. Citati, Mondadori, Milano 1972 (*La narrativa di Mario Soldati*, pp. 992-94; *Le lettere da Capri di Soldati*, pp. 995-99).

G. Contini, *Mario Soldati*, in *Letteratura dell'Italia unita 1861-1968*, Sansoni, Firenze 1968, pp. 1017-19.

M. David, *M. Soldati*, in *La psicoanalisi nella cultura italiana*, Boringhieri, Torino 1970[2] (1ª ediz. 1966), pp. 470-73.

G. De Robertis, *Altro Novecento*, Le Monnier, Firenze 1962 (*I racconti di Soldati*, pp. 359-62; *Viaggiare per conoscere*, pp. 362-65).

P. De Tommaso, *Mario Soldati*, in AA.VV., *Letteratura italiana. I contemporanei*, vol. III, Marzorati, Milano 1970, pp. 495-513.

B. Falcetto, *Mario Soldati tra trasgressione e riconciliazione*, in «Linea d'ombra», 90, febbraio 1994, pp. 67-69.

E. Falqui, *Mario Soldati: "A cena col commendatore"*, in *Novecento letterario*, IV serie, Vallecchi, Firenze 1954, pp. 373-77; *Mario Soldati: "America primo amore"* (1946) e *Fuga in Italia* (1947), in *Novecento letterario*, VI serie, Vallecchi, Firenze 1961, pp. 367-74; *Mario Soldati: "La busta arancione"* (1966) e *Mario Soldati: "I racconti del maresciallo"* (1968), in *Novecento letterario*, X serie, Vallecchi, Firenze 1969, pp. 312-20.

G. Fofi, *Mario Soldati*, in *Strade maestre. Ritratti di scrittori italiani*, Donzelli, Roma 1996, pp. 29-32.

C. Garboli, *Storie di seduzione*, Einaudi, Torino 2005 (cap. VI, *Mario Soldati*, pp. 221-46: *Racconti autobiografici*, 1991, pp. 221-30;

La confessione, 1991, pp. 231-35; *Romanzi brevi*, 1992, pp. 236-41; *Nota a Salmace*, 1993, pp. 242-46).

N. Gardini, *Das Homosexuelle in Soldati*, in «Studi novecenteschi», XXXIV, 73, gennaio-giugno 2007, pp. 195-208.

N. Ginzburg, *Prefazione*, in M. Soldati, *La carta del cielo*, Einaudi, Torino 1980, pp. V-XII.

L. Malavasi, *Mario Soldati*, Il Castoro Cinema, Milano 2006.

G. Manacorda, *Storia della letteratura italiana contemporanea*, Editori Riuniti, Roma 1967, pp. 336-38.

R. Manica, *Un lapsus di Soldati* (1994), in *La prosa nascosta. Narrazioni del Novecento italiano*, Avagliano, Cava de' Tirreni 2002, pp. 63-82.

C. Martignoni, *Il grande vecchio*, in «Leggere», VII, 57, febbraio 1994, pp. 17-18.

P. Monelli, *Mario Soldati* (1960), in *Ombre cinesi. Scrittori al girarrosto*, con 24 disegni di A. Bartali Natinguerra, Mondadori, Milano 1965, pp. 47-58.

M. Onofri, *Tempo di edificare: i narratori italiani degli anni Venti e Trenta* (2000), in *Il sospetto della realtà. Saggi e paesaggi italiani novecenteschi*, Avagliano, Cava de' Tirreni 2004, pp. 13-64.

—, *Tre scrittori borghesi. Mario Soldati, Alberto Moravia, Guido Piovene*, Gaffi, Roma 2007, pp. 7-53.

G. Pampaloni, *Il critico giornaliero. Scritti militanti di letteratura 1948-1993*, a c. di G. Leonelli, Bollati-Boringhieri, Torino 2001 (*Crisi dell'educazione nella* Confessione *di Soldati*, 1955, pp. 128-31; *Le donne di Soldati*, 1957, pp. 150-53; *Soldati e il parroco*, 1959, pp. 186-90; *Soldati e il maresciallo*, 1967, pp. 272-74; *Il lungo sonno di Soldati*, 1974, pp. 367-68; *America, grande amore*, 1979, pp. 386-88; *Il vero Soldati*, 1981, pp. 398-401; *Estrosi itinerari della memoria*, 1990, pp. 453-55).

L. Parisi, *L'ossessione erotica di Mario Soldati*, in «Giornale storico della letteratura italiana», 596, 2004, pp. 573-89.

E. Ragni, *Mario Soldati*, in AA.VV., *Letteratura italiana contemporanea*, diretta da G. Mariani e M. Petrucciani, vol. II, Lucarini, Roma 1980, pp. 721-27.

D. Ravanello, *Mario Soldati*, in *Dizionario critico della letteratura italiana*, vol. IV, UTET, Torino 1986^{2}, pp. 208-209.

G. Ravegnani, *Nota su Mario Soldati*, in *Uomini visti. Figure e libri del Novecento (1914-1954)*, vol. II, Mondadori, Milano 1955, pp. 282-87.

C. Riccardi, *L'ambigua realtà: tecnica e stile di Mario Soldati*, in «Nuova Antologia», DLVII, 1987, pp. 274-89.

A. Scurani, *Mario Soldati, una ricostruzione del personaggio*, in «Letture», XLV, quaderno 466, aprile 1990, pp. 295-310.

G. Spagnoletti, *Le curiosità introspettive di Soldati*, in *La letteratura italiana del nostro secolo*, Mondadori, Milano 1985, pp. 635-39.

V. Spinazzola, *Mario Soldati* (1991), in *Letteratura e popolo borghese*, Unicopli, Milano 2000, pp. 308-11.

C. Varese, *Scrittori d'oggi. Alberto Moravia. Mario Soldati*, in «Nuova Antologia», ottobre 1959, pp. 262-65.

S. Verdino, *Nel mondo di Soldati*, in «Nuova Corrente», XXXVII, 106, 1990, pp. 215-47.

Compongono un ritratto critico in più tempi anche le introduzioni di Giovanni Raboni per gli Oscar Mondadori (*La verità sul caso Motta*, 1973, *L'attore*, 1975, *America primo amore*, 1976) e di Salvatore Silvano Nigro per Sellerio (*America primo amore*, 2003, *La verità sul caso Motta* e *Fuga in Italia*, 2004, *La giacca verde* e *La finestra*, 2005, *Il padre degli orfani* e *Un viaggio a Lourdes*, 2006).

Recensioni e studi su "El Paseo de Gracia"

L. Mondo, *Sul Paseo de Gracia Soldati aspetta una donna e una sentenza*, in «Tuttolibri», 554, 6 giugno 1987, poi in *Letture negli anni*, La Stampa, Bergamo 1991, pp. 147-49.

F. Gianola, *Il genio ribelle colpisce ancora*, in «Il Giorno», 7 giugno 1987.

C. Marabini, *Fiesta grande per Soldati a Barcellona*, in «Il Resto del Carlino», 8 giugno 1987.

O. Del Buono, *... Ma Olga non gioca a scacchi*, in «la Repubblica», 9 giugno 1987.

C. Marabini, *Il Giudizio del patriarca*, in «Il Resto del Carlino», 18 giugno 1987.

G. Raboni, *Kramer incontra Kramer*, in «L'Europeo», 20 giugno 1987.

F. Portinari, *C'eravamo poco amati*, in «l'Unità», 1° luglio 1987.

M. Cancogni, *Passeggiando fra vizio e giudizio*, in «Il Giornale», 5 luglio 1987.

G. Soavi, *Sono bravo, quindi urlo*, in «Il Giornale», 5 luglio 1987.

E. Paccagnini, *L'ambiguità sia con voi*, in «Il Sole 24 Ore», 12 luglio 1987.

C. Carena, *Nel buio della voluttà,* in «Corriere del Ticino», 22 agosto 1987.
R. Barilli, *Destini incrociati,* in «Alfabeta», n. 101, ottobre 1987, pp. 18-19.
A. Scurani, *El Paseo de Gracia,* in «Letture», 10, ottobre 1987, pp. 713-14.
L. De Luca, *Traditore di sé stesso,* in «L'Eco di Bergamo», 4 novembre 1987.
C. Sgorlon, *Chiasso in scena,* in «Il Piccolo», 4 gennaio 1988.

Bruno Falcetto

Nota al testo[1]

Pubblicato da Rizzoli nell'aprile del 1987, quando Mario Soldati ha ormai superato la soglia degli ottant'anni, *El Paseo de Gracia* rimarrà il suo ultimo romanzo: i pochi libri licenziati negli anni successivi saranno tutti raccolte di racconti o brevi prose di memoria. In un'intervista a Manuela Grassi, Soldati rivela d'altronde che il suo proposito iniziale, nell'avviare il *Paseo*, non era affatto quello di scrivere un romanzo, bensì un semplice racconto, trasformatosi poi in corso d'opera in qualcosa di diverso:

> Il *germ*, il germe, la prima traccia di tutta la storia è questa, volevo scrivere una novelletta buffa su me stesso libertino, in prima persona, ricordando di quando, pochi anni fa, a una trasmissione televisiva sulla paura mi innamorai di un giovane aiuto operatore vestito di jeans, che poi non era un ragazzo ma una ragazza – ecco un modo di essere omosessuale senza saperlo – e quella ragazza, anzi, quel finto ragazzo, che abitava in Trastevere, faceva molto la civetta con me. Poi scomparve e mi confidarono che in realtà era lesbica. [...] Insomma è successo che prima è nata la controstoria, cioè il racconto che volevo intitolare «La trasteverina», e poi la storia, e cioè la vicenda di Eugenio, il ricordo colpevole dei suoi rapporti con Olga, che gli hanno lasciato un profondo rimorso, e del kolos-

[1] Nelle citazioni dei materiali preparatori del romanzo, il simbolo +++ indica testo illeggibile o di dubbia interpretazione; le diciture in corsivo tra parentesi tonde – *(a margine), (sic)* – sono del curatore.

sal michelangiolesco. (*Mi rimetto al mio Giudizio*, in «Panorama», 7 giugno 1987)

L'articolata fase di progettazione è attestata in modo ricco ma discontinuo da tre buste di materiali preparatori conservate nell'archivio dello scrittore. Tutte sono intestate con un *bouquet* di titoli variamente accostati e sovrapposti: «La Trasteverina», «Il Giudizio Universale», «Paseo». Accanto a poche sceneggiature abbastanza sviluppate, redatte su fogli A4, le cartelle contengono decine di cartoncini colorati di piccolo formato (circa 15 x 25 cm), stipati con osservazioni e postille piuttosto frammentarie. Ristabilire un ordine e una gerarchia tra i diversi schemi e stadi di elaborazione non è semplice, tanto più che la lettura è resa spesso incerta e disagevole dalla grafia molto irregolare.

La serie di appunti forse più antica ruota attorno a una sorta di incubo, o «sogno quasi pilotato», in cui lo scrittore avanza in una fantasiosa «viziopoli» (poi anche «criptosodoma», «libertinopoli immonda», «metropoli inesistente») abitata da migliaia di cittadini tutti accomunati «dalla mancanza di rimorso». Il culmine della scena sembra consistere in una galleria o «girandola di donne trasteverine»: una sorta di turbinosa rievocazione dei feticci erotici inseguiti e idolatrati nel corso di una vita (nei vari elenchi di nomi sono presenti tante figure ricorrenti nell'immaginario soldatiano: da «Meris» a «Yvonne», dalla «Bruna» alla «Gina», ecc.).

In uno schema successivo l'ennesima riformulazione della visione introduce una precoce sceneggiatura del romanzo: il racconto sembra aprirsi cioè in leggero anticipo, con uno squarcio sul mondo onirico del protagonista prima del risveglio. Ne deriva un effetto di spiccata sovrapposizione tra io autobiografico e personaggio: assai più che nella stesura definitiva, Eugenio/Kramer appare qui costruito come un tipico *alter ego* di Soldati, di cui condivide ricordi ed esperienze.

Nell'intervista a «Panorama», ad ogni modo, lo scrittore dichiara di aver modellato la fisionomia del proprio protagonista ispirandosi a un lontano amico scenografo, e alla suggestione di un nome: «Ho conosciuto, nel '50 credo, un

Crema-Donnini molto comico che faceva il produttore, e quel nome mi aveva esaltato. Poi ho conosciuto un attore che si chiamava Donnini... Alla fine, come un farfallone che aleggiava nella mia vita, ho acchiappato quel nome». Oltre al protagonista Eugenio, nell'abbozzo appaiono già delineate anche le figure di Peppino/Dino De Laurentiis e Felicìn (ma qui il nome è diverso)/Silvio Berlusconi. Come è evidente fin dal triplice titolo, infatti, la traccia narrativa della «Trasteverina» appare già intrecciata alla vicenda della ciclopica produzione televisiva ispirata al *Giudizio Universale*. Ancora del tutto assente è invece un altro cruciale asse di sviluppo della trama, quello legato alla coppia Irma/Olga (tanto che l'avventura con la trasteverina Eva culmina con l'inopinato matrimonio tra Eugenio e la vecchia farmacista amante della ragazza):

> Il Giudizio Universale / La Trasteverina / Kramer-Donnini
> In principio fu la luce – e, subito dopo, la magica nicchia materna, il sacro recesso del cesso. / Poi, spaziati ma uniti fenomeni, Debernardi il nemico adorato, Carlo Balbo, la signora Calandra del Chessa, Matilde Chessa deinde Sobrero, Anna Siciliana chez Ritz, infiniti fotocolor patinati di dee le notti di John Jay, qualche King, infine dal primo ritorno dagli States in poi, a Termini il Giovinetto Giornalaio, la Signora (di Martini) e celebrata nel Fioretto ad Algeri poi infine Bruna Cappelletti e tutte le seguenti puttane (da Meris celebrata nella Busta fino a Aurora che durò fino alla fine e celebrata nell'Architetto come Nunzia... tutte immagini continuamente miste al ricordo o alla pratica dell'efebico Giornalaio di Termini. / In fondo: l'immagine più forte e più resistente resta la mai provata Signora Calandra – la quale riassume tutto il possibile piacere. / Le preghiere a Gesù (non Dio!) – ma quello del Sacro Cuore profetico di Andrea del Sarto. / Carriera – dalla Cines di via Veio agli Oscar di Hollywood come art-director, scene e costumi, ma anche un soggetto mai realizzato: Il giudizio universale. / Speculazione TV sa quanto Giudizio U. infiamma +++ / Dino – Berlusconi = Don Peppino Riamato / Visita al Colibrì [? Jack Pozzi Bellini] / Ritorno ultimo a Roma. / Avventura di Eva, la Trasteverina. Frattanto Kramer irresistibilmente trasforma il Giudizio U. nella Verità, e così

finisce per annullare il progetto di Jack. E lui arriva, attraverso la lesbica Eva, alla vecchia Farmacista che finalmente sposa, 1ª e unica moglie.

La fase più laboriosa e delicata, nella composizione del *Paseo*, sembra aprirsi proprio con il tentativo di innestare su questa prima idea di trama l'ulteriore, decisivo, elemento di complicazione romanzesca costituito dall'opposizione tra la moglie Irma e l'*altra* donna, con cui Eugenio la tradisce (o l'ha tradita in passato). Si tratta di una scelta destinata a tonificare l'intera struttura del romanzo, introducendo quella cruciale tensione fra presente e passato, tentazione e rimorso, eccitante immaginazione dell'avventura peccaminosa e fatale assuefazione all'esperienza dell'esaurimento, cui lo stesso Soldati sembra accennare nel finale dell'intervista citata in apertura.

È soprattutto la definizione della fisionomia dell'antagonista di Irma (e del suo rapporto con Eugenio) a impegnare Soldati in un lungo e travagliato sforzo di calibratura e armonizzazione fra sollecitazioni contrastanti. Lo scrittore sembra partire dall'immagine di Eugenio che, un attimo prima di svegliarsi, improvvisamente ricorda nel sogno un misterioso nome o soprannome, «Bush» (come accadrà poi con il nome di Olga nella scena di apertura del romanzo):

> "Bush! Bush!" Eugene Kramer gridò. A fatica aprì un occhio. Vide che era ancora notte. Capì che il suono stesso della sua voce lo aveva svegliato. / E chi è Bush? chi è? aveva, intanto, incominciato a domandarsi. Chi diavolo era Bush? E a poco a poco, pensando bene, si rendeva conto che non esisteva nessun Bush o, piuttosto, che Bush era un +++ +++ +++

Al di là della difficoltà di decifrare le righe finali del documento, l'identità incerta di «Bush» emerge soprattutto confrontando il repertorio disorganico di appunti e annotazioni che riguardano il personaggio. In una prima fase Soldati sembra immaginarlo addirittura come un uomo: forse «un imbianchino (o no)», «un arabetto, o un greco», o ancora «un servo» di Eugenio, che fu già «servo della moglie morta». In seguito «Bush» diviene senz'altro il nomignolo di una donna, ma il piano temporale della relazione con Eugenio continua a risultare poco chiaro:

> Tragica circostanza. / Irma e Bush. / Perno segreto: il rimorso incerto di Kr. Tragica coincidenza. Mentre lui fa amore con Bush, pensando il male per Irma, Irma muore. Non le avrebbe mai torto un capello – la ama!
>
> Scoprire il meccanismo originario della sorda sfida di Bush. / Bisogna che Bush, a un certo punto, lanci una sorda sfida contro Irma. Irma (cioè l'idea che K. ha di Irma) vince. Bush scompare. Ma Irma muore. Colpa di K.?

Per qualche tempo anche il nome «Miri» (o «Miriam») è utilizzato come ipotesi intermedia per riferirsi all'amante di Eugenio. Ad ogni modo, una più precisa messa a fuoco del carattere di Bush/Miriam/Olga (e della segreta carica di repulsione/attrazione che esercita su Eugenio) si trova in un trattamento piuttosto ampio e articolato in cui Soldati, per la prima volta, sembra chiarire anche le modalità di inserimento della vicenda all'interno del *plot* principale: ora si capisce che il rapporto adulterino risale a quindici anni prima del trasferimento di Eugenio a Los Angeles, e a riattivarne l'inquietante spettro è appunto la telefonata di Peppino, che nasconde la possibilità di un prossimo ritorno in Italia:

> Miriam – Yvonne +++ – Signora Calandra – Otto Dix / – Miri disegna benino ma pedissequamente, senza fantasia – ha una sola qualità dove eccelle. Fa bene all'amore: ma con una meccanicità ostinata che appartiene ancora a quella opacità, sordità. / – stupida, sciocca, opaca. / – Ma la sua stupidaggine è, forse, ciò che più eccitava K. / – Durante il rito ostinato l'espressione, la faccia di Miri era triste, severa, autoritaria! e proprio questa espressione precipitava K. nella voluttà di adorare Miri come una divinità. * / – Adorazione, sì, come in un rito stabilito. Come in una funzione sacra. Miri avverte che qui non si scherza più. / – +++ E quale era il brutto sogno? Perché brutto? Ah, tra tanti pensieri insieme coagulati, il vero e più profondo "perché" pochi istanti prima era la ragione stessa dell'angoscia. Ma adesso, di colpo, la sensazione di angoscia continuava, e lui si era dimenticato del "perché", del motivo centrale. Dimenti-

cato, sì, ma sapeva questo: che per fortuna esiste la morte. Sì, Miri, Miriam, poteva ormai esser morta. / – Poteva, dunque, se la proposta di Dino implicava davvero (come K. sospettava) di tornare in Italia, ebbene poteva tornarci. Irma forse aveva ragione. Forse sapeva che Miri era molto malata (quale malattia? specificare) e c'erano tutte le probabilità che ormai fosse morta. Poi, in Europa, K. sarà tentato di cercarla (a Palermo? a Catania? forse a Atene, forse a Parigi (aveva amici, a Parigi, ne parlava sempre) chissà...) Ma non farà mai il più piccolo sforzo per cercarla... La tentazione di alcune precise telefonate (va a controllare i numeri) però la respinge sempre. Solo, ci pensa. / – Lo strano è questo: che anche nel periodo (qualche anno) del male – cioè dell'abitudine viziosa al tradimento, ogni volta K. a un certo *(sic)* pensava che: per fortuna c'è la morte. Insomma, non aveva aspettato questo momento, dopo 15 anni, di pensare alla morte di Miri. / – La caduta – la caduta di K., usarla o no? in ogni caso, vedi Dante, I, XXIV, 114.

* *(a margine)* di colpo, Miri, così, stabiliva che si trattava di qualche cosa di importante, forse la cosa più importante di tutta la vita

A questo punto le coordinate fondamentali della vicenda appaiono tracciate. Ma una ricapitolazione ancor più precisa e completa della struttura del racconto, del rapporto sfasato tra fabula e intreccio, e degli enigmatici interrogativi morali che il romanzo cerca di sondare, è affidata da Soldati a un ulteriore trattamento, articolato in quattro pagine, che reca sul margine superiore la data «8. VII. 1986»:

Antefatto (da non svelare se non dopo rottura fra K. e Bush). / 1. Bush: alta, viriloide, bruna e morbida, come Fabian, aber gretta come Carmal. Nomen Numen = Bush, nome di un cane maschio = ora Bush è ricordo del cane ma si applica a una ragazza. / * 2. festa per K. Bush [Olga] dice che non vuole assistere, che se ne va: No. K. prende misure con Irma e amici contemplando questo No (assenza di Bush). Ma poi, il giorno dopo, Bush dice sì. / K. gli dà del Bugiardo! Bush risponde malissimo a K. Irma è offesa dalla mancanza di rispetto di Bush. / 3. Rottura poi K. e Irma emigrano in U.S. Passa tempo. K. capisce che deve rigare dritto e non vedere più Bush. Tutto bene. ** / 4. Passa tempo. Inizio romanzo. Los A. "Bush! Bush!" Notte inquieta. Irma è ormai in camera separata. Notte inquieta. Ha telefonato De Laurentiis: +++ storia di Bush. Che cosa vorrà? Cenno a tornare in Italia? Bush? No, Bush no. Oh, poi, Bush sarà morta, ormai! / 5. Colloquio in cielo De Laurentiis e Berlusconnerie – L'idea! / 6. Cerco D.L. Proposta "Michelangelo" K. dice sì e, naturalmente, pensa di andare con Irma. Non +++ Irma – è nonna, +++ da due figli, etc. K. parte con D.L. per Roma. / 7. Roma. Studio alla Cappella Sistina. Lì, vede Eva. Roma con Eva e sceneggiatura +++ / 8. Storia della trasteverina / 9. Discussioni con +++ sul Giudizio. Ma K. continua a meditare sui suoi peccati, forse sul suo solo peccato. Non si sa se Bush è vivo o morto. K. sta per cercarlo... sta per scoprire se è vivo o morto. Ma non ne fa niente... *** Storia con la trasteverina Eva si svolge <u>in lontananza di Irma</u> e perciò con uno speciale rapporto favorevole + a Irma che al ritorno di Bush (al quale in U.S. pensava di più, proprio perché era, da vivo, più lontano). / Conclusione stupefacente e quasi comica scoperta della trasteverina e del suo vizio. Tentazione con la Farmacista. Tradimento con la Farmacista, K. scopre che il Giudizio Universale è <u>Individuale</u>. Cerca di scoprire come – con quali ragionamenti e quali prove – si debba assolutamente dare ragione a Baudelaire: *La suprême volupté de l'amour / gît dans la certitude de faire le mal* / Si pone il dubbio: equivalenza o no? fra il male <u>pensato</u> e il male realmente arrecato alla persona amata e venerata. ? Il male <u>pensato</u> ma meticolosamente e categoricamente evitato su la persona odiata e amata (Irma) è grave o no? / Non finisce, se praticato alla lunga come puro pensiero <u>che accompagna l'atto sessuale</u> con Bush, non finisce per corrompere K.? +++: il giudizio finora è individuale. Liquidata e fallita l'impresa De Laurentiis, rientra a Los Angeles. Ecco <u>Irma</u>. Il bene. ?

* *(a margine)* 26.7.86: Finale speranza il primo dente è caduto alla piccola Chiara (6 anni). Nel bicchiere, soldi dentro borsellino di pelle. Telefonata di pace a me, non parla intanto a Chiara... la fantasia favolosa speranza nell'avvenire la borsetta del Far West etc.
** *(a margine dei punti 1-3)* antefatti o dati di fatto
*** *(a margine)* Il giorno prima del non incontro sul Paseo de Gracia / verso FINE / Non resisto senza udire tua voce / Strazio, intollerabilità della incomunicabilità (c'è una sera, in Roma, o un luogo vicino a Roma, e in vicinanza di Eva, una sera in cui

K. non può, proprio non può telefonare a Irma a Los Angeles o a altro luogo. Per es. Irma coi bambini è andata in montagna, a Echo Lake, da Formichelli e non c'è telefono).

Risalgono quasi certamente a uno stadio successivo alcuni brevi studi o approfondimenti volti a puntualizzare episodi assai circoscritti e dettagli fini dell'intreccio: ad esempio la memorabile sequenza delle piastrelle nella stanza da bagno, o la scena in cui Eugene «si vede guardato» da Olga durante il lavoro e di colpo «si ricorda dell'Elba» (ovvero del pomeriggio in spiaggia in cui, dopo aver creduto che lei dormisse, l'aveva sorpresa a fissarlo). L'impressione è che Soldati, come sua abitudine, continuasse a redigere rapidi bozzetti preparatori anche in parallelo con il procedere della scrittura (lo suggerisce anche l'uso frequente di lettere o numeri di rimando).

Notevole risonanza mondana ebbe la presentazione ufficiale del romanzo, che si svolse trionfalmente a Barcellona, all'inizio di giugno, tra la Libreria francese e l'Hotel Majestic, sul Paseo de Gracia. Nelle varie interviste promozionali rilasciate in quei mesi, ricorrente è l'aneddoto sulla scelta del titolo: in un primo tempo Soldati aveva pensato a «Vizio e pregiudizio», ma la proposta non piacque all'amico e consigliere Cesare Garboli, che avendo letto solo una prima parte del manoscritto gli suggerì, in alternativa, l'ipotesi «La Grazia». Titolo troppo breve e un po' sopra le righe, per l'orecchio di Soldati: che nel frattempo, però, aveva già scritto il finale della vicenda, ambientandolo proprio sul Paseo de Gracia. Impossibile, a quel punto, pensare a un titolo differente.

Molto lusinghiera fu l'accoglienza tributata al libro dai critici, unanimi anzitutto nel sottolineare la straordinaria vivacità inventiva dello scrittore: «A ottant'anni» esordì ad esempio Lorenzo Mondo («Tuttolibri», 6 giugno) «Mario Soldati dà fuori un romanzo, *El Paseo de Gracia*, che si fa leggere d'un fiato, prima ancora che per le cose raccontate, per la naturalezza della scrittura».

Particolarmente attenta alle «cose raccontate» è invece la lettura proposta da Claudio Marabini sul «Resto del Carlino» (18 giugno). A suo avviso, «C'è un dentro e un fuori nella narrativa di Soldati: il primo segue sentieri tortuosi e risicati, nel senso che essi si avvicinano al cuore del mistero del cuore umano; il secondo addenta fette di reale con appetito giovanile» e le «divora [...] col gusto del cibo nuovo e dello spettacolo particolare che a esso si applica». Certo qui Soldati «gioca in casa, trattandosi di cinema»: e allora «il lettore sente sulla pelle della pagina il gusto dello scrittore nel trattare una materia amata e conosciuta minuziosamente», avverte «l'affidabilità, la verità, la conoscenza; lo scrupolo dell'informazione; la probità e il rispetto per la *cosa*. Se la narrativa è anche visitazione di un certo mondo, scoperta, Soldati soddisfa come nessuno la domanda naturale». Del resto nella sua narrativa «lo spettacolo del mondo ha, letteralmente, come scena il mondo intero. Di romanzo in romanzo, quale parte del mondo è restata fuori? Qui si va dall'America al sud America, da Roma a Parigi a Barcellona eccetera». Al di là di queste «cose esterne», che pure «non vengono ultime nel mondo di Soldati», c'è poi «il cuore», ovvero «la personalità e la vita di un personaggio tipico – tipico di Soldati – che ingorga nel sesso e nella solitudine la sua infelicità». Eugenio, a suo avviso, «è valido come personaggio proprio per questa sua malattia che lo porta a viaggiare sul sicuro (la famiglia e la moglie) e a lanciarsi in voli abissali nel regno del sesso e dell'amore, come sospinto da un veleno, bisognoso di una droga; mentre davanti a lui si staglia la piccola divinità di Olga, enigmatica come una sfinge, cedevole, sempre pronta e perciò posta al limite del reale, dove il sogno e l'allucinazione si mescolano. Il rapporto Eugenio-Olga infatti si delinea lungo un crinale sospeso, dove un realismo che pare tendere alla crudezza subito sfuma nell'immaginario».

Secondo Giovanni Raboni («L'Europeo», 20 giugno), «è proprio nella sottigliezza degli elementi costitutivi, nonché nella capacità di sovrapporre strati e strati di notazioni di per sé leggerissime, impalpabili, quasi insignificanti, sino a costruire un appetitoso monumento di senso, che va ravvisata la ricetta segreta (tanto più segreta in quanto, si può supporre, a lui stesso largamente ignota) dell'arte narrativa di Mario Soldati. Insomma, il mistero ottenuto a furia di trasparenza; il mistero come accumulo, come somma di tante minutissime evidenze, chiarezze, banalità...». Il *Paseo* disegna un percorso di indefinita approssimazione alla «verità sul caso Kramer, una verità che d'altronde, come di consueto, non è enunciabile al di fuori del contesto romanzesco, del fitto tessuto di altri accadimenti, di altre parole, di altre immagini cui il passato e il presente del protagonista si intrecciano con molteplicità infinita, come nelle piastrelle di ceramica – tutte uguali, ma disposte in modo da formare figurazioni sempre diverse e a tratti sconvolgenti – nelle quali, in un episodio bellissimo del libro, Kramer legge all'improvviso un'immagine inattesa, affascinante e brutale della propria vita». È una dinamica che accompagna chi legge fino «all'unica conclusione possibile, cioè a una non conclusione», con la prova del fuoco del doppio tragitto sul Paseo de Gracia: «Una sfida? Uno scongiuro? Un modo di chiudere "figurativamente" i conti con il proprio passato? Una sola cosa è certa: ancora una volta, Soldati è riuscito nell'impresa di scrivere un romanzo tanto gradevole quanto intriso d'una totale, assoluta, dissestante ambiguità; un romanzo in cui gli opposti segnali di senso (attrazione e ripugnanza, lealtà e perfidia, giudizio e Giudizio) si rincorrono e si rispondono come in una fuga musicale, e l'elogio della fedeltà coniugale arriva come l'accordo finale di un lungo, mozartiano catalogo di infedeltà».

Stefano Ghidinelli

El Paseo de Gracia

a Cesare Garboli che dal guado della sua Valle Chiusa mi ha aiutato a aprire e passare di là; a Franco Giarda che sui prati di Viboldone e di Marignano mi ha aiutato a non dimenticare la terra.

M.S.

Parte prima

1

«Olga!... cara!... perché non rispondi?» gridò Eugenio Kramer. A fatica aprì l'occhio sinistro e vide che purtroppo era ancora notte. Pensò di avere udito gridare un altro. Subito dopo capì: stava sognando: a svegliarlo era stata la sua stessa voce.

Càpita a tutti, qualche volta ci svegliamo come se nella nostra memoria si fosse aperto un vuoto spaventoso. Ci avventiamo a colmarlo. Ma intanto la vita ricomincia. E può succedere che ansie quotidiane, reali, si intreccino a quelle di un sogno appena interrotto.

Eugenio – ormai chiamato Eugene nel mondo del cinema a Los Angeles, dove viveva da anni con moglie figli e nipotini – Eugene svegliandosi di soprassalto quella notte del dicembre 1986 cercò di alleviare l'angoscia: non doveva poi aver gridato così forte come gli era parso, la struttura ossea del timpano confina con quella degli organi vocali, uno che nel sogno si spaventa può anche credere di avere cacciato un urlo mentre in realtà ha soltanto soffocato qualche parola lamentosa: e sua moglie Irma, che dormiva con la nipotina più piccola nella camera attigua, forse non aveva sentito niente.

Eugene si domandò che ora era. Con uno sforzo normale alla sua età si rigirò sul fianco opposto, allungò il braccio destro in direzione del comodino e la mano verso l'interruttore: accese, puntò il gomito, sollevò il polso, riuscì infine a leggere: le due! Aveva spento la luce un quarto dopo l'una, dunque aveva dormito molto meno di quello che gli sembrava ma ahimè! mancavano ancora quattro lunghe ore al giorno.

Ricordava esattamente la frase: "Olga!... cara!... perché non rispondi?" e non ricordava altro. No! di colpo ricordava meglio: dopo "Olga!... cara!..." e prima di "perché non rispondi?" aveva atteso la risposta di Olga. Ma Olga assurdamente non gli rispondeva, e adesso Eugene, riflettendo a questo, cambiò idea: prima ancora che dalla sua stessa voce era stato svegliato dall'impressione che gli aveva fatto il silenzio inspiegabile e ostinato di Olga.

Sì, ecco, ricordava tutto: nel sogno, vedeva davanti a sé Olga, seduta dall'altra parte di una scacchiera. Olga era la geometra, una degli assistenti che lavoravano per lui in Italia prima che lui emigrasse: anzi, era l'unica che non parlava inglese e che non l'aveva seguito in America. Da allora, non l'aveva più vista. Nel sogno anche lei era lì, un caldo pomeriggio d'estate: colline, Italia centrale non troppo lontano da Roma, forse Umbria, intorno a Orvieto... Lui, Eugene, si trovava in visita, contento, sereno: il tavolino con la scacchiera stava all'aperto, su una grande terrazza riparata da una tenda e sporgente lungo un lato della villa: dai prati circostanti si accedeva alla terrazza con una scaletta di ferro verniciata di bianco. Il padrone della villa, un famoso regista, ci veniva di solito per sceneggiare in pace i suoi film, e tanto tempo fa aveva portato con sé anche Eugenio. Adesso, però, Eugene non si ricordava il nome del famoso regista sebbene fosse un amico e così intelligente da esigere la sua collaborazione di scenografo e costumista a cominciare addirittura dalle sceneggiature. Come mai Eugene non ricordava il nome? Forse perché, nel sogno, *non lo vedeva*? Magari il regista si trovava all'interno della villa e fino a quel momento non era apparso.

Ma le stranezze continuavano: come mai Olga, proprio Olga? Non gli era mai capitato di giocare a scacchi con lei! Olga non sapeva l'inglese e non sapeva giocare a scacchi! Ma poi, ancora più incredibile, quella scacchiera, adesso che Eugene la osservava, era di vetro: un vetro incolore che lasciava trasparire il marmo del tavolino, e erano di vetro anche i pezzi: Re, Regina, Alfieri, Cavalli, Torri, Pedine. Di vetro? Sì, di un vetro verde scuro, fondo bottiglia, che probabilmente sostituiva il normale colore *nero*... ma, e i pezzi del colore che sostituiva il *bianco*? Forse, pensò Eugene, saranno di un vetro rosa o giallo... No, i pezzi dell'altro colore non c'erano, non esistevano! Gli era bastata un'occhiata al tavolino, ai quattro margini della scacchiera dove di solito giacciono sparsi i pezzi già *mangiati*, e dove forse erano andati a finire, almeno qualcuno, quelli dell'altro colore... No, niente. Infine, enorme! la scacchiera stessa era sbagliata. I riquadri, una metà verde bottiglia come i pezzi scuri e l'altra metà bianchi perché lasciavano trasparire il marmo del tavolino, non erano – Eugene li contò – non erano, come sempre in qualunque scacchiera di tutto il mondo, otto ogni colonna, ma soltanto sei! Come si fa a giocare in questo modo? Come facciamo? Ecco, era stato a questo punto che Eugene aveva gridato: «Olga!... cara!...» e poi, spaventato: «perché non rispondi?».

Ormai completamente sveglio, Eugene capì che non avrebbe più ricordato altri particolari del sogno. Doveva rinunciare al recupero. Doveva pensare, ormai. Ragionare.

Prima cosa, non si era certo dimenticato della telefonata, non sognata ma purtroppo verissima, che lo aveva sorpreso poco prima di mezzanotte, nel momento stesso che si metteva a letto. Imprevedibile, quasi incredibile: Peppino, da Roma! Eugene aveva riconosciuto subito la sua raucedine aggressiva e napoletana anche se erano quindici anni che non la sentiva più! Quindici anni fa, in Italia! cioè dall'ultima volta che aveva lavorato per lui. Che cosa voleva Peppino?

«Niente, niente e tutto, caro Eugenio! Mi vuoi sempre bene?...... Sì, grazie, questo mi basta. Oggi come oggi, mi basta sapere che stai bene, che sei in forma...... E Irma come sta? Benissimo? Sono contento. E i vostri figli? Il primo è a Los Angeles anche lui, se non sbaglio...... ah sì, anche il secondo? Non ricordo più i nomi, scusami...... Ma certo, certo: un maschio e una femmina, Cosimo e Roberta! E i nipotini? Quanti? Cinque in tutto? Magnifico, tre maschi e due femmine...... cinque per ora, s'intende! per ora, naturalmente! E, sempre naturalmente, tutti quanti cittadini americani, no?...... Mi compiaccio, God bless you!...... No, caro, purtroppo non posso ancora dirti niente...... Sì, certo, se ti telefono qualche motivo c'è, ma è una cosa vaga, così vaga che per il momento non posso spiegarti perché io e il mio socio...... No, non lo conosci, è uno nuovo, un giovane, un tipo internazionale! Lui, però, conosce te benissimo...... No, è inutile che tu insista, sarebbe stupido da parte mia parlare adesso della cosa. Eugeniuccio mio, l'ho detto subito, io ti telefono da Roma solo per sapere se stai bene, se stai sempre lì, e se hai ancora voglia di... be', ho già detto troppo! Ripetimi soltanto che mi vuoi bene!»

E allora Eugene aveva colto l'occasione:

«Ti voglio bene. Come vedi te lo ripeto. Ma tu non te lo meriteresti!»

«Perché, Eugeniuccio mio? Cosa dici mai?»

«Eh, Peppinuccio: fai un po' il conto di quante volte tu sei venuto qui, a Los Angeles o a San Francisco o a New York, in tutti questi anni... sono quindici, sai? e mai una volta che tu ti sia sognato di cercarmi!»

«Per questo hai ragione, Eugenietto, ma torto insieme, perché anche tu sapevi perfettamente che ero lì tutte le volte che ero lì, e anche sapevi perfettamente dove trovarmi... Dunque, facciamoci le reciproche scuse se vuoi, e restiamo amici come siamo sempre stati e sempre saremo. So long!»

Se son rose fioriranno, si era detto Eugene posando la cornetta sul comodino. Il suo primissimo pensiero era di alzarsi e passare in camera di Irma e raccontarle, come faceva sempre in simili casi, tutta la telefonata. Si trattava di un avvenimento straordinario, dopo il lunghissimo tempo che con Peppino non c'erano più rapporti, né di lavoro né di amicizia!

Dunque si alzò. Andò in punta di piedi fino alla porta di comunicazione e origliò nella speranza di avvertire qualche rumore, segno che Irma si era svegliata. Moriva dalla voglia, Eugene, di parlare con la moglie, di divertirla e divertirsi a imitare l'accento napoletano di Peppino, e di discutere con lei la cosa. Perché certamente c'era sotto una proposta di lavoro. Da quando era in California, e dopo gli Oscar che avevano fatto la sua fortuna, il lavoro a Eugene non era mai mancato. Ma da qualche anno a questa parte, inutile negarlo, le sue azioni erano un po' in ribasso. E i figli avevano sempre bisogno di essere aiutati. Insomma, se Peppino gli aveva telefonato in quel modo, doveva covare un progetto importante. Un lavoro lì in America, oppure in Italia? Che cosa ne pensava Irma?

Di là dall'uscio non si sentiva niente. Se non ci fosse stata questa storia del morbillo di Pin, il fratellino della piccola Jill che era venuta a abitare lì e dormiva con la nonna... allora Eugene non avrebbe esitato a entrare e a svegliare sua moglie.

No, preferibile no. Vero che al telefono, come sempre, Peppino urlava. Ma Eugene, consapevole di avere, come sempre, parlato sottovoce, subito si sentì più sicuro guardando il telefono sul comodino all'angolo della sua immensa camera da letto che era il più lontano dall'uscio di comunicazione con la camera della moglie: no, Irma non doveva essersi svegliata.

Eugene tornò a letto, spense la luce. E allora, come approfittando del buio, il suo pensiero si concentrò, logico e acuto, in un solo punto. Sebbene si fosse rallegrato fino dal principio della telefonata di Peppino perché coincideva con la speranza di un forte guadagno, si pentì di avere ceduto, anche questa volta come tutte le altre nel lontano passato, al proprio istinto naturale che era sempre stato quello, orgoglioso e pigro, di tagliar corto nelle trattative con un produttore specialmente se importante come Peppino. Eh, no! Eugene si disse che avrebbe dovuto, con pazienza e con astuzia, strappare subito a Peppino qualche anticipazione più precisa. Di che film si trattava?

Eugene era celebre nel mondo del cinema per i suoi "costumi" e per le sue invenzioni scenografiche, sontuose, meravigliose, colossali: sia storiche, sia esotiche, sia fantastiche. Il film che Peppino aveva in progetto non poteva richiedere niente altro dalla collaborazione di Eugene. Ma – e ecco il punto – avevano, Peppino e il suo socio "internazionale", deciso di girare il film in America o in Europa? Nel primo caso, tutto sarebbe andato liscio. Nel secondo, no. Non Eugene e ancora meno Irma desideravano tornare in Europa.

A rigore, il film poteva girarsi in Europa senza che Eugene si muovesse di casa: nel suo studio a Los Angeles, lui aveva raccolto migliaia e migliaia di volumi, fotografie, documenti, maquettes, tutto quanto era necessario al suo lavoro. Ma, nel caso di un Kolossal e, più ci pensava più Eugene si diceva che doveva appunto trattarsi di un Kolossal, era evidente il proposito di una lavorazione in Europa, forse non in Italia, forse Jugoslavia o addirittura Asia Minore, mettiamo Turchia dove il costo delle grandi masse, molto minore che negli States, rappresentava da solo la garanzia di un calcolabile profitto finale.

D'altra parte, Eugene sapeva per esperienza come andavano le cose nel suo mestiere. Un esempio: tutto il risparmio che si può realizzare nella scelta del materiale e delle confezioni, stoffe, mobilia, paramenti, adattamenti, costruzioni, ecc. dipende da una trattativa diretta tra il produttore e lo scenografo-costumista e perciò la presenza di Eugene sul set sarebbe stata indispensabile. Quanti mesi in Europa? Forse un anno, forse più. Ebbene, qualunque fosse stata l'offerta finanziaria di Peppino, probabilmente Irma avrebbe detto no. E lui?

Lui, Eugene, se si fosse deciso a accettare, sapeva già a che cosa andava incontro: un litigio con Irma. Nulla lo disturbava di più. Pensò subito che cosa, in extremis, avrebbe potuto convincere Irma: stabilire, nel contratto con Peppino, che la maggior parte dello stipendio fosse versata direttamente a lei... Ma Eugene aveva paura. Paura che Irma, in sua assenza, facesse cattivo uso del denaro? Assolutamente no. Paura piuttosto di restare tanto tempo in Europa, in Italia, lontano da sua moglie, solo senza di lei.

Paura? Perché?

Con gli occhi aperti nel buio, gli parve allora di avere già provato la stessa paura poco prima. Ma quando? Ma come?

Ah no, no! Non voleva pensarci. Non poteva essere il silenzio di Olga!

Accese la luce, si alzò di scatto, andò diritto a un'étagère. Ben allineati contro il damasco della parete, c'erano, soccorso notturno in caso di insonnia, alcuni romanzi: Flaubert, James, Balzac... Afferrò un Balzac, *Illusions perdues*.

"A l'époque où commence cette histoire, la presse de Stanhope et les rouleaux à distribuer l'encre ne fonctionnaient pas encore dans les petites imprimeries de province..." Aveva incominciato a leggere con immediato sollievo. E continuò fino a giorno, quando tranquillamente si addormentò.

2

Dice John Kenneth Galbraith che oggi in tutto il mondo lo Stock Market ossia la Borsa reagisce con *raffinata indifferenza* al trasferimento del potere decisionale, nelle grandi società anonime, dall'uno all'altro direttore generale. Nessun informatore interno opera in base a notizie confidenziali sul fatto che qualche Amministratore Delegato ha il cancro, disturbi cardiaci, corporate Alzheimer's oppure gravi preoccupazioni nei suoi rapporti con l'attuale consorte. E perfino gli specialisti delle pubbliche relazioni non contano più niente, perché poi, quando si passa a verificare le informazioni con la realtà, nessuno si ricorda chi sia in quel momento alla testa di General Motors, Exxon, o IBM. "Tuttavia" dice sempre Galbraith, "quelli delle Pubbliche Relazioni continuano a giostrarsi doverosamente questo modello della Personalità che volentieri credono arbitra di un potere finanziario, e gran parte della gente crede la stessa cosa. Il mito dell'individualità è ancora fortissimo nell'opinione popolare; le persone sono affascinanti e comprensibili: l'organizzazione, la burocrazia no. Nello stesso campo delle dottrine economiche la tradizione più romantica ama ancora, alliscia ancora e seguita a divulgare l'immagine universale dell'imprenditore eroico. Soltanto noi studiosi, nella aspra, dura realtà pecuniaria, accettiamo la verità." E era proprio questa la verità che rifulgeva, l'antivigilia del Natale 1986, in un ufficio all'ultimo piano di una delle principali banche italiane, corso Italia, Milano.

Due piccioni nel sole, sul cuscino di neve abbagliante che copriva il davanzale della grande finestra, becchettavano le briciole dei biscotti sminuzzati e sparsi poco prima, con estrema cura, dal dottor Brezzi.

«Mi scusi, amico, se ci interrompiamo per un momento...» aveva detto a Peppino il dottor Brezzi alzandosi per andare a prendere la scatola dei biscottini «... Lei, intanto, sia gentile, butti giù quattro cifre, quelle stesse che mi ha fatto adesso: gli estremi del fido che le è stato concesso sulla base del contratto di acquisto di tutti i terreni...» Brezzi, qui, si fermò come per prendere fiato e invece sospirò levando gli occhi al cielo con il sarcasmo di chi finge di mandar giù un boccone troppo grosso «... di tutti i terreni al di là del canale Padùla; poi il consuntivo delle somme che già sono state spese per la costruzione e la messa in opera dei primi teatri di posa e i relativi profitti già realizzati; infine il preventivo delle nuove costruzioni necessarie a questo nuovo film, cioè la cifra totale che la RAI sarebbe disposta a anticipare. Metta anche la data del primo versamento e la data... anche se capisco che oggi sarebbe molto approssimativa... la data della consegna finale di tutto il materiale girato, doppiato in inglese e in italiano, mixato con la musica eccetera eccetera, insomma la copia campione delle puntate... A proposito, quante ha detto che sarebbero?»

«Trenta!» gridò Peppino. «Trenta esattamente come le scene della Cappella Sistina. Trenta films di Michelangelo Buonarroti. Michelangelo è morto a 89 anni, e nel 1989 tutto il mondo conoscerà Michelangelo!»

«Scusi, sa, ma non è un vero Centenario» ridacchiò Brezzi indicando un volume della Treccani posto al centro della sua scrivania. «Stamattina, proprio perché sapevo che lei veniva a parlarmi della cosa, mi sono divertito a controllare e ho visto che Michelangelo è morto nel millecinquecento e... adesso non ricordo ma sono sicuro che non è nel 1589...»

«No, qualche anno prima, pochi anni... Ma come si può dire, carissimo dottor Brezzi, non è un vero Centenario?! Quello che conta, per le masse, sono gli anni che ha vissuto il genio di Michelangelo. Io li so a memoria! Nato nel 1475, morto nel

1564. 1564 meno 1475 fa 89! I trenta films usciranno nel 1989, altro che Centenario?!»

«Va bene, va bene... gli anni di differenza sono addirittura 25... ma va bene, almeno speriamo tutti che vada bene. Adesso mi butti giù questo prospettino alla buona, tanto per fissare un punto di partenza. Aspetti, ecco!» e Brezzi, avendo visto che Peppino si guardava intorno, afferrò un grosso blocknotes dalla scrivania, glielo mise tra le mani: «Ecco, prenda questo, è quello che ci vuole. Quattro cifre, sa, le stesse che mi ha fatto prima!» Dopo di che voltò le spalle a Peppino e si avviò alla finestra aprendo la scatola.

«Ho paura che saranno un po' più di quattro...» mormorò Peppino come pensando a alta voce appunto per essere udito da Brezzi «... ho paura che queste quattro cifre supereranno il numero... il numero degli altri anni che Michelangelo avrebbe dovuto vivere!» e Peppino ridacchiò a sua volta ma con una punta di astuzia ottimistica: quasi gli bastasse accettare ostensibilmente il rimprovero ironico di Brezzi per coinvolgere fino da allora anche lui nel grande progetto del *Giudizio Universale*.

Mentre però Brezzi sminuzzava tranquillamente i biscottini, poi spalancava la finestra, poi adagio adagio, noncurante del gelo improvviso, distribuiva qua e là, su e giù lungo il davanzale di neve le briciole ai due piccioni e si divertiva a osservarli, Peppino faticava con la biro e le cifre, sudava malgrado il freddo, sacramentava tra sé contro Brezzi, il quale aveva tenuto a far sapere che venti anni dopo ci si ricordava ancora dell'operazione Padùla. Nessun dubbio, si trattava di una larvata, e non tanto larvata minaccia. Come se Brezzi dicesse: "Stia attento, signor Peppino; in qualunque momento, se per caso succede un pasticcio e nella fortezza finora inespugnabile di Chi-Sa-Lei si apre una piccola crepa, la nostra Banca non sarebbe più obbligata a fingere di ignorare ciò che non ha mai ignorato. Chiaro, il nome di Chi-Sa-Lei molto probabilmente non verrebbe fuori neanche allora: ma il suo, signor Peppino, a venir fuori sarebbe uno dei primi! Lei dunque, se vuole che la aiutiamo in questo *Giudizio Universale*, si prepari a sottoscrivere le nostre condizioni: con la nostra Banca si riga dritto".

Chi-Sa-Lei: così, nelle precedenti riunioni, si era espresso il dottor Brezzi l'unica volta che non aveva potuto fare a meno di alludere al grande personaggio. Da allora in poi Peppino, prudente anche con se stesso, pensò "Ciù-En-Lai", e diceva sempre Ciù-En-Lai quando parlava col fratello Salvatore, suo solo confidente.

Adesso, mentre riempiva di faticose cifre il blocknotes, lanciava ogni tanto un'occhiata sofferente alla finestra aperta e a Brezzi e ai piccioni: era seccato ma pronto a marciare. Prevedeva, conosceva perfettamente la difficoltà che Brezzi, dopo uno sguardo al blocknotes, gli avrebbe fatto. Naturalmente, il rimedio c'era: bastava che Brezzi lo approvasse. L'affare del canale Padùla non era stato più difficile di questo. Con una strategia durata tutto un inverno e una primavera, innumerevoli notti passate al poker, Peppino era finalmente riuscito a stringere amicizia con l'avvocato Gualdo Moriconi, segretario di Ciù-En-Lai. Da tempo ci pensava ma esitava: si rendeva conto che se la mossa era sbagliata poteva giocarsi in un momento tutta la simpatia di Moriconi e tutti i favori di Ciù-En-Lai a cominciare dal primo, il più importante, l'affare Padùla.

La cosa si era risolta improvvisamente una notte, alla fine di giugno. Verso le quattro di una bella mattina Peppino decise di mettere in atto quella mossa che sempre gli era sembrata ardua, pericolosa, folle. E non l'avrebbe spuntata senza la collaborazione di un Cordiale scozzese-autentico a cui aveva abituato Moriconi tutte le nottate che lo ospitava: quando cioè il poker si faceva nella villa di Peppino sull'Appia Antica, dove in un angolo della Taverna a seminterrato, sopra un colossale vassoio d'argento massiccio e simile allo scudo dello scozzese Ivanhoe, erano a portata di mano le migliori marche di whisky al malto. Mattina bella ma anche brutta: fortunata per Peppino ma sfortunata per Moriconi, il quale aveva rischiato una somma enorme con un *bluff quasi perpendicolare*, non lontano dal mezzo miliardo di lire. Peppino, che si era preparato a rispondere con un *bluff a picco*, dopo il silenzio di un attimo sufficiente a udire l'ululo di un gufo nel bosco e subito a ricordarsi di San Gennaro, aveva rischiato anche lui. Moriconi era *andato a vedere*: Peppino aveva vinto.

Perché, però, fosse vincente tutta la strategia, mancava an-

una sola diagonale, le diagonali dei gambi alternatamente beige-con-tratti-verdi e beige-con-tratti-perla.

Ma tutto dipendeva ancora, finì per dirsi Eugenio, dal punto di vista: se guardava verso l'alto, spiccavano di più i quadrifogli, e se guardava davanti a sé, alla stessa altezza dei propri occhi, vedeva soltanto le ghirlande. E l'uomo barbuto... l'uomo barbuto, il killer, il Bravo che lo spiava come se fosse nascosto dal fogliame, nei primi tempi Eugenio durava fatica a trovarlo: erano piastrelle artigianali una per una fatte a mano verso la fine del secolo scorso, non in serie e a macchina come oggi. Il disegno era uno solo, sempre lo stesso: ma c'erano infinite piccole differenze impercettibili a uno sguardo rapido. E sebbene, teoricamente, di uomini barbuti ce ne dovesse essere uno per ogni piastrella, accadeva che soltanto uno ogni sedici piastrelle dava a Eugenio l'impressione del Bravo. Di solito il Bravo si trovava in un quadrato ideale composto di sedici piastrelle alla destra del lavabo, e precisamente nella seconda piastrella della prima fila orizzontale, all'angolo di sinistra, in basso. Ma qualche volta, cercandolo appunto lì, Eugenio non riusciva a vederlo, e ne scopriva improvvisamente un altro dove non lo aveva mai visto: anche sul pavimento, sotto di sé mentre era seduto sul water: oppure in alto, nel soffitto della doccia. E qualche volta, spostando il punto di vista, l'espressione del Bravo cambiava: sempre bieca e sempre minacciosa, ora aveva del ghigno, e ora addirittura dello scherno. Dipendeva anche dalla luce, naturalmente. Perché quella vecchia ceramica era a zone irregolari di conservazione. Là opaca, qua liscia, lucida: in questo caso rifletteva le fonti luminose di questa o quella lampadina del bagno, e il nero occhio del Bravo allora brillava sarcastico come di vita propria. O forse dipendeva, addirittura, dall'umore di Eugenio in quel momento. I folti capelli neri e la barba nera... nera?... il vero colore era verdecupo e, nel fiore tetraciclico che pareva di quelli schiacciati in un album, quel verde era la stilizzazione dei petali di una corolla, mentre gli stami erano beige e lo stimma un puntino nero... ma Eugenio, nell'attimo stesso che aveva individuato il Bravo aveva visto tutto nero meno gli stami che componevano un viso di un verosimile pallore beige, e lo stimma sembrava appunto l'occhio di un killer in agguato. Eugenio conosceva bene l'inglese e non soltanto pensò "killer", ma si ricordò una frase che gli aveva fatto colpo in qualche romanzo: "Who is that man lurking in the shadow?". Chi è quell'uomo in agguato nell'ombra? No, questa traduzione è impossibile. In italiano non esiste la parola corrispondente a "lurking" che significa *uno che spia nascosto in agguato*. Pensò anche un'altra frase che gli aveva fatto impressione: "The vices that *lurk* in the secret corners of the soul!". I vizi che *guatano in agguato* negli angoli segreti dell'anima. Ma poi, affascinato com'era dall'uomo barbuto e continuando a non poter fare a meno di dargli almeno un'occhiatina ogni volta che entrava nel bagno, gli erano tornate a mente le illustrazioni del Gonin e con un'allegria che sicuramente esorcizza, lo aveva battezzato: "Il Bravo"!

Parecchi mesi dopo, aveva scoperto che esisteva (e non poteva non esistere, per l'alternanza dello schema cromatico verdecupo e grigio-perla-mauve) anche un Bravo Vecchio, un Griso degli ultimi capitoli dei *Promessi Sposi*! Ma quel Bravo lì inquietava, rattristava soltanto e anzi, in qualche modo, tutto imbacuccato nella massa perlacea di chioma e barba, mitigava, svelenava l'espressione torva o il sogghigno dell'altro, del giovane.

Più tardi ancora, scoprì tra le piastrelle maledette un terzo personaggio. E questo, lo battezzò subito: la Soubrette. Era, stranissimo, esattamente la stessa, medesima figura del Bravo, ma vista al rovescio e ridotta al nucleo centrale: mentre il Bravo lo si riconosceva sempre di profilo e se ne vedeva subito il volgare, massiccio naso adunco, la bocca crudele, l'occhio acuto di belva che spia, la Soubrette la si vedeva soltanto di faccia, una faccetta piccola e graziosa, con gli occhi che quasi ammiccando tra i capelli sparsi sulla fronte sembravano sorridere, e con la minuta boccuccia che a sua volta sorrideva. Anche della Soubrette, come del Bravo, c'era una versione giovanile e una versione anziana. Falsa anziana, però: come una ragazza che, una notte di carnevale, si mette una parrucca bianca con riflessi violacei. E in tutt'e due le versioni il viso era sempre uguale, sempre del beige di tutti gli stami a cui del resto corrispondeva nell'intenzione floreale del disegnatore ultimo Ottocento. La Soubrette, infine, Eugenio riusciva a vederla molto più raramente dei due Bravi: ci provava, e rinunciava. Individuava, sì, il breve spazio, la minima area di uno o due centimetri quadrati dove *non poteva non essere* ma, per quanto variasse il punto di vista, di qua o di là, vicino o lontano, non la vedeva. E neppure la memoria della sua figuretta graziosa, quando di lì a qualche anno Eugenio partirà per Los Angeles, gli impedirà di dire addio al vecchio Continente con la gioia di andarsene da Roma e soprattutto con l'enorme sollievo di non rivedere mai più le maledette piastrelle.

Soltanto da quel momento del futuro e quasi facendo la somma di tutti quei minuti perduti, Eugenio si renderà conto con lucidità e con vergogna della tristezza e della mortificazione intima che soleva provare nel bagno all'ultimo piano di via Gregoriana! Oh, non si può drammatizzare su questo fenomeno che in fondo è normale. Nessuno, forse, sarebbe disposto a prestare solenne giuramento di non avere mai perso un po' di tempo indugiando in una stanza da bagno senza necessità. E Eugenio stesso, come tanti italiani suoi contemporanei, ammetterebbe di avere passato innumerevoli quarti d'ora di un lunedì mattina in bagno dedicandosi alla cronaca di un match di foot-ball scritta da Gianni Brera. E anche di questa debolezza chiunque si potrebbe confessare e magari pentire: ma non fino al punto di vergognarsene. Dopo tutto è un divertimento, una distrazione dal lavoro, una pausa riposante. Ma Eugenio si ricorderà delle piastrelle, del Bravo e della Soubrette come di un'angoscia ormai superata, che tuttavia aveva lasciato come un solco fisiologico nella sua memoria. Soltanto poco prima di emigrare in California e cioè con un ritardo quasi inspiegabile per un professore di architettura come lui, aveva capito che il disegnatore fine Ottocento non era partito da una piastrella prototipo ma da un grande disegno ricco di simmetrie, intrecci rigorosamente geometrici, iterazioni cromatiche, curve parallele, ecc. che probabilmente aveva copiato da altri autori, da tappeti orientali, pannelli cinesi o giapponesi e simili – e poi, provando e riprovando, correggendo ora questo ora quel particolare, era riuscito a sovrapporvi un reticolato che riduceva il complicato disegno a una scacchiera, tutta di scacchi identici l'uno all'altro.

Poi, in America, ricordando le stupide meditazioni romane, Eugenio si dirà che anche la natura produce combinazioni geometriche di quello stesso tipo. Basta pensare alle meravigliose squame dello storione o del coccodrillo: alle stupende ali della inachia e della vanessa con le loro doppie simmetrie lineari e cromatiche! E può darsi – così allora concluderà Eugenio – che un saurologo, un ittiologo, un entomologo, osservando corazze di rettili, squame di pesci, ali di farfalla, scoprano una figura di Bravo, ma mai altrettanto inquietante perché si tratterebbe di una scoperta scientifica.

No, l'ossessione delle piastrelle e del Bravo era soprattutto stupida, e quando proprio Eugenio voleva trovarci un senso, si diceva che era una meditazione sull'ingannevole, inutile, tragico disegno dell'esistenza: il nulla. Il nulla come il nulla delle ceramiche colorate, calcolate, quadrettate, in mezzo a cui si indovinava senza certezza un nero occhio umano, uno spione beffardo e premonitore. E questo, Eugenio lo aveva intuìto subito, fino dalla primissima volta che aveva visto il Bravo, la sera che poi era andato con Irma a pranzo da Carlo Ponti in via dei Lucchesi: ma intuìto senza dirselo, senza enunciarselo: appunto perché preferiva non saperlo.

Arrivò l'estate anche questa volta, la seconda da quando Olga aveva incominciato a lavorare in via Gregoriana e, salvo le due o tre volte al mese che Irma la invitava a colazione, Eugenio continuava a vederla di rado. Chi si trovava in rapporto quotidiano di lavoro con lei era Alberti: in ogni modo non pareva che Olga potesse più dar luogo a incidenti sgradevoli come quello delle ricevute. Per le feste natalizie, era andata a Bolzano dalla madre, venti giorni di ferie. Quando poi, tremando, chiese un aumento, Eugenio le disse: «Certo» evitando di parlare della cifra in quel momento. Si consultò con Alberti:

«Come va Olga?»

Alberti disse:

«Lo sai meglio di me, no?» e vedendo che Eugenio, invece di rispondere, si era rabbuiato: «Scusami se rido, capisco benissimo: siccome siete amici... è amica di Irma, vuoi essere giusto. Be', sono giusto anch'io nel risponderti. Va benino, va benino... sta attenta a quello che fa, a quello che può fare. Non ci sono più quelle smorfie, quei sospiri. Mi sembra che si sia rassegnata al suo tran tran.»

«Perché dici *rassegnata*?»

Alberti esitò un istante e rise di nuovo:

«Anche questo lo sai benissimo. Sei stato tu a spiegarmi come era... il suo complesso di inferiorità in rapporto a Irma, eccetera eccetera.»

«Il guaio è quello, ma non è quello. In fondo, è soltanto una sciocca. A me, a noi basta che non faccia delle cretinate e che lavori. Ma non ha un amico? Forse, se avesse un amico, lavorerebbe meglio... meglio no, non ne sarebbe capace: lavorerebbe di più, ecco.»

E Olga ebbe il suo giusto aumento, ebbe anche un amico, Eugenio fu subito informato da Irma. Irma non lo conosceva, Olga non glielo aveva mai presentato. Ma, secondo Irma, si trattava sempre di quello di Francoforte. Non c'era dubbio, da quella primavera in poi pareva un po' cambiata, e un po' di più all'arrivo dell'estate, quando il lavoro al solito raddoppiava e triplicava. Un pomeriggio ancora prima delle tre, il sole ardeva su Roma, tutte le sue cupole e tutte le sue terrazze abbagliavano attraverso le finestre aperte, nella stretta striscia che restava indifesa tra i tendaggi di color tabacco abbassati al massimo e i davanzali di travertino che avrebbero scottato se ci si fosse azzardati a toccarli. Per caso Eugenio, dopo un'esigua insalata di due uova sode, lattuga, sedani e finocchi crudi, vincendo il sonno era già lì con Alberti, a finire un ambiente che quella sera stessa doveva *andare su*, lavorarci i macchinisti l'intera notte e girarci gli attori l'indomani mattina. A ogni tavolo della vasta sala da disegno c'era qualcuno che lavorava. L'ambiente era complesso, richiedeva una quantità di particolari e tutti dovevano essere pronti per le otto, il capomacchinista stesso sarebbe stato lì alle sei per vedere se poteva strappare qualche cartella e anticipare.

A un certo momento, non si sa come, Eugenio si svegliò

al rotolìo che fece la matita cadendogli dalle dita sulla carta. Senza accorgersene aveva dormito qualche frazione di secondo, forse continuando a disegnare. Raccolse la matita prima che dal cavalletto saltasse sul pavimento, alzò lo sguardo e vide, in fondo alla stanza, seduta al suo tavolo, Olga che, labbra strette, occhi puntati su di lui come se potesse trafiggerlo, lo stava fissando. "Olga si è accorta che dormivo e che mi è sfuggita di mano la matita, Olga ride – ma no, non ride, si è accorta di tutto ma non ha neanche pensato a ridere, mi fissava da prima, forse da molto tempo prima, e ancora adesso, vedendo che la guardavo, seguita a fissarmi esattamente come se non si fosse accorta che adesso ero sveglio e la guardavo." Brusco, deciso, Eugenio tornò al proprio lavoro: ma un nuovo pensiero lo colpì, un ricordo netto di una realtà dimenticata. Sì, era una cosa già successa. All'Elba, una volta, aveva visto Olga che dormiva, sdraiata al sole, sulla spiaggia. Lui leggeva il giornale. Ogni tanto, voltando pagina, vedeva e la rivedeva, immobile, che dormiva. Finché, venuto il momento di piegare il giornale, vide che lei, labbra strette, lo guardava con quella stessa fissità inumana, quasi priva di pensiero. Avrebbe voluto alzarsi e andarsene, quella volta all'Elba: non gli era piaciuto, quello sguardo: ma gli attraversò la mente che alzarsi e andarsene poteva dare a lei la certezza di averlo colpito fissandolo a quel modo: e allora Eugenio, che fortunatamente aveva lì un altro giornale da leggere, lo prese, lo spiegò, e continuò a leggere senza più guardarla. Dopo dieci buoni minuti arrivò Cosimo di corsa, e Eugenio se ne andò con lui a fare un bagno. Se ne andò senza più guardarla intenzionalmente e vide lo stesso che dormiva di nuovo o forse, ma a lui non gliene importava niente, fingeva di dormire.

Così Eugenio si comportò anche ora, la seconda volta: seguitò a disegnare dimenticandosi ancora di Olga: che cosa gliene importava di lei? Proprio niente. E mise involontariamente alla prova questa orgogliosa indifferenza nei riguardi di lei pochi giorni dopo, quando, neanche a farlo apposta, l'ascensore di lusso era fermo per riparazione, e Eugenio entrò di corsa insieme a Alberti nell'ascensore di servizio. Lei era già dentro, con due altre ragazze. Capitò che gli fosse vicina. Scostarsi, sarebbe stato un segno contrario alla verità: come se le volesse dire che lei, per lui, in qualche modo, contava. Ma Eugenio ebbe una sorpresa imprevedibile. Si era verso sera e faceva ancora molto caldo. Praticamente a contatto con Olga, molto più piccina di lui, si aspettava che ne emanasse un odore di sudato, di caldo o di lievemente acre. Invece no. Sentiva di fresco, di pulito, senza che si potesse sospettare l'intervento di una qualsiasi essenza gradevole. No, non era profumata. Mah!

Socialista, l'Italia non lo è veramente neanche oggi, ma moderna sì. E così, riferendoci a questo concetto grossolano e approssimativo, dobbiamo dire che l'Italia è diventata moderna tutt'a un tratto, nel giro di pochi anni dopo la fine della seconda guerra mondiale. Si sa benissimo che cosa erano i sindacati durante il fascismo, corporazioni manovrate dall'alto come da grosse cricche; e non esistevano ospedali come gli attuali, praticamente gratuiti per qualunque cittadino italiano; soprattutto non funzionava nemmeno l'ombra dell'istituto Pensione se non per gli impiegati dello Stato o degli enti pubblici. Coloro che oggi hanno più di settant'anni possono testimoniare che fino al 1946 la sola parola "pensione" faceva ridere tutti coloro che non erano *impiegati*: a eccezione di questa categoria, tutti in Italia non credevano possibile concepire la pensione come una realtà eventuale sia pure in un lontano futuro! Al punto che non ci pensavano mai, non vi ambivano, e schernivano quei pochi che parevano crederci! Allo stesso modo, oggi, si schernirebbe come un povero scemo chi mostrasse di credere in un prossimo avvenire quando le comunicazioni telefoniche in tutto il mondo non costerebbero più un soldo per nessuno.

Ebbene, pensioni, previdenza sociale, diritto di sciopero, l'Italia fece questo balzo avanti con una rapidità che non può meravigliare. Annullato il fascismo, la grandissima maggioranza era tutta di sinistra: socialisti, comunisti, democristiani ossia la continuazione del Partito Popolare. Meraviglia, invece, che i lavoratori del cinema stentassero a seguire tutti gli altri.

I lavoratori del cinema, manovali, operai, macchinisti e tecnici, comparse, generici e piccoli attori, a cominciare dal 1946 scioperarono soltanto due volte: per l'attentato a Togliatti e per i funerali di Togliatti, più una terza, anni dopo, un giorno di luglio, per un motivo *de cuyo nombre no quiero acordarme* anche se i lavoratori del cinema sono appunto quelli che ci riguardano.

Non fu di sabato, il terzo sciopero, né di lunedì: se no, Eugenio ne avrebbe approfittato per scappare all'Elba, da Irma e dai bambini: ma così, calcolando i due traghetti a Piombino, diventava una faticaccia, a mala pena avrebbe avuto il tempo di fare un bagno. D'altra parte, per il solito accumularsi del lavoro estivo, era molto stanco, e decise di riposarsi. Lo disse a Irma telefonandole la sera prima. La mattina dopo restò a letto fino alle dieci, poi fece una doccia, bevve un caffè, infine pensò che lo sciopero gli andava benissimo: lavorando tutto il giorno poteva alleggerire la fatica e disegnare con meno furia l'intero appartamento al primo piano dei Claris alla Robelletta, e anche i saloni a terreno, compreso il rustico. Purtroppo avrebbe dovuto sbrigarsela da solo, Alberti era in Jugoslavia con Lattuada. Ma pazienza. Senza neanche finire di vestirsi, così com'era, in canottiera e pantaloni, salì al piano di sopra. Non c'era nessuno, naturalmente, e assaporò quella solitudine. Entrò nel suo studio per prendere *La Bufera* dove aveva messo dei segni alle pagine che gli servivano: Calandra è, per fortuna, estremamente preciso nella descrizione degli ambienti. La sceneggiatura?... La sceneggiatura era già di là, sul tavolo di Alberti.

Passò di là. Erano aperte le finestre e abbassati i tendaggi color tabacco. Mentre attraversava tranquillamente lo stanzone pensava che non faceva ancora caldo: già, si disse, non calcolando l'ora legale erano soltanto le nove. E guardando il panorama di Roma tra le tende e i davanzali di travertino Eugenio vide che il sole non era ancora alto: lo si capiva dalle limpide ombre azzurrine che camini, aggetti, torrette, cupolette e cupole proiettavano qua e là sulla sterminata vastità biancastra dei tetti a terrazza. Eugenio arrivò alla sceneggiatura, che era dove doveva essere, sul tavolo di Alberti: anche lì, tra le pagine, Eugenio aveva, il giorno prima, infilato dei fogli, disegni schizzati, prime idee.

«Buon giorno, professore.»

Si voltò di scatto. Era seduta al suo posto, le era passato vicino senza vederla.

«Cosa fai qui Olga?» Eugenio era sorpreso, né contento né scontento. Incuriosito, semmai. Rideva: «Ma come? Non sei in sciopero come tutti gli altri?».

«Sì, certo, professore... è che ieri sera me ne sono andata in fretta, e avevo dimenticato qui un libro che sto leggendo.»

«Che cos'è, un romanzo?»

«Sì, *Radetzkymarsch*.»

Intanto Eugenio si era avvicinato. Sollevò di costa il libro che era sul tavolo, lo riconobbe:

«Ah! Questo libro l'hai preso di sotto, in casa mia!»

Lei arrossì:

«Sì, le chiedo scusa, professore. L'ho preso perché ho sentito, l'altro giorno, che lei ne parlava con Alberti...»

«Me lo potevi anche chiedere. Cosa credevi? Che non te l'avrei dato? Come vedi, è nuovo. Io so un po' di tedesco, ma non da leggere tutto un libro, purtroppo. *Radetzkymarsch* l'ho letto in francese, e mi piaceva averlo anche in tedesco.»

«Guardi che lì c'era Irma, professore! Ho chiesto il permesso a lei. Credevo che glielo avesse detto.»

«Se ne sarà dimenticata. Però adesso non leggevi mica.»

«No, ero appena entrata. Ho sentito dei passi e...» sorrise furbesca «... ho avuto paura. Mi sono seduta e ho aspettato per vedere chi era.»

A questo punto, rimasero senza parole. Si guardavano in silenzio. Lei aveva una camicetta bianca, leggera, semiaperta sulle mammelle sporgenti, e una sottile catenella d'oro intorno al collo. Continuava a fissare Eugenio e il suo sguardo era triste, intenso.

«Olga...» mormorò Eugenio. Avrebbe voluto... Non sapeva che cosa avrebbe voluto. Sebbene la incontrasse quasi tutti i giorni, doveva essere passato almeno un anno da quando l'aveva guardata con un po' d'interesse: era successo nell'ascensore di servizio, con Alberti. Ma, questa volta, Eugenio pensò di non averle mai visto quello sguardo. Eugenio le si avvicinò senza più pensare a niente. Si inginocchiò davanti a lei, la afferrò, le strinse la vita, chiuse gli occhi e schiacciò il viso contro il suo ventre, tra le cosce. Restò così a lungo, respirando il suo odore di pulito e continuando a stringerla come se volesse sparire dentro di lei. Finché si staccò per guardare in su, per vederla. Anche lei aveva chiuso gli occhi ma, quando sentì che Eugenio la guardava, sollevò appena le palpebre. Così, mentre spiava Eugenio, il volto di Olga non era più triste, forse era tragico: in ogni caso solenne, come nell'approssimarsi di un rito sacro.

Le aveva alzato la sottanella di lino beige, con uno strappo le aveva tolto lo slippino, si era gettato a baciarla là nella furia di vincere un'arsura implacabile, come l'assetato che finalmente trova una fontana dopo avere attraversato un deserto senza potere bere. Appena avvertì un primo sintomo di sazietà gli si ripresentò, nella fantasia, quel volto ieratico che a Olga era così estraneo, e ora pareva a Eugenio il segno di qualche cosa d'altro: la gioia sensuale si mescolava a un trionfo vendicativo, a un orgoglio, a una superbia, alla improvvisa scoperta del suo giusto potere femminile.

È quasi incredibile come il pensiero umano sia capace nello stesso istante di tante contraddizioni. Eugenio intuì che la giustizia di cui Olga era convinta poteva essere l'errore di una stupida e, per lui, se ne fosse stato convinto anche lui, poteva, invece, essere una colpa. Ma, ecco, appunto questo, appunto la certezza della stupidaggine di lei e insieme il sospetto della propria colpa davano a Eugenio il gusto, il brivido inebriante di una voluttà suprema: si rotolò su se stesso in un breve spazio del pavimento come a volte per gioco fanno i gatti, e le disse:

«Siediti! Siediti sulla mia faccia!»

Certo, bastava che Olga scoppiasse a ridere: e di colpo Eugenio recuperava l'uso della ragione. Ma quale tono aveva la erotica invocazione di Eugenio? Un tono di preghiera? di comando?

Oh, l'uno o l'altro, l'uno e l'altro: non c'è dubbio che a Olga andava bene in ogni caso: la sua mente era confusa e travolta più di quella di Eugenio, ecco perché non era scoppiata a ridere.

Ma Eugenio, lontano anche lui in quel momento dal ridere, non rise affatto. E si compiacque di quell'apnea come desiderava compiacersene: senza bisogno di misurare il tempo né la profondità.

Apnea, naturalmente, era una parola che gli venne in mente dopo. Durante quella frenesia fantastica e carnale non poteva pensare parole. L'apnea è un arresto spontaneo o patologico dei movimenti respiratori. Quella di Eugenio cominciava spontanea, ma poi era impossibile che rischiasse la condizione patologica come la rischiano i subacquei: si può dire soltanto che la sfiorava, e allora a Eugenio pareva di perdere il senso del tempo e dello spazio: si sentiva incapace di calcolare i minuti che passavano, né si rendeva conto della posizione che il suo corpo aveva preso sul pavimento. Quando, strisciando e torcendosi per respirare, uscì con la testa di sotto le cosce di Olga, si era preparato a vedere le due pareti che facevano angolo dove erano la scrivania e la porta del corridoio, invece non riconobbe niente, gli girava la testa, all'improvviso capì che si era voltato dalla parte opposta, verso le finestre luminose nel sole del mezzodì romano: e in primissimo piano la sola cosa che lo interessava in quel momento.

Eugenio si sollevò e andò nel bagno a lavarsi. Non era pentito. Era terribilmente seccato di quello che aveva fatto. Adesso sì, sapeva ciò che voleva con la stessa freddezza con cui si era accorto che stava guardando un Bravo qualunque in mezzo alle ceramiche del bagno: non avrebbe voluto vedere mai più Olga per tutta la vita.

Fu però costretto a chiamarle un taxi e a accompagnarla fino all'ascensore. Quello di lusso questa volta.

Mai più per tutta la vita? Non fu così, naturalmente. Cominciarono a *non* vedersi per una settimana. E questo fu possibile soltanto perché Eugenio ci stava attento: evitava con cura le occasioni di un incontro, per esempio chiamava Alberti che venisse a lavorare nel suo studio invece di recarsi lui come di abitudine nello stanzone, dove sarebbe passato davanti a Olga. E quando era proprio necessario andare nello stanzone e sarebbe stato assurdo trasportare nello studio o altrove i cavalletti con i disegni fissati sopra, trovava qualche pretesto appena credibile per rimandare il sopralluogo alla sera, quando lei se ne era già andata da un bel po'. Ma non era facile continuare così, e più presto di quanto sperava Eugenio si disse che non ne valeva la pena, e che, inoltre, c'era un pericolo: gli espedienti, i ripieghi, i mezzucci a cui gli era giocoforza ricorrere avrebbero finito per riaccendere quella fiamma che egli credeva spenta almeno provvisoriamente.

Con questo animo, si decise finalmente a affrontare l'inevitabile. Era un lunedì mattina, alle nove e mezza. Nello stanzone, tutti quanti già ai loro posti, e lei al suo tavolo, subito a destra entrando. Entrò Eugenio e si fermò sorridente davanti a lei un momento che proprio per la brevità sarebbe stato sufficiente, secondo Eugenio, a farle capire che l'incantesimo non operava più:

«Ciao, Olga, come stai?»

«Benissimo, professore, grazie.»

«Buon lavoro.»

Dopo di che Eugenio, congratulandosi con se stesso, raggiunse Alberti a un cavalletto vicino alla finestra e si mise subito a disegnare. Quella stessa mattina, più tardi, Olga arrivò con un fascio di fotografie, una collezione di saloni quattrocenteschi: aveva l'incarico di combinarne due o tre in un progettino unico, era un filmaccio su Lucrezia Borgia. Certamente, non si trattava di un pretesto per venire lì. Ma Eugenio notò, stupito, che i rapporti tra Alberti e Olga erano migliorati: cordiali, premurosi tutti e due, reciprocamente. Eugenio pensò che questa novità dipendesse da ciò che era accaduto il giorno dello sciopero. Forse lei, persuasa di contare più di prima, sentiva il dovere e la convenienza di farsi Alberti buon amico? La cosa non gli garbava, a Eugenio: già amica di Irma, lei adesso voleva dalla sua anche Alberti? Era un avvertimento: e se Olga prendeva piede? Tutta una famiglia? No e poi no, questo mai!

Intendiamoci: con immediata prontezza, a cominciare da quel lunedì mattina, e così di seguito, per un lungo periodo, mesi e mesi, Olga dimostrò a Eugenio che intendeva assecondarlo nel suo evidente desiderio di assoluta segretezza. Va da sé che al principio di questa inconfessabile "nuova amministrazione", cioè per qualche settimana dopo il colpo dello sciopero, l'evidente desiderio di Eugenio era addirittura quello che fra loro due si fosse stabilito d'istinto un patto tacito: tornare al passato, tornare a tanti mesi trascorsi senza che tra loro due succedesse niente di simile, anzi: dimenticarsi e quasi convincersi, insomma comportarsi con assurda esattezza come se non avessero neanche sognato ciò che, invece, non soltanto era accaduto ma sarebbe rimasto nella loro memoria come inciso nel granito.

Ora, la stupida Olga non fu mai così stupida da temere che Eugenio perseverasse all'infinito in questa virtuosa illusione. Lei, da parte sua, non venne mai meno per prima al tacito patto. I rapporti tra lei e Eugenio, in presenza di Irma come di Alberti e di tutti gli altri impiegati dello studio Crema-Donnini, rimanevano identici a quelli che erano sempre stati. Lui le dava del tu, e la trattava con amichevole garbo. Lei, sempre timida e rispettosa, gli dava del lei e lo salutava: buon giorno professore, buona sera professore, ogni volta che lo vedeva; e quando per il lavoro si trovavano a parlare, in presenza d'altri o anche da soli, gli diceva "Professore" ogni due frasi. Tuttavia non mancava mai di spiarlo senza farsene accorgere da lui né da nessun altro.

È questione di tempo, diceva a se stessa durante le prime settimane di questo *new deal*: lei tirava avanti tranquilla, sicura com'era di scoprire, di indovinare il termometro che la avrebbe avvertita della febbre di Eugenio appena riappariva. Un giorno, finalmente, notò che Eugenio, entrando nello stanzone e passandole davanti, camminava a testa bassa, frettoloso. «Buon giorno, professore!» fece appena in tempo a dirgli quando era già passato. Lui, senza voltarsi, aveva risposto, a mezza voce, con un distratto, anonimo «Ciao». È questione di giorni, si disse allora lei.

Due giorni dopo, idem con la differenza che Eugenio, una volta passatole davanti, non rispose neanche al suo saluto: e così Olga si disse che era questione di ore. Indovinò: ma non come credeva, non fino a quel punto che credeva.

Proprio in quel periodo Jack, un americano di New York, regista di mezza tacca, stava girando a Roma gli interni di un film grossolano, *Il Conte di Montecristo*, dal romanzo di Dumas. Scene e costumi erano di Eugenio, e Jack era diventato subito suo grande amico forse perché poteva parlare con lui in inglese senza la noia di lunghe spiegazioni. Fino dai primi giorni, infatti, Jack prese l'abitudine scherzosa di chiamarlo tutti i momenti urlando «Crema!» sostituendo buffonescamente alla pronuncia italiana quella americana, cioè "Kramer!" che poi, in trascrizione fonetica dell'accento newyorkese, suonava addirittura "Krueim(r)!". Del resto, Kramer è un cognome tedesco molto comune agli Stati Uniti. Da allora in poi, tutti quanti in ufficio si rivolgevano a Eugenio chiamandolo Kramer: e, per semplificare lo scherzo, con piena approvazione di Eugenio stesso, pronunciavano Kramer come lo si leggerebbe in italiano.

Erano ormai le sei del pomeriggio, e Olga, che doveva uscire alle sei e mezza, già temeva di non aver saputo leggere la temperatura. Ma si affacciò Alberti, veniva dallo studio di Eugenio e doveva correre su un set a Cinecittà dove si girava una scena notturna del film di Jack.

«Olga, guarda che ti vuole Kramer. Dice di passare da lui prima di andar via.»

Ci siamo! pensò Olga, volevo ben dire! Ma domandò a Alberti:

«E non sai che cos'è che Kramer vuole?»

«Sì, una sciocchezza... credo che sia un po' di straordinario per domani, non ti preoccupare, con un paio d'ore te la cavi.»

Olga si mise in ordine per uscire e alle sei e mezza in punto si avviò nel corridoio verso lo studio di Eugenio. Si aspettava qualcosa di non troppo diverso dalla prima volta, anche perché era proprio ciò che lei, a sua volta, desiderava, e sentiva anzi di averne urgente bisogno. Ma era inquieta e preoccupata. Le pareva assurdo che Eugenio intendesse fare all'amore con lei lì, nel suo studio. Restava ancora gente nell'ufficio: le sarte, per esempio, lavoravano qualche volta fino a mezzanotte. Bussò quasi tremando.

Eugenio non si alzò, era in maniche di camicia, le disse di sedere davanti a lui, di là dalla grande scrivania. Contrariamente al previsto, era calmo, parlava adagio e sottovoce, come chi vuole la sicurezza di non essere udito al di là di una porta. E il suo discorso – anche di questo lei si stupiva – esordiva con la cadenza di chi ha deciso soprattutto di ragionare:

«Alberti ti avrà detto del lavoro, Olga. È roba da poco, ne parliamo dopo. La verità è un'altra, e penso che tu te la immagini, no?»

Eugenio sorrise, e tese una mano attraverso la scrivania. Lei allungò la sua: le due palme combaciarono. Eugenio, il primo momento, ebbe la sensazione di coprire col suo nudo corpo il corpo nudo di Olga. Come per scuotersi di dosso ogni tentazione, staccò violentemente la mano, prese il pacchetto di sigarette che era lì, offrì una sigaretta anche a lei, accese:

«Sono giorni che penso come possiamo fare per trovarci insieme con assoluta tranquillità. Come l'altra volta. Un albergo? Una garçonnière? È impossibile, sono troppo conosciuto. Roma, in fondo, è ancora una città di provincia. Ho pensato: la tua pensione dove alloggi... lo so, hai un amico, non puoi. Arrossisci? Irma mi dice tutto, di te.»

«No, arrossisco non tanto per il mio amico, gli voglio bene, ma non è niente di serio... È una cosa che finirà da un momento all'altro. Ha moglie, figli e non vuole divorziare. Arrossisco perché sarebbe una pensione troppo brutta per lei, professore...»

«Non dire queste stupidaggini! Quello che importa, lo sai benissimo che cos'è. E dunque!»

E dunque, Eugenio si alzò di scatto. Olga fece l'atto di alzarsi anche lei.

«Non ti muovere!» quasi gridò Eugenio, e lei, un po' spaventata, levò l'indice alle labbra per zittirlo.

«Hai ragione. Scusami, adesso ero uno stupido io.» Così sussurrò esagerando ansioso ma subito, ridendo dell'ansia e dell'esagerazione, continuò sottovoce: «Non ti muovere per il momento. Aspetta». Andò svelto, in punta di piedi, ai due usci, quello d'ingresso dal corridoio e quello di comunicazione con la stanza attigua. Li chiuse a chiave: «Non è che le ho fatte mettere adesso, ci sono sempre state, le chiavi: questa è la stanza dei contratti. Alberti è andato da Jack, quasi sicuro non busserà nessuno, ma non impossibile. Bisogna che facciamo in fretta».

Fecero in fretta. E così, all'insegna della fretta e di un'assoluta sicurezza, incominciò allora il terzo periodo amministrativo dei loro sciagurati rapporti che deludevano di colpo Eugenio ogni volta, anche se ogni volta cominciava cercando di prolungarli fino allo spasimo.

Lo schema era lo stesso. Si poteva contare tranquillamente su una più o meno predisposta assenza di Alberti, così innocente e così ligio alle istruzioni di Eugenio. E il più delle volte il luogo, l'ora, la durata e il risultato ricopiavano pari pari quel primo arrangiamento ex abrupto, verso il tardo pomeriggio. Capitavano anche occasioni un po' diverse, secondo le vicende della giornata e soprattutto secondo l'umore, il capriccio di Eugenio. Per esempio: verso le undici di sera, e perfino più tardi, lui le telefonava alla pensione. Ti ho svegliata? Sì? Be' non importa, vestiti, chiama un taxi, vieni subito. Prevedendo queste possibilità, le aveva già dato la chiave del portone. Lei, docile, le prime volte con slancio, poi lamentandosi un pochino (Dormivo così bene... ma sì, vengo subito) veniva subito. E le cose si svolgevano rapidamente perfino quando Eugenio, nel momento che si era deciso a telefonare, credeva in buonissima fede che si sarebbe trastullato con Olga molto più lungamente del solito. Al punto che, una delle prime volte che si ripeté lo schema della telefonata notturna, Eugenio chiuse aggiungendo:

«Non dare il numero della via Gregoriana, mi raccomando. Fai fermare il taxi in piazza Trinità dei Monti, oppure meglio: Hotel Hassel. E poi gli dici di aspettare lì, accennando in qualche modo a una buona mancia. Capito?» Va da sé che, in seguito, Eugenio non ebbe più bisogno di aggiungere niente.

Non c'è dubbio: quel taxi fermo in piazza Trinità dei Monti per dieci o quindici minuti, si confaceva a Eugenio. Non accadeva, non accadde mai che Eugenio si pentisse di una trovata così ad hoc. Né mai gli accadde di desiderare che il taxi non fosse, lì vicino, a aspettare la povera Olga. Meno male che c'è il taxi! ecco, era il primo pensiero che gli veniva un attimo dopo la fine del piacere. Se poi gli prendeva addirittura la smania che lei se ne andasse, allora Eugenio, vergognoso di se stesso, cercava di rimediare. Guardando da un'altra parte mormorava:

«Che peccato che hai detto al taxi di aspettare! potevamo, poi, chiamarne un altro!» o qualche altra frase con la stessa ipocrisia.

Come dopo la notte immancabilmente viene il giorno, così Eugenio, dopo aver fatto all'amore, bramava che Olga sparisse, e quasi arrivava a credere che sparisse per sempre o almeno a credere di non avere più bisogno di fare l'amore con lei per qualche tempo, un tempo che poi si rivelava sempre meno lungo di quello da lui sperato. E a questo proposito Eugenio si rimproverava: come mai, invece di assumerla, non gli era venuta l'idea di trovarle un posto nello studio di un suo collega? Sarebbe certo riuscito a mettere più spazio tra un incontro e l'altro se non fosse stato costretto a rivederla tutti i santi giorni, lì, sul lavoro! Si dimenticava che, in principio, gli era antipatica.

Ma no. Come dopo il giorno immancabilmente viene la notte, così Eugenio, dopo avere passato tre, quattro settimane senza nessuna voglia di Olga, ecco che ricominciava a desiderarla. Era abbastanza intelligente e onesto per chiamare questo guaio *un fenomeno*. Un fenomeno strano, diceva: strano ma giusto. E, fortuna, tutto sollevato continuava a dirsi, grande fortuna che i tempi della svogliatezza siano sempre molto più lunghi dei tempi del desiderio! Perché Eugenio non arrivava mai a vedere quella verità che sarebbe saltata agli occhi di qualunque osservatore imparziale: la stranezza consisteva appunto nella sproporzione tra i due tempi! Eugenio avrebbe potuto ringraziare la fortuna soltanto nel caso opposto: soltanto se i tempi della svogliatezza fossero stati più brevi dei tempi del desiderio! Insomma, lui non capiva che tutto dipendeva dall'esistenza di Irma, non capiva di amare Irma di vero amore, e Olga, invece, di non considerarla quasi un essere umano, ma ora una divinità misteriosa e simbolica, ora un pretesto per abbandonarsi cinque minuti allo sfrenato piacere di una rivoluzione intima. Quasi come una droga, dunque, una tentazione che dopo un certo periodo di astinenza pare irresistibile? Forse: ma solo per il tempo del desiderio. Mentre si prende una droga, infatti, non si prova nessun piacere, il piacere incomincia dopo, e con Olga invece: appena incomincia... voilà! la voluttà di Eugenio era già finita, l'immediato effetto era l'esatto contrario dell'effetto di una droga: senza prolungarsi di un solo istante, quella esaltazione si era trasformata in un fulmineo avvilimento, come allo spalancarsi di un immenso vuoto tutto intorno. Gettando un involontario sguardo verso Olga, Eugenio allora provava un mostruoso disgusto, una sensazione ributtante, rivoltante, schifo, orrore, il bisogno di allontanarsi subito. Ma non poteva darsi che, in quei momenti, l'inconscio di Eugenio volesse soltanto tornare da Irma? Non poteva darsi, infine, e sempre all'insaputa di Eugenio, che Irma fosse già apparsa in qualche modo: entrata anche prima, nel delirio dei cinque minuti, come la designata vittima offerta alla divinità effimera della povera Olga? Quien sabe!

Ciò che succede a due amanti quando fanno l'amore, lo si può forse analizzare. Ma classificare, certamente no: troppe le variabili, e infinitamente diverse, troppe come le creature umane e tutti i loro possibili accoppiamenti. Ma se, per assurdo, si volesse definire l'amplesso perfetto e cioè dare l'idea concreta di un concetto astratto, probabilmente si finirebbe coll'ammettere che è perfetto soltanto il congiungersi di due persone che sentono e sappiano, tutto sommato, che sono pari.

Ora, il particolare, irresistibile piacere che Eugenio cercava tra le braccia o piuttosto sotto le gambe di Olga, era il contrario, anzi il doppio contrario di quella ideale perfezione. Non è raro, infatti, che un uomo, accoppiandosi a una donna, si senta, proprio perché non lo sa, come un bambino con la madre, o come uno schiavo con la sua padrona. E non è raro, nella stessa misura, che si senta, invece, come il padre con una bambina, o come il padrone con una schiava. Altrettanto si può dire di una donna: che si senta bambina con un padre o schiava con un padrone, padrona con uno schiavo o madre con un bambino. E, naturalmente, accade a volte che ne risulti non la parità ma una complementarità vicina alla parità e quasi capace di sostituirla: un incastro che arieggia alla perfezione. Altre volte l'incastro non si verifica. Ma, ecco, un po' più difficile e forse un po' meno normale era il caso di Eugenio con Olga.

Eugenio si sentiva superiore a Olga, gli piaceva sentirsi superiore. Era come se si dicesse continuamente che doveva essere e sentirsi superiore. E non basta! pensava: bisogna che io mi senta talmente superiore da non provare la minima voglia di comunicarlo a lei: cosa che lei, del resto, sa benissimo. Insomma, Eugenio si sapeva superiore al punto di godere soltanto se rischiava, oh, impunemente! la commedia di fingersi inferiore e di adorare lei appunto come se lei gli fosse davvero superiore.

Ecco perché fino dalla primissima volta, appena si era inginocchiato davanti a lei, l'espressione di Olga lo aveva colmato di stupore e di piacere: Eugenio pensava ancora, sapeva sempre che Olga era una miserabile schiava ma intanto Eugenio godeva nelle proprie viscere come gode un grande attore mentre recita una delle sue grandi scene, e vedeva Olga tremenda, Olga padrona assoluta, Olga Regina! Sembrerebbe impossibile, incredibile: eppure, se Eugenio si abbandonava voluttuosamente al rispetto, all'adorazione, al terrore che gli incuteva Olga in quei momenti, era soltanto perché, quasi in quegli stessi momenti o pochissimo dopo, un pensiero lo rassicurava che non aveva niente da temere. Cinque minuti più tardi, quando già lei era scomparsa: viva la stupidaggine di Olga! E se la ripensava in quell'espressione crucciata e autoritaria che lo aveva travolto, adesso gli pareva di averla vista mentre si gonfiava ridicolmente come un tacchino.

Per mesi e mesi, sempre così. Astinenze lunghe, quasi che Olga non esistesse più: e quando la incontrava nei corridoi o le passava davanti al suo tavolo di lavoro, era come se vedesse un'altra persona. Poi, improvviso, sottile risvegliarsi del desiderio ma, per la durata di qualche giorno, solo un richiamo distratto, un memento apparentemente innocuo. Infine, di botto, senza giustificazioni plausibili, una smania che non gli dava pace. E tutto si ripeteva più o meno come nella volta precedente. Un rito monotono, con varianti leggere e scarse, che si potrebbero anche elencare ma forse non ne vale la pena. L'adorazione della vulva e dell'ano: più forse di questo che di quella. E sì! Si capisce! L'ano è più spregevole: ma se viene adorato, vuol dire che tutta Olga, l'intera Olga sarà ancora più da adorare. Anzi, in un certo senso, Eugenio non sarebbe stato degno di tutto il resto di Olga: Eugenio è degno soltanto dell'ano di Olga.

La tentazione suprema che Eugenio prima avvertiva, poi fronteggiava, finalmente subiva e accettava con entusiasmo era però, ogni volta, vedere sul viso di lei quell'espressione autoritaria, di orgoglio tragico e trionfante. E il piacere meno breve, e che sembrava, senza esserlo, insaziabile, era quello dell'apnea. Il vero piacere del sovrano era quello di travestirsi da suddito e, insieme, di offrire così, alla vera suddita, la deliziosa, esaltante illusione di sapersi lei sovrana, di avere, lei, acquistato il potere, togliendolo al sovrano. Almeno così, nel proprio egoismo, Eugenio si compiaceva di credere che lei si illudesse. Ma non faceva mai la fatica di controllare. Lui gustava ogni tanto la deliziosa, inebriante fantasia di avere dato il potere alla sua suddita e di trovare se stesso per cinque o dieci minuti in potere alla sua suddita. Evviva dunque la stupidaggine di Olga anche per un altro motivo: accelera il processo e carica di energia la razionalità, garantisce una più duratura astinenza successiva!

Doveva ancora trascorrere qualche tempo perché Eugenio si rendesse conto di ciò che aveva combinato. Il guaio, il disguido, la discordanza tra i tempi di svogliatezza e di desiderio, il fenomeno strano, il vero guaio non riguardava lui, riguardava Olga. Eugenio non si accorgeva mai, e gli faceva comodo non accorgersi e nemmeno sospettare, che lei poteva anche avere un'anima, poteva anche, dài e dài, incominciare a volergli bene. Eugenio era un uomo intelligente e divertente, spiritoso, erudito, bravissimo narratore di aneddoti, famoso per la sua professione in Italia, cominciavano a conoscerlo anche in Francia, in Inghilterra, in Germania e in America: ma per Olga Eugenio era soprattutto il suo principale, la aveva fatta felice togliendola dalla sua misera vita randagia di piccola impiegata negli studi edilizi o nelle agenzie di turismo e aprendole gli orizzonti del cinema, del teatro, della televisione, della pubblicità, quel mondo per lei fiabesco di attrici, attori, registi, produttori, che lei, adesso, aveva modo di vedere e conoscere. Inoltre, Irma era sempre la sua grande amica, continuava a invitarla con una certa regolarità a colazione, qualche volta a pranzo, e perfino, era accaduto un paio di sere, quando c'erano ospiti importanti. Come si poteva pensare che Olga, consapevole di contare per qualche cosa nella vita segreta di Eugenio, non subisse il suo fascino, sentimentale e sensuale? Ebbene, questa era un'idea che, a quell'intelligentone di Eugenio, non gli attraversava il cervello neanche per sbaglio. Non aveva mai confessato a nessuno il suo rapporto con Olga: caso unico, era rimasto zitto col suo avvocato! L'avvocato Cavalli, suo compagno di liceo e suo più grande amico, viveva a Milano e Eugenio gli telefonava ogni due o tre giorni per confidargli tutto, perfino se la sera prima aveva preso il bicarbonato. E queste anomalie, se mai ci avesse pensato, Eugenio le avrebbe trovate naturali. Naturali, si capisce, dato che arrivava a non confessarle a se stesso! Ancor più naturale, dunque, che con uno spontaneo automatismo attribuisse ai sentimenti di Olga verso di lui l'identico cinismo dei suoi sentimenti verso di lei. Al punto che se Olga gli avesse fatto – cosa da cui per istinto si era sempre guardata – le più lievi, le più caute avances amorose, lui si sarebbe non soltanto stupito ma rabbiosamente sdegnato.

E così via, in una quantità di occasioni, una dopo l'altra. Per esempio, una volta gli capitò di doversi recare a Coira, nei Grigioni, per informarsi dagli eredi Knittel sulla esatta ubicazione della vicenda raccontata in un celebre romanzo che era il soggetto del film. Bisognava prendere una quantità di appunti, fotografare due o tre villaggi, l'esterno e l'interno di casette alpine, disegnare l'intera pianta di ogni stanza e rilevarne in scala le misure precise per ogni dettaglio, ogni oggetto: mobili, suppellettili, utensili di cucina, arnesi per l'orto e per il giardino: un tipo di lavoro, insomma, che di solito veniva sbrigato da un assistente e non dallo scenografo in persona, tanto è vero che Eugenio portava con sé Alberti o uno qualunque degli altri quattro giovani collaboratori, Domenichini, Barbieri, Piaggi, Sormano. Si dava il caso che, in quel momento, fossero tutti quanti impegnati a seguire dei film in lavorazione e non potessero lasciare Roma. Una difficoltà che bisognava risolvere d'urgenza: il giorno dopo Eugenio doveva partire, già fissati due posti in un volo per Zurigo.

«Chi viene con te, domani?» disse Irma immediatamente dopo che avevano spento la luce.

«Non mi parlare di questa seccatura» sospirò Eugenio, immobile tra le lenzuola.

«E invece no, parliamone. Poi ti lamenti, e va a finire che devi stare in Svizzera due o tre giorni in più! Ma scusami, il rimedio ce l'hai, non capisco perché non ci hai pensato.»

«Quale rimedio? Piantala! Non c'è nessun rimedio.»

«Ma sì. Perché non porti Olga? Sono sicura che anche se non è brava come gli altri, in un certo senso è meglio di tutti. Ti ubbidirà come un cagnolino, farà tutto quello che vuoi, ti adora! Non ti sei accorto che ti adora?»

«Non mi sono mai accorto di niente, so solo che è pigra e che non sa disegnare... oppure, per la paura di sbagliare, va così adagio che faccio molto più in fretta io da solo. Dimmi una cosa, piuttosto: per caso, non è mica stata lei a lasciarti indovinare che avrebbe voluto venire con me?»

E la risposta di Irma: «Per carità! Figurati un po' se è stata lei!» tardò un attimo solo, ma proprio quello necessario a lei per pensarci e sufficiente a lui per capire che era una bugia.

«Non sei sincera! Come hai fatto, tu, allora, a sapere che per andare a Coira avevo bisogno di un assistente?»

«Mi accorgo, Genio, che ho ragione io quando dico che sei rimbecillito! Non ricordi che sei stato tu a spiegarmi come e perché ti occorreva un assistente? E poi, ti ho sentito che ti lamentavi al telefono di dover fare il viaggio da solo, l'hai detto a tutti, lo sanno anche le mura, sono giorni che non parli d'altro! Rimbecillito, rincoglionito, altroché! Guarda, visto che vai in Svizzera, perché non ne approfitti, perché non vai in una di quelle cliniche in mezzo alle montagne, dove si cura gli stressati da troppo lavoro?»

«Mi fai ridere. Non ci sono mai stato, e non ci andrò mai, non ne avrò mai bisogno, sono truffe, truffe organizzate apposta per precipitare in una vera malattia chi potrebbe ancora salvarsi alla condizione di non mettere piede in una di quelle cliniche! Ma, vedi? Io so benissimo come sono andate le cose tra te e Olga: formalmente ti chiedo scusa, tu non mi hai formalmente detto una bugia, non è stata Olga a dirti di parlarmi di lei eccetera eccetera. Insomma, Olga è soltanto tornata con te sull'argomento... su questa fesseria di cui tutti sono informati... ma anche se io ne parlo, poi sono il primo a dimenticarmene perché penso a altre cose più importanti... Olga con te ha portato in ballo Coira proprio perché conosce la tua simpatia, il tuo affetto per lei, e la tua infinita generosità per lei. Olga ti ha ancora parlato di Coira con la sicurezza che tu, per conto tuo, spontaneamente mi avresti proposto quello che, infatti, mi hai proposto adesso... Andiamo, io sarò rincoglionito mentre sono soltanto distratto, ma tu sei ingenua! Dio mio, se sei ingenua!»

Così, scherzando, e scivolando tra le lenzuola, si accostò a Irma, la abbracciò, cominciò a baciarla. Fecero all'amore, e subito dopo Eugenio ricominciò a pensare che per nulla al mondo sarebbe andato con Olga in Svizzera, loro due soli, nello stesso albergo: ma siamo matti! Si rendeva conto, sì, si rendeva conto perfettamente che la prima sera avrebbe perso la testa fino al momento di entrare in un letto nudi, cosa che ancora non avevano mai fatto. Ma poi, poi? Cinque, dieci minuti dopo? E la mattina dopo? E i tre o quattro giorni dopo? Ahimè, sarebbe stata una tortura intollerabile! Perché, certo, avrebbero preso due stanze diverse, va da sé, e non solo diverse, ma lontane, possibilmente in due piani diversi. Ma poi, e la colazione con lei, e il pranzo, e le ore morte, di sera, davanti a un televisore in un piccolo o grande salone dell'albergo? E andare a letto con lei un'altra volta così poco tempo dopo esserci stato! E la noia, la miseria, la vergogna, il niente di restare tanto tempo in compagnia di Olga! Stabilì, perciò, che qualunque altra soluzione era preferibile: e una volta per sempre – almeno così credeva in quel momento – e una volta per sempre confermando questa irrevocabile decisione Eugenio si addormentò accanto a Irma che già dormiva. Così l'indomani mattina si svegliò alle sette precise con un programma preciso: partire da solo per Zurigo con l'aereo delle 12.30; ma alle nove esatte telefonare a Coira che gli procurassero per il giorno dopo: 1) il miglior fotografo della città, 2) il miglior geometra disegnatore: in caso, farli venire da Zurigo, 3) carta bianca per tutti i necessari compensi! Che bellezza, la libertà!

Parte terza

No, non avrebbe mai potuto dire a Irma la verità!

Questo, e nessun altro, era stato il primo pensiero di Eugenio guardando Irma che era seduta sul divano accanto a lui, e posando il ricevitore dopo la seconda, lunga telefonata di Peppino da Roma. La pioggia, intanto, aveva ripreso e rinforzato: scrosciava su tutta la città di Los Angeles, e veniva giù dal fianco roccioso del canyon col frastuono di una cascata. Irma si era alzata, era andata alla portafinestra del giardino, aveva tirato la tenda. Si voltò ironica, amara.

«Ho paura che dovremo ancora una volta rimandare il nostro programma e non sono neanche sicura che ci riusciremo nel 1988, sarà meglio che cominciamo a sperare nel 1989! Questo Niagara, per me, sembra proprio irraggiungibile! E pensare che è stato l'unico posto dove avevo deciso assolutamente di andare, fino da quando sono arrivata in America! Mexico, sì. Panama, sì. Florida, sì. Perfino in Alaska, mi hai portata! Ma al Niagara, no! Si vede che è un destino...»

«Ma scusa, io...»

«Io! io! Sta' zitto, tu, che invece ci sei andato!»

«Ma non è stata colpa mia! Sei rimasta qui perché doveva nascere Jill.»

«Appunto, il destino. Come adesso, che devi andare in Europa per chissà quanto tempo...»

Cominciarono a discutere sulla telefonata di Peppino: era evidente che Peppino voleva comprare un'idea, un soggetto di Eugenio, e voleva anche che lavorasse al film. Altrimenti non continuerebbe a spendere i soldi di queste telefonate.

«Se son rose fioriranno» ripeté Eugenio con tutta la calma che riusciva a imporsi. «Certamente Peppino ha in mente uno dei miei soggetti, ma non ha voluto dirmi quale. Segno che si tratta di una cosa importante...»

«Ma si capisce che sarà importante... non aver paura, starai in Europa tutta l'estate. È importante proprio perché io non devo mai vedere il Niagara!»

«Senti, è semplice: mentre io sono in Europa... se ci vado, perché io non ci credo ancora, e Peppino dovrà scucire un bel po' di dollari perché io mi decida... è semplice: mentre io sono in Europa, tu vai al Niagara!»

«Vorresti, eh?»

«No, non vorrei... vorrei e non vorrei / mi trema un poco il core...»

Stonando come sempre, Eugenio aveva canticchiato l'aria di Zerlina.

«Canti, anche? Lo vedi che sei felice?»

«Non dire cretinate. Felice? Sarei felice solo se mi danno tre milioni di dollari...»

«Te li daranno, te li daranno...»

«Magari. Non mi illudo. E proprio per questo non sono affatto felice, ma, piuttosto, preoccupato.»

«Be', io vado a dormire. Tu no, naturalmente, ma fai piano: quando vieni, non svegliarmi. Ciao.»

«Ciao, buona notte.»

Capitava ormai sempre più sovente che Eugenio non avesse gran lavoro tra le mani, e in questi periodi aveva preso l'abitudine di andare a letto più tardi possibile: leggeva romanzi inglesi o francesi, scribacchiava, ascoltava al minimo del volume musica classica in televisione. Quella sera, tuttavia, prese un romanzo di Hardy che aveva incominciato a rileggere, *Far from the madding crowd*, spense tutte le luci meno una, aprì il libro alla pagina segnata, e lo lasciò lì, sulle ginocchia. Ascoltava il fruscìo della pioggia che di nuovo, ma a poco a poco, si era dolcemente smorzato e gli avrebbe tenuto compagnia, se con la paura di un futuro vicino, non lo martellasse il ricordo di un lontano passato...

No, non avrebbe mai potuto dire a Irma la verità! Roma,

via Gregoriana, il calore di un primo pomeriggio d'estate mentre Irma era già all'Elba, proprio quel giorno lo sciopero dei cinematografari, e un improvviso, irresistibile bisogno di rovesciare tutta la freddezza e l'antipatia che fino allora aveva provato per la sua amica Olga, e un assurdo delirio della durata di qualche minuto... Come? come dire questo a Irma? E la montagna di vergogne e menzogne in cui era vissuto per tanto tempo...

Quanti anni, da allora, erano passati? Quindici? Sì, quindici, e non bastavano ancora, per dimenticare. Ma perché, poi, confessare a Irma? Neanche in punto di morte, confessare sarebbe stato necessario. Oh, non esisteva nessuna prova, nessuna sicurezza che Irma potesse sospettare qualche cosa. Solo una volta o due, aveva avuto quest'impressione. Ma poi, poi, l'arrivo in California, Beverly Hills, Los Angeles! La nuova vita doveva aver cancellato tutto, a cominciare dai frammenti, se ce n'erano, di quei sospetti. Chiaro, d'altra parte, che una rivelazione oggi la avrebbe ferita terribilmente. Ecco, si diceva Eugenio, un caso di scelta tra veritiera crudeltà e pietà silenziosa.

Pioveva sempre, è raro che piova così a lungo nella bassa California. Eugenio non si ricordava, gli pareva che fosse la prima volta, in quindici anni, di una pioggia così.

Ma di nuovo squillò il telefono.

La poltrona dove si era seduto per leggere era all'altro angolo della living-room. Eugenio si alzò adagio. Per fortuna, aveva staccato la comunicazione con la camera da letto. Ormai, chi poteva essere? Soltanto una chiamata dal Continente. Sta' a vedere che è di nuovo Peppino.

Era da Capolago, Svizzera. Il dottor Brezzi della Banca Ticinese di Credito desiderava parlare col professor Eugenio Crema-Donnini.

«Sono io, dica.»

«Mi scusi di chiamarla a quest'ora, innanzi tutto. Se non erro, lì devono essere le due di notte...»

«Infatti.»

«Mi scusi di nuovo. Qui, sul lago di Lugano, dove mi trovo a casa mia, perché qui è già sabato, le banche chiuse, sono le undici di mattina. Avrei bisogno di un piccolo favore da lei, di una informazione semplice ma piuttosto urgente. È stato un suo amico di San Francisco che mi ha detto che potevo telefonarle anche a quest'ora... Chi? l'avvocato Arthur Formichelli, un americano che viene tutti gli anni a trovarmi, in Svizzera o in Italia, a Lugano o a Milano.» Eugenio gli disse che sì, Formichelli era suo avvocato e suo amico. «Sì, me lo ha detto» continuava Brezzi, «dunque, verranno probabilmente da lei due nostri clienti, uno dei quali è un suo vecchio conoscente... esattamente, il signor Chianese, Peppino Chianese... Dunque, la Banca avrebbe piacere, le sarebbe grata se lei volesse rispondere a una domanda: lei possiede veramente, come mi si dice, un soggetto, un treatment, una regolare sceneggiatura intitolata *Il Giudizio Universale di Michelangelo*? Non basta. E i diritti, tutti i diritti di sfruttamento, cinematografici, televisivi, radiofonici, discografici, ecc. sono tuttora di sua esclusiva proprietà come mi si dice?...»

Una telefonata che poteva soltanto fare piacere a Eugenio, rassicurarlo anche se allo stesso tempo aggravava gli oscuri timori di un suo ritorno provvisorio in Italia. Ma tutto sommato, in quel momento pensò che valesse la pena di affrontare l'avventura e anche il rischio. Un rischio a cui, in quel momento, non voleva, non doveva più pensare. Di nuovo la pioggia, rinforzando come prima, scrosciava e con la pioggia, ora un vento di ponente, il great west wind di cui parla Conrad con tanto entusiasmo, il vento del Pacifico si era messo a fischiare, a ululare.

Anche Eugenio, come prima Irma, andò alla portafinestra, tirò la tenda: vide il piccolo Niagara che la pioggia faceva precipitando, sbalzando dalle rocce del canyon: vide i lampi che sciabolavano a tratti, come fionde di luce accecante, sulle masse enormi di acqua. Magìa dell'acqua: Eugenio ricordò Londra, Piccadilly Circus, il suo viaggio di nozze con Irma: ancora viva l'atmosfera della seconda guerra mondiale, l'anglomane Eugenio aveva voluto andare in Inghilterra. Irma ragazza, vent'anni, e questa era la prima volta nella sua giovane vita che si trovava all'estero. Maggio, primavera. Notte, dopo mezzanotte. Non faceva freddo. Pioveva a dirotto e in due non avevano un ombrello. Camminavano svelti sul marciapiede, lungo le botteghe ancora aperte e illuminate, entrarono in una, più con l'idea di ripararsi che per altro. Relativamente giovane anche Eugenio, vedendo la felicità di Irma, si sentiva felice come forse non era mai stato. Tracannarono due grandi birre. Poi, decidendosi senza esitazione a uscire e di nuovo a affrontare la pioggia, all'ultimo momento Irma non resiste alla tentazione di comprare un grosso cono di cartone pieno di pop-corn appena tostato.

Lo apre, tutti e due pescano una manciata di quei lievi grani candidi, dorati, soffiati, croccanti. Escono sotto il rovescio, ridendo, stringendosi a braccetto, e camminano sempre svelti tra la folla, e continuano tutti e due a sgranocchiare pop-corn e a pescare nel grosso cono che Irma tiene e ripara dalla pioggia con l'altra mano. Eugenio si chiede come farà quando il pop-corn sarà finito. E Irma, come per rispondere al pensiero di Eugenio, improvvisamente ride, si ferma, con due calci si libera delle scarpe, si scioglie dal braccio di Eugenio, riprende a piedi nudi il rapido passo di prima ma intanto solleva con le due mani il cono più che può in alto, spalanca la bocca, e comincia a versarsi in gola pop-corn e pioggia, pioggia, pioggia e pop-corn, finché il cono è vuoto, e lo lancia nella piazza, verso la fontana, verso la statua del dio Amore.

Non furono mai più così felici.

Parte quarta

Nei loro intermittenti, violenti, muti o quasi muti, e sempre brevi amplessi, era naturale che Olga finisse per innamorarsi di Eugenio. Dedurne, però, che il piacere più profondo fosse quello provato da lei sarebbe forse uno sbaglio. Quello provato da Eugenio era il piacere verissimo di un rapporto falso. Mentre Olga sapeva di essere una vera ragazza povera, ignota, e di modesta intelligenza che ormai amava un vero uomo ricco, famoso e intelligente, Eugenio godeva sinceramente di un'enorme, meravigliosa bugia doppia: durante pochi minuti successivi credeva di essere un miserabile che adorava una Regina, e, in ogni caso, una donna superiore a sua moglie Irma. Il piacere di Olga era tutto realtà, ma il piacere di Eugenio era infinitamente diverso e consisteva in qualcosa di molto più misterioso. Una scintilla indispensabile, dall'inizio, aveva messo in moto il diabolico ingranaggio. In seguito, Eugenio non fece che riscoprire quell'energia a poco a poco, e sempre meglio fino a possederne di colpo una consapevolezza assoluta il giorno che urtò, per caso, in un aforisma di Bachelard: "I grandi doni dell'inconscio si riconoscono dallo spavento in cui ci lasciano". La scintilla era, appunto, il volto ieratico di Olga, il piacere dell'inganno. Autoritaria, potente, Regina? Be', questi attributi andavano interpretati come esagerazioni fatali e secondarie, bastava che Olga fosse stata intelligente, e la scintilla non sarebbe scoccata, forse Eugenio non la avrebbe neanche notata. Una donna intelligente, Eugenio poteva soltanto amarla, infatti amava Irma, prima e ultima donna intelligente della sua vita: secondo lui, era esclusivamente per una disgrazia se questo amore non aboliva tutto il resto. Non parliamo, poi, se, per assurdo, oltre che intelligente, Olga fosse stata davvero autoritaria, potente, Regina: Eugenio ne avrebbe provato addirittura ribrezzo.

No, come a volte si riesce a pilotare un sogno, cioè a sognare proprio ciò che più ci piacerebbe sognare, quel breve, brevissimo piacere consisteva nell'ingannare se stesso consapevole e, insieme, anche l'inconsapevole Olga.

Nella grandissima maggioranza delle poche volte che ci ripensava, Eugenio si era ormai abituato a considerare come un colpo di fortuna, e come un pericolo miracolosamente evitato, l'episodio di un viaggio in Svizzera con Olga. Ebbene, due anni dopo la dea Guigne pareva proprio che volesse prendersi una rivincita.

Bisognava andare in Germania. Un grande film, soggetto un romanzo di Thomas Mann, epoca fine Ottocento, attori tedeschi e americani. Ma, per i costumi e la scenografia, la Produzione due terzi americana aveva consentito alla proposta del regista, americano di origine tedesca, e aveva assunto con regolare contratto Eugenio Crema-Donnini. Questo regista era lo stesso allegrone e compagnone che lavorando insieme a Eugenio lo aveva battezzato Kramer, come da allora in poi veniva chiamato in ufficio e sul set. Incredibile sorpresa tipica della civiltà consumistica, quella boiata di film, *Il Conte di Montecristo*, aveva battuto all'incasso tutti i record dell'annata e perciò, adesso, il medesimo regista era stato scelto per un film che, assurdamente, avrebbe dovuto essere un capolavoro di raffinatezza!

Già estate, anche questa volta tutti gli assistenti erano impegnati a Roma in altri film, e nessuno di loro poteva accompagnare Eugenio in Germania. Non che lui avesse bisogno di un interprete, il suo perfetto inglese gli bastava: tuttavia la germanòfona Olga, impiegata da tempo negli studi di via Gregoriana, era più difficile escluderla che imbarcarla nella corvée.

«Non si capisce perché, ma Kramer pare che non voglia portare Olga» così commentavano tutti quanti allo studio un'anche troppo evidente riluttanza di Eugenio. «Ma perché diavolo non porti Olga?» gli diceva Irma. Eccetera: un assalto insistente e concentrico, in ufficio e a casa, sopra e sotto, sui due piani. Finché, con grandi sospiri, parte autentici e parte esagerati per non svelare un sottile filo di segretissima, morbosa allegria, Eugenio, infine costretto dalla generale opinione della ciurma, ammainò le vele del buon senso a cui si era rassegnato con ottimo esito nel viaggio in Svizzera, e alzò la vela dell'imprudenza.

Partirono da Fiumicino una mattina di fine giugno. Irma stessa, con la sua Lancia, li accompagnò all'aeroporto. Eugenio le sedeva accanto, e Olga dietro. Stranamente, durante il primo pezzo del tragitto, da Trinità dei Monti al piazzale Flaminio, i tre rimasero zitti. E quando il semaforo rosso fermò la macchina al piazzale Flaminio, Irma ridendo guardò Eugenio, e poi si voltò a guardare Olga e scoppiò in una gran risata.

«Perché ridi così?» disse Eugenio, seccato. «Che cosa hai da ridere?»

«Rido» disse Irma ridendo ancora di più «perché siete tristi! Tristi come due sposi in un viaggio di nozze che preferirebbero non fare!»

«Hai proprio ragione, tesoro mio, ma io volevo dire...» si affrettò Eugenio, molto serio, a correggere, «... volevo dire che sono preoccupato per il lavoro in sospeso che lascio a Roma, temo che Alberti non se la cavi.»

Nessuno saprà mai se, intanto, Irma guardava, o no, nello specchietto retrovisore: ma, se guardava, si sarebbe accorta che, alla sua frase *sposi in viaggio di nozze*, le guance di Olga, sfiorate dalla lucida frangetta nera, fiammeggiarono rosse vive, come due griotte premature.

Sempre intelligentissima e, allo stesso tempo, troppo orgogliosa per non esigere dal proprio intimo comportamento un'assoluta onestà, Irma si sarebbe vergognata di avvilire la sua intelligenza mescolandola alla grettezza e alla incertezza di sospetti maligni. Questo era un rischio che Irma non prendeva mai. Ma, forse, le era bastato notare che il silenzio di Eugenio e quello di Olga si assomigliavano, e, ecco! guidata come sempre dal suo istinto infallibile, Irma senza saperlo ci aveva azzeccato. Fu, infatti, un viaggio di nozze infernali, destinate soltanto a deluderli tutti e due, ciascuno in una direzione opposta a quella dell'altro: Eugenio verso l'indifferenza, Olga verso la disperazione.

Appena in volo, seduto accanto a lei in prima classe e a contatto con il dimenticato calore del suo piccolo corpo che tante volte gli era parso grande, e guardando le sue gambe e molto di più i suoi piedi così belli nelle crudeli scarpine di coccodrillo verde scuro, Eugenio cominciò il viaggio come se affrontasse una spedizione nuova, speleoerotica, in buie, profonde spelonche voluttuose e caverne inesplorate, ora vaghe ora così precise che le immaginava, le vedeva a occhi chiusi rabbrividendo.

L'appuntamento con quelli della Produzione era a Amburgo, dove sarebbero scesi al Vier Jahreszeiten, il primo e più antico albergo della città: non erano mai stati a letto insieme, nudi... Continuando a tenere gli occhi chiusi, rivide qualcosa a cui non aveva più pensato perché troppo sgradevole: il ricordo di un sabato sera, in pieno inverno, quando Irma e i bambini erano a Cortina a sciare, e in via Gregoriana, al terzo piano, per quella notte non c'era a dormire nessuno dei servi, e Eugenio aveva commesso l'errore di dire tutto questo a Olga, e lei aveva interrotto subito i soliti cinque minuti mormorandogli: «Senta, perché non andiamo di sotto?». E lui aveva ceduto, ma poi, quando erano entrati in camera, si era fermato guardando davanti a sé: «No, è impossibile, domattina rifacendo il letto la cameriera se ne accorgerà». «Ma no, noi stiamo attenti, non abbia paura, ci penso io a mettere tutto a posto!» Così Olga lo aveva supplicato. «Assolutamente no» era stata la risposta quasi tranquilla di Eugenio. Ma lei aveva capito: una straordinaria malinconia era apparsa sul suo volto. Eugenio la afferrò per un braccio conducendola via. Tornarono di sopra. Eugenio andò diritto alla solita stanza dove si chiudevano dentro. Senonché lei si era già messa il cappotto: «Mi dia un po' di soldi, per piacere, professore, il taxi è molto che aspetta, credo di non avere abbastanza».

... e Eugenio riaprì gli occhi: un'immensa luce lo abbagliava, l'aereo volava ormai sul Mar Tirreno, che rifletteva il sole a picco, proprio nell'ora del mezzodì. Rabbioso, furioso, tirò giù lo sportello chiudendo con un colpo secco l'oblò anche sulla memoria improvvisa, involontaria e adesso così molesta, di quanto aveva perso, quella notte d'inverno, a Roma. Perso perché? Per ipocrisia, così pensò credendosi sincero in quel momento: per non offendere Irma alla presenza di Olga: Irma che lui amava, credeva di amare, voleva amare. Ma la amava davvero? In ogni caso, allora come adesso, non era forse autentico il desiderio che provava di fare l'amore con Olga? Sì, sapeva benissimo come sarebbe andata a finire anche questa volta, nell'albergo di Amburgo: ma che cosa importava? perché avrebbe dovuto rinunciarvi? Irma era lontana, e lei stessa, la sola che con un cenno avrebbe potuto impedirlo, aveva patrocinato questo viaggio.

Il Vier Jahreszeiten (le Quattro Stagioni) si presentò come l'ideale sempre sognato da Olga e sognato anche da Eugenio ma solo per le prime ore dopo l'arrivo. Volle il destino che la Produzione del film avesse prenotato una suite, due camere comunicanti attraverso un salotto adattato a studio o a ufficio. Senza perdere d'occhio Olga che controllava i bagagli dall'altra parte della hall, Eugenio si curvò sul banco della réception e domandò se non fosse possibile avere due camere separate, in due piani diversi. Volle ancora il destino che non esistessero altre camere libere, e così Olga Jovànovich, aux anges, fece il suo ingresso nello splendido appartamento degno di Ambasciatore e Consorte.

Per la prima volta, data la precedente impossibilità di permetterselo, con un accordo tacito e immediato (l'astuzia di Olga assecondando l'astuzia di Eugenio) decisero di ritardare artificiosamente il più possibile ciò che di abitudine succedeva naturalmente il più presto possibile. E perfino questo rinvio, questa posticipazione a segreto scopo erotico fu facilitata dal caso. L'aereo era arrivato col favore del vento quasi mezz'ora prima dell'orario stabilito: i direttori di produzione, il tedesco e l'americano, furono annunciati quando Eugenio e Olga avevano finito di installarsi nelle loro camere. Le due auto dovevano essersi incrociate sulla strada dell'aeroporto: fu questo il primo argomento di un allegro cicaleccio con relativo stappo di bottiglia di Dom Perignon, brindisi al film italo-germanico-statunitense, complimenti soprattutto a Olga, la quale era apparsa un po' dopo ma in tempo dalla sua camera, con una toilette verdechiara che le donava e diversa da quella del viaggio. Fu però la prima a ritirarsi, mentre i due direttori non perdevano tempo: già dal mattino avevano provveduto a far trasportare lì, al centro del salotto, un grande tavolo da chemin-de-fer: cominciarono a stendere sul tappeto verde gli enormi fogli del Piano di Lavorazione e subito, armati ciascuno di un lungo regolo, a spiegare tutti i particolari, indicando con ordine i fittissimi riquadri, le date del calendario lungo cinque mesi, giorno per giorno, ambiente per ambiente, e i titoli delle scene, i nomi degli attori, e la sigla del costume che ognuno doveva indossare ogni volta... Eugenio stava per ribellarsi, rifiutare questo cretino e inutile supplizio inflittogli da due persone che certamente non erano pratiche di cinema ma soltanto di affari, quando lo salvò un urlo che riconobbe:

«Kramer!» con un colpo si aprì un uscio, e Jack apparve, la sua enorme chioma rosso carota, i suoi enormi occhiali tartaruga gialla, il fortunato regista ormai di fama mondiale.

Tutto cambiò. Passarono rapidamente tre o quattro ore di convulsa, disordinata, gaia discussione molto proficua al lavoro di Eugenio: in pratica, fu un dialogo tra lui e Jack, perché poco dopo l'arrivo di Jack i due direttori se ne erano andati, e Eugenio non li rivide più fino al giorno della partenza.

Il successo aveva trasformato Jack: sempre simpatico, adesso lo era più di prima e sembrava perfino più intelligente: certo era ignorante di tutto salvo che di cinema, volgare, istintivo, e istintivamente di pessimo gusto in tutte le sue scelte. A un certo momento Eugenio pensò che forse gli pareva più intelligente soltanto perché, adesso, gli dava sempre ragione. Ma subito si corresse: non era necessario che Eugenio attribuisse alla propria vanità questa scoperta, poteva anche significare che Jack cominciava davvero a capire qualche cosa. E quando Jack s'interruppe per guardare l'ora, Eugenio si rese conto di ammirarlo con sincero entusiasmo.

«Well, my dear Kramer, dobbiamo andare a mangiare, tu

vieni con me naturalmente, ho fissato un tavolo, ti porto in un posto meraviglioso!» Jack si era alzato per uscire, Eugenio si alzò anche lui, lo seguì nel corridoio: soltanto al momento di chiudere la porta si ricordò che esisteva Olga, e ne provò, contemporaneamente, noia e piacere: noia perché avrebbe voluto cenare da solo con Jack ma gli pareva impossibile non prendere anche Olga: gioia perché, dimenticandosi di Olga, si era anche dimenticato che, dopo cena, sarebbe arrivato il momento di un piacere a cui, per tre o quattro ore, non aveva assolutamente pensato. Nell'attesa di fare l'amore c'era, senza dubbio, un aumento di energia come un'onda di giovinezza: ma c'era, insieme, tutta mescolata, una profonda ansia, quasi un'angoscia. Prima di bussare all'uscio di Olga pensò: "E se non ci fosse più? Se fosse uscita per conto suo?". Quasi quasi desiderava proprio questo: cenare da solo con Jack.

Ahimè, c'era. Pronta. Con un'altra toilette ancora, molto outrée, quasi ridicola: gialla, marrone e rosa, con grandi spacchi sul nudo. Ma la nuova, improvvisa ammirazione che Eugenio provava per Jack non bastò a ingannarlo: Jack non sarebbe mai arrivato a capire che cosa *non era mai* di buon gusto. Eugenio si disse che Jack, malgrado il suo progresso estetico, certamente avrebbe approvato Olga e quella toilette tricolore:

«Vieni, Jack! Ti presento alla mia assistente, Olga Jovànovich!»

«Are you doting, Kramer? Sei rimbecillito, Kramer? Olga e io siamo vecchi amici!» gridò Jack abbracciandola. Ma Eugenio, alla propria gaffe, allibì: era dunque così seccato di avere Olga con sé da dimenticarsi che Jack la conosceva?

«Sì, Jack, hai ragione, you're right! I'm doting, sono rimbecillito ma...» Nella certezza che Olga non avrebbe capito, finì in inglese: «... but I'm doting just because I took this girl with me!» e subito si vergognò. Una viltà offendere l'inerme Olga davanti a Jack. Olga gli fece pena, in fondo quelle parole a lei incomprensibili erano vere: Sì, Jack, hai ragione, sono rimbecillito appunto perché ho portato questa ragazza con me! Senonché, fortuna, quelle parole potevano allo stesso tempo non essere offensive ma, anzi, affettuose, e lui, fortuna, le aveva dette ridendo, scherzando, vezzeggiando, come un complimento al fascino di un'amica giovane e carina. Ah! è facile, troppo facile accomodare tutto nella nostra coscienza, presto o tardi! D'altra parte, la speranza di non fare mai del male a nessuno non era qualcosa di più importante? qualcosa di essenziale? qualcosa forse di un po' meno facile e tuttavia possibile?

A questo punto della sua vita ancora lunga, Eugenio credeva ancora di sì.

Andò come poteva andare. L'imprevisto e oggettivo salto di qualità riscontrato da Eugenio nell'intelligenza di Jack ebbe un effetto micidiale sulla costruzione simbolica altamente eccitante e perversa che Eugenio, nel suo intimo, a poco a poco, volta per volta, aveva innalzato intorno all'innocenza, relativa come tutte le altre innocenze, della sprovveduta Olga.

La prima notte al primo albergo di Amburgo fu un'apnea di una brevità fino allora insuperata: svanite, perdute le sensazioni di tempo e spazio non perché, come sempre, l'ebbrezza *del tutto lecito* annebbiasse, stordisse, impedisse di misurarle, ma solo perché la fulminea velocità dell'operazione complessiva accorciò in una rincorsa sul trampolino tutta la mostruosa e meravigliosa spedizione speleoerotica che Eugenio aveva sognato in aereo, e la concentrò nel piacere di un semplice tuffo.

Dispiaciuto dalla modesta performance soltanto per Olga, Eugenio lì per lì credette opportuno scusarsi con lei adducendo alcune spiegazioni verosimili: stanchezza per il viaggio; poi lunghezza del colloquio con Jack sebbene ne avesse approfittato per decidere praticamente tutto quanto riguardava la scenografia e i costumi; infine l'assurdo protrarsi della cena per onorare l'invito di Jack: libagioni, spettacolo di varietà nello stesso ristorante, danze, cotillon. Alternando i due cavalieri Olga aveva ballato fino all'alba e, no davvero, non poteva, dopo, pretendere da Eugenio più del pochissimo che lui le aveva dato: ma quest'ultima scusa gli sembrò inutile aggiungerla alle altre, e se la tenne in pectore per scusare se stesso.

Nel seguito della settimana, sebbene la comodità delle porte comunicanti sembrasse una tentazione, Eugenio la vinse senza sforzo. Si arrivò a sabato sera. Eugenio, al ritorno dalla visita a una sartoria teatrale, trovò Olga che, seduta davanti allo specchio, si ritoccava il trucco prima del pranzo. L'indomani era riposo anche per tutti quelli della Produzione, e Jack aveva invitato Eugenio e Olga a Travemünde, vicino a Lubecca: si trattava di una gita in motoscafo, quasi un sopralluogo che aveva anche rapporto con il film, e naturalmente Olga non stava nella pelle, toccava il cielo con un dito. Invece Eugenio non se la sentiva. In realtà, sicuro che lei non avrebbe rifiutato quell'occasione così straordinaria, Eugenio agognava soltanto passare una giornata senza di lei. Dopo avere avvertito Jack, si decise ad avvertire Olga stessa: purtroppo lui l'indomani non poteva muoversi dal telefono, aveva cinque film in lavorazione a Roma, una quantità di appuntamenti telefonici a tutte le ore, con Alberti, con registi, direttori di produzione... insomma, doveva restare a Amburgo.

Il silenzio e subito l'amaro sorriso di lei quando si voltò dallo specchio bastarono a Eugenio per capire tutto, o per credere di capire tutto: Olga aveva intuito che lui mentiva e anche perché mentisse. Doveva essersi accorta di contare molto poco per lui. Si alzò, secca e tranquilla:

«Va bene, vuol dire che non vado neanche io.»

«Sei matta! Tu ci *devi* andare!»

«Cosa vuole che io vada a fare, senza di lei!»

«Per carità, Jack ci tiene. Proprio perché io non posso, ci devi andare almeno tu.»

«E chi sono io?»

«Perbacco, sei la mia assistente, e sei anche una bella ragazza!»

Olga rise con tristezza.

La discussione durò più di mezz'ora. Eugenio provava, uno dopo l'altro, tutti gli argomenti che potessero convincerla. Intanto si chiedeva quale fosse il vero motivo di quella rinuncia che non si sarebbe mai aspettato. Quando vide che lei era irremovibile: «Peggio per te» le disse duramente, e se ne andò in camera sua. Non l'aveva capito bene prima? Ma adesso sì, e adesso non sbagliava: la stizza di Olga non era che lui mentisse pur di passare la domenica da solo, lei cedeva semplicemente alla propria meschineria. Non poteva trattarsi di niente altro: meschineria, piccineria, grettezza provinciale, paura – senza di lui – di fare brutta figura, il solito complesso d'inferiorità. Ecco, nient'altro.

Non gli saltava nemmeno per la testa, a Eugenio, che Olga avesse qualche diversa ragione. Ah, sì! Temeva che Eugenio si vergognasse di lei e lo accusava di questa viltà senza averne la minima prova. Maligna, accusava tutti di malignità. Eugenio continuava a credere di capire Olga sempre meglio.

Non fecero pace, saltarono la cena, non si dissero nemmeno buonanotte, e tornarono ciascuno nella sua camera come, del resto, sempre.

La domenica passò, anche quella, in un modo che Eugenio non si aspettava. L'albergo sembrava che si fosse vuotato. Dalle finestre spalancate sul tepore estivo, silenzio e pace anche su tutta la città. Avevano pensato di restare nella suite, di non vestirsi nemmeno, e di riunire, secondo l'allora nuovissimo uso americano, breakfast con lunch: il brunch. Si fecero servire nel salotto di comunicazione. Eugenio era in canottiera e shorts. Olga in una vestaglietta leggerissima, tutta bianca, quasi trasparente e che, a parte un accenno di ricamo lungo i bordi, sarebbe sembrata da infermiera. Avevano già finito di mangiare, il cameriere che era venuto a sparecchiare già rimetteva il tappeto verde, e in quel momento Eugenio cercò una giustificazione, una consolazione alla noia: pensò che, prima, vedendo Olga masticare e deglutire, non aveva provato ribrezzo, no, almeno questo no: tuttavia si sentiva incatenato alla noia, era una condanna che lui stesso si era inflitto.

«Sai cosa mi sembri con quell'affare addosso? Sembri... sei! Sei un'infermiera da operetta! perché non canti?»

«Che cosa le devo cantare?»

«Che cosa?» Eugenio levò gli occhi al soffitto e cominciò:

Là fuor nel silente giardino
trattenni di botto il respir
udendo l'incanto divino
d'un valzer il dolce sospir.

Canta, poi trilla / valzer d'amor
tu sei scintilla / che infiamma il cor.

Olga guardava fuori dalla finestra l'Alster immobile e luccicante nel profondo silenzio domenicale della città. E sorridendo quasi con dolcezza mormorò: «Ma lei stona un pochino, professore!».

«Sì, lo so...» Soltanto dalla noia, si era messo a cantare. «Scusami, Olga.»

«È Strauss che la deve scusare. Senta come fa:

Da draussen im duftenden Garten,
gebannt blieb ich plötzlich zurück,
da hörte ich lockende Klänge,
die echteste Wiener Musik!

Leise, ganz leise / klingt's durch den Raum,
liebliche Weise / Walzertraum!»

Eugenio si stupì della grazia e della perfezione con cui Olga cantava.

Fecero ancora l'amore, per la seconda e ultima volta nell'albergo di Amburgo, ma attraversando l'anomalo tentativo di un'innovazione assoluta e sorprendente. Forse quel processo stimolante, quel meccanismo fantastico, quel masochismo immaginario che non aveva mai mancato di funzionare sulla psiche di Eugenio cominciava a perdere i colpi. Fatto sta che quando arrivò il momento dell'apnea, cioè quasi subito dopo il principio, Eugenio fu assalito come da un rigurgito non certo di nausea ma di intollerabile noia e, con una capriola quasi atletica, propose a Olga l'operazione eguale e contraria: sarebbe toccata a lei, adesso, quell'estasi. Olga, dapprima esitando o fingendo di esitare, poi ribellandosi o fingendo di ribellarsi, finalmente adottò la soluzione conclusiva che del resto era la stessa di tutte le apnee eugeniesche, ossia saltò alla normalità, ma a una normalità anormalmente rapida, che presentava un solo inconveniente: bisognava preoccuparsi di escludere la procreazione.

E poi?

Non avevano sonno, né lui né lei. Avevano dormito fino a molto tardi.

«E le telefonate che lei doveva fare a Roma?»

«Sono riuscito a farle tutte questa mattina, mentre tu dormivi.»

Solenne bugia! ma Olga non osò fargliela confessare e tenne gli occhi bassi perché lui non vi leggesse la verità.

Eugenio sospirò, prese un settimanale illustrato che era lì su un divano e cominciò a sfogliarlo. Olga si era alzata, girava qua e là nel salotto. Scoraggiato dalla stupidaggine del settimanale e seccato di ignorare il tedesco, Eugenio pensò a un'abitudine presa da giovane, quando si viaggiava solo in treno o in transatlantico: ebbene, i suoi *attuali libri da leggere* anche questa volta li aveva tirati subito fuori dalla valigia, erano in camera sua, ben ordinati sul comò. Bastava andare di là. Ma non aveva voglia neppure di questo.

«Guardi cosa c'è qui, professore! Sa giocare a dòmino, lei?»

«Dòmino? Come si dice in tedesco? In inglese si dice dominoes. Antichissimo gioco cinese e anche coreano. Si diffuse in Europa, prima in Italia e poi in Francia e poi, nel Settecento, pare che siano stati dei prigionieri francesi a portarlo in Inghilterra. Oggi gli inglesi hanno una quantità di modi diversi di giocare il domino: All Fives, All Threes, Muggins, Sniff, Matador, Domino Whist. Le tessere sono di legno, di osso, di avorio, di marmo, di plastica... Io so tutto sul domino perché ho lavorato a un film, avevano girato gli esterni in Canada, l'azione si svolge nel secolo scorso, pare che allora, al Canada, ci fosse una tribù di... non si sa bene se fossero indiani o veri eschimesi, gli Innuit Eskimos, che mettevano in palio le mogli, le perdevano e le vincevano giocandosele al domino: era la sequenza più divertente del film.»

«Allora lei sa anche come si gioca?»

«Sì, ma non perché ho fatto quel film. Piuttosto mi ricordo di quando lo giocavo da bambino con mia nonna, il solo gioco che mia nonna giocava.»

«Adesso giocherà con me. Vagamente, mi ricordo qualche cosa anch'io. Perché non proviamo? Su, mi faccia questo piacere, professore!»

«E va bene.»

Olga vuotò la scatola sul tappeto, Eugenio cominciò a mescolare le tessere, capovolgendo a una a una le bianche finché tutte presentarono il rovescio nero:

«Che cosa ti giochi, Olga?»

«Secondo i suoi... come ha detto? Innuit?»

«Innuit, eschimesi.»

«... be', secondo quelli là, io dovrei giocarmi mio marito, ma grazie al cielo non ce l'ho.»

Eugenio restò senza parola: per la seconda volta in pochi minuti Olga diceva qualcosa di spiritoso. Non poté trattenersi dal ridere e gli seccava, cercò di rifarsi subito:

«No, cara, non hai capito. Anche con mia nonna, si giocava a soldi: pochi, pochini, mezza lira, ma solo a soldi. Volevo dire, sul serio, tu quanto metti?»

«Mezza lira? Allora facciamo... mezz'ora del mio stipendio. Ma sarebbe un conto troppo lungo, troppo difficile...»

«Specialmente per te.»

E lei arrossì: era un'allusione alla lontana storia delle ricevute stracciate! Eugenio, vedendola arrossire, capì che la propria malignità era una vendetta: Olga era colpevole di non avere più, per lui, nessuna attrattiva. Ah, come avrebbe voluto non venire in Germania con lei, trovarsi adesso vicino a sua moglie, ai suoi figli! Inoltre Olga non mollava: aveva avuta pronta la sua rispostina:

«Mezz'ora del mio stipendio... ammetto che per me sarebbe un calcolo un po' difficile, e non mi vanto. Forse sarebbe un calcolo che farebbe meglio lei!»

«Olga, Olga... scusami, sai? ma perché fai la cattiva? Su, dammi un bacio, facciamo la pace.»

E lei si alzò, si curvò su di lui, e lo baciò teneramente sulla fronte, pesandogli sopra, facendogli sentire il suo calore, il suo respiro. Ma Eugenio, che aveva fatto l'amore con lei poco tempo prima, non provava niente.

Mica male il dòmino. Metà aritmetica, metà fortuna: un equilibrio perfetto, che garantiva un continuo interesse. Giocarono tutto il pomeriggio, fino a sera, e Eugenio non si annoiava più: stranamente appassionandosi soltanto alle alterne vicende del gioco sentiva che Olga era diventata una persona qualunque, indifferente: come a un gioco qualunque un qualunque avversario magari ignoto e col quale sia assolutamente escluso che si possa avere un altro rapporto se non quello del gioco. Arrivava finalmente a odiarla, ma solo perché stava vincendo. E quando stava perdendo, ecco che Olga arrivava a fargli un po' di pena, e lui quasi la amava ma solo perché era una che perdeva: si trattava, allora, di quella particolare simpatia che introduce nella gioia della nostra vittoria una sottile, curiosa, umanissima e piacevole malinconia: quasi ci sentissimo riconoscenti della vittoria all'avversario perdente. Era una piccola avventura nuova e improvvisa: un tempo dedicato interamente a qualcosa che aveva il solo scopo di farlo passare, quel tempo, e intanto di obliare tutto il resto, come per chiudere tutta l'esistenza in un'illusione.

Giunse la sera, le sette e mezza, ora in cui, ogni giorno da Amburgo, Eugenio parlava con Irma all'Elba. Il domino fu interrotto, Olga andò in camera sua, e Eugenio chiamò l'Italia.

Di solito, nei precedenti giorni amburghesi, alle sette e mezza i due italiani si trovavano ancora nei grandi uffici della casa di Produzione: qualche volta nella stessa stanza, qualche altra Eugenio in una e Olga in un'altra. Ma, non sempre libere le linee, era già capitato che nell'attesa Eugenio si fosse allontanato e Olga corresse a chiamarlo. Adesso, nell'istintivo, irreprimibile rimorso di chi tradisce soprattutto quando ama soltanto la persona tradita, Eugenio parlando con Irma si era lasciato scappare una bugia non necessaria: «Sì, ci troviamo in ufficio anche se è domenica... stiamo lavorando». E proprio alla fine della conversazione, si era ripetuto l'inconveniente già occorso, Irma lo trattenne:

«Dammi Olga, adesso. Devo dirle una cosa.»

«Non è qui... ma vado a chiamarla, credo che sia in una stanza qui vicino.»

L'uscio di Olga era chiuso. Eugenio entrò senza bussare. Olga era seduta davanti al televisore:

«Dica a Irma che non ci sono.»

Senza insistere, Eugenio tornando al telefono trovò opportuno elaborare un po' la frase di Olga:

«Olga è scesa a prendere un tè.»

«Non importa. Dille che stamattina mi ha chiamato qui all'Elba Alberti: aveva fatto il tuo numero all'ufficio ma non rispondeva nessuno, e poco prima era arrivata in via Gregoriana la telefonata di qualcuno che cercava Olga. Deve essere il suo solito amico, quel tedesco, pare che sia di nuovo a Roma.»

«Naturale!» disse Eugenio «naturale che Alberti non ha trovato nessuno! Stamattina gli uffici erano chiusi. E questo pomeriggio noi stiamo facendo un lavoro straordinario, non voglio ritardare neanche di un'ora la mia permanenza qui, amore mio. Venerdì ritorno. E vedrai che sabato sono all'Elba. Ciao, amore.»

Olga era lì, sull'uscio, e Eugenio non tardò neanche un istante a dirle della telefonata di quel tedesco suo amico. Sperava che avrebbe fatto piacere a Olga: non si accorgeva che, invece, sperava di far piacere a se stesso. Ma non ci riuscì.

«Quel noioso» disse Olga rientrando nella sua camera e, questa volta, lasciando aperto l'uscio.

Commento conciso e delusorio, pensò Eugenio quasi divertito. Poi adagio tornava a sedersi sulla poltrona vicino al telefono.

Si guardava attorno: il tavolo col tappeto verde e le tessere del domino sparse qua e là. Poi dalla finestra: domenicali segelboote erano apparse e con le vele appena gonfie dalla brezza del tramonto estivo solcavano lente, in calmo disordine, la liscia luccicante superficie dell'Alster: al di là, lontano, sull'opposta sponda, ancora un raggio di sole accarezzava una fila bianca e merlettata di palazzi che sembrava prolungarsi all'infinito. Che cosa sarebbe stata la sua vita se invece di sposare Irma avesse sposato Olga? Una vita senza scopo, una vita tranquilla e triste, da impiegato. Ma perché? Perché da impiegato? Non avrebbe potuto esercitare la professione che aveva scelto, vivere una vita da artista anche con Olga? Certo che sì. E allora, perché aveva pensato a una vita da impiegato?

Oh, non c'era dubbio, quell'immaginazione insolita e momentanea – una vita da impiegato – era soltanto un riflesso condizionato, fisiologico, inconscio, di un'immagine fisica che gli era presente: un'Olga supposta moglie. Era lei l'impiegata! Con Irma, Eugenio non aveva mai trascorso neanche un istante a giocare qualsiasi gioco come adesso aveva fatto tutto un pomeriggio, con Olga! Irma odiava le carte, non le toccava neanche, mai! Odiava tutto ciò che è prestabilito, organizzato, razionale! Con Irma la vita era tutta un inesauribile contrasto, piena di noie e mai la noia, piena di sorprese e mai l'accordo, mai la pace, una vita con la curiosità continua di che cosa stava per accadere, di che cosa avrebbero fatto insieme o separati: una lotta furibonda e allo stesso tempo lieta. Irma era una creatura senza riposo, era l'esistenza stessa.

Riecco Olga. Come se, magicamente, avesse indovinato che le conveniva affrontare adesso la grande difficoltà che per lei presentava Eugenio – farla fuori una buona volta con quell'uomo spietato, vizioso, misterioso – venne avanti, e sedette al tavolo del gioco guardando Eugenio, che era ancora là, in poltrona accanto al telefono. Olga stese, allungò il braccio nudo attraverso il tappeto verde, e cominciò a giocherellare distrattamente con le tessere come si fa con qualcosa che non importa più, e poi a parlare. Diceva:

«Alberti è una persona maligna...» Chiacchierava tranquillamente come se riprendesse un discorso interrotto: si trattava, infatti, della telefonata di Alberti. «... Alberti, fino dal principio, non mi ha mai potuto vedere, mi odia... Che cosa gli ho fatto io? Niente, mai. L'ho sempre rispettato come un mio superiore, e come qualcuno che poteva insegnarmi tutto quello che ignoravo. Ma lui, no, ha sempre cercato di mettermi in difficoltà, farmi fare brutta figura davanti a lei, professore...»

«Andiamo, adesso, Olga, non ti capisco. Sì, lo ammetto, in principio non era stato abbastanza gentile con te...»

«Non abbastanza gentile? Sperava che lei non mi assumesse regolarmente. Era geloso di me, una cosa assurda!»

«No, Olga, no. Sono sicuro di quello che dico. Molto presto era cambiato tutto. Poi ho visto che vi siete messi a andare d'accordo. Anzi, a un certo momento, mi è sembrato addirittura di capire che lo guardavi con una vera simpatia, e anche qualche cosa di più...»

Olga scoppiò a ridere amaramente:
«Lei non mi capisce, lo ha detto. Certo che non mi capisce! Non ha capito mai niente, né di Alberti, né di me... Lei non è un buon psicologo!» La risata di Olga si trasformò in un pianto improvviso. «Lei ha avuto l'impressione che andavamo d'accordo? Ebbene... ebbene, sono io che ho voluto darle quell'impressione! Sono stata io a fingere, sì, a fingere anche se mi costava, lo so io se mi costava... Ma l'ho fatto per lei, professore, per lei! Per lei! Vedevo che era preoccupato, ho cercato di toglierle quell'impressione, e ci sono riuscita. Ma adesso basta, basta, basta! La telefonata del mio amico? Guardi! Non sono neanche sicura che si tratti di una cosa vera!»
«Perché? Alberti si sarebbe inventato tutto quanto?!»
«Certo!»
«Sei matta, Olga. E inventare tutto quanto, perché? A che scopo?»
«Lo vede che lei non è psicologo? Ma è così chiaro, il perché.»
«E vuoi dirmelo?»
Eugenio aveva acceso una sigaretta poi, a occhi chiusi, si era buttato indietro appoggiando la nuca alla poltrona, sorridendo e aspettando la risposta.
Olga lasciò che la aspettasse ancora un po':
«Non vorrei dirle più niente. Forse farei meglio a tacere...» Ormai parlava piangendo, singhiozzando. «... A cosa serve che io glielo dica, se poi lei non ci crede?»
«Se devo credere a occhi chiusi, tu vedi benissimo che li ho chiusi in anticipo.»
«Ebbene, sarò una stupida, se parlo, lo so, come una stupida...»
«Non fai nessuno sforzo.»
«Va bene, non faccio sforzo a essere stupida e glielo dico lo stesso. Del resto, è talmente chiaro: Alberti in questi giorni sta soffrendo una tortura: è terribilmente geloso che lei sia venuto in Germania con me. Ha capito, professore? Ha paura che ci sia qualche cosa tra noi due. E forse cerca anche di metter male con Irma.»
Eugenio restò com'era, immobile sulla poltrona, in silenzio, e a occhi chiusi. Per un momento, aveva provato l'impulso di

alzarsi di scatto, gridare basta! – ma pensò che basta! lo aveva già detto lei, e capì che l'unico mezzo di fermare Olga da questo raptus di stupidaggine era appunto il silenzio e l'immobilità assoluti. Specialmente pensando che doveva passare ancora cinque giorni con lei, in quell'albergo, in quella maledetta suite! Nessun altro mezzo esisteva che potesse ridurre Olga a un certo uso della ragione, e a una relativa sopportabilità.

Dopo quella sparata, lei non aprì più bocca. Rimase a lungo sulla sua sedia, appoggiandosi al tavolo dell'irrepetibile domino, e singhiozzando udibilmente. Eugenio riaprì gli occhi soltanto quando fu avvertito dal cigolìo della sedia, dal fruscìo della vestaglia, dal clic della serratura, che lei si era alzata, allontanata, trasferita finalmente nella sua camera.

Era un po' matta, Irma? Senza dubbio, un po' matta sembrava che lo fosse ogni tanto, quando prendeva certe strane decisioni ma, sempre, alla fine Eugenio scopriva che si trattava di una pazzia con un fondo di sottile saggezza, e ecco perché adesso, sull'autostrada di Civitavecchia, non si meravigliava troppo dello straordinario provvedimento che Irma gli consigliava di prendere.

Eugenio aveva mantenuto la promessa: tornando dalla Germania, era arrivato a Roma il venerdì sera. E il sabato mattina era stato svegliato da una gradita sorpresa: Irma era venuta a prenderlo con la sua Lancia: «Non credere che io sia venuta per te» gli aveva detto subito «ho una quantità di cose da fare a Roma, e anche tu, lo so benissimo senza che tu me lo dica, hai da lavorare qui tutto il giorno. Ma se io non venivo, chissà a che ora arrivavi e io non voglio assolutamente che i bambini stiano svegli fino alle tre di notte come altre volte. A Piombino, si sa, finivi per perdere l'ultimo traghetto, e magari non trovavi subito un motoscafo. Invece, questa sera, ti porto io e ti garantisco che prendiamo il penultimo. I bambini aspettano, e tu sai perché ti aspettano. Spero che non ti sarai dimenticato dei regali. Cosimo vuole il video-game, lo sai, no? E Roberta, la polaroid, lo sai, no? Te ne sei ricordato? Ci sono? Voglio vederli... No, non importa: se te ne sei dimenticato non importa. Manda adesso uno dei tuoi scagnozzi a comprarli qui, tanto sono tutti giocattoli tedeschi o americani. Ma sta' attento, però! I bambini non sono mica stupidi, è la prima cosa che guardano. Sta' attento che...».

«... che i regali non siano impaccati con della carta di una bottega di Roma? Va bene, va bene, ma piantala! Mi sono fatto dare la carta di un supermarket di Amburgo, mi sono ricordato giusto in tempo! Così tu, oggi, dovrai impaccare una per una tutte le cose che stamattina mando a comprare!»

«Ah sì? Be', ti illudi. È un lavoro che farai tu, cretino! Tu hai sbagliato e tu devi... che cos'è tutta quella roba che c'è là in fondo, sotto la finestra?»

«Gnente d'autüt.»

«Come hai detto? È cancelleria per l'ufficio?»

Ma Eugenio, calmo, rideva: «No, non è cancelleria per l'ufficio. Lo diceva sempre mia madre che era di Vercelli: *gnente d'autüt*, antica e insostituibile espressione piemontese: niente del tutto».

Già Irma era corsa a curvarsi sulla montagnola di pacchi, scatole e scatoloni, involti e borse di plastica: con stemmi, marchi, figure, diciture colorate. Senza volerlo incuriosita, indugiò un attimo a spostare qualcuno dei pacchi. Nelle diciture, tutte in tedesco, ricorreva abbastanza volte la rassicurante parola KIND: e Irma si rialzò di scatto con l'energia necessaria a mascherare perfettamente la sua gioia:

«Che cosa credi di aver fatto? Era solo il tuo dovere. Ma hai sbagliato perché hai esagerato. Bene. Come ti ho detto, ho da fare. L'appuntamento è preciso. Trovati alle sei e mezza. Speriamo che in macchina ci stia tutto quanto. Ciao.» E se ne andò di corsa.

Con acrobatici sforzi Eugenio fu puntuale alle sei e mezza.

E adesso Irma guidava la sua Lancia sull'autostrada di Civitavecchia. Il sole era ancora alto. Troppo di rado e troppo di lontano per il momento si vedeva il mare. Soltanto in Toscana, dopo avere attraversato il segreto, quasi ignoto Chiarone, e dopo essere passati, con una commozione che Eugenio Crema-Donnini era uno dei pochissimi a provare, davanti alla solennità obliata della Dogana del Granduca, il paesaggio, poi, sarebbe stato un po' meno triste. Ma qui, in queste desolate, disperate, macabre falde che racchiudono gli ipogei di una grande civiltà morta, era tristissimo. E proprio qui, Irma si era messa a parlare di Olga, che nelle prime ore del pomeriggio aveva trovato il tempo di andare a salutare in ufficio:

«... Non posso certo dire di averla trovata bene. La credevo allegra, divertita, entusiasta del viaggio, di Amburgo, di tutto! Se non altro, era una parte della Germania che lei non conosceva, e anche il suo lavoro doveva rappresentare per lei qualche cosa di un po' nuovo: per la prima volta in una posizione più importante, di maggiore responsabilità. Invece...»

Sorpassarono tre camion.

«Invece che cosa?» ripigliò Eugenio. «Volevi dire che, forse, si è lamentata?»

«No, no, lamentata no. Ma, mi sembrava, era triste, non mi ha detto quasi niente.»

«Non ti ha neanche detto di quella notte che Jack ci ha portato in un night, con i numeri di varietà, e che abbiamo dovuto ballare fino alle ore piccole?»

«Sì, certo, ma è stata l'unica cosa che mi ha detto. Poi, secondo lei, non ha fatto che sgobbare e niente altro. Io, ci credo e non ci credo. La conosco bene, oh! se la conosco. Quando ha qualche cosa da raccontare, non la finisce più. Invece aveva un grugno! Come per qualche cosa che le è andata storta. E... e può darsi tutto. Forse una nuova amicizia? Sei sicuro che non ha fatto la conoscenza di qualcuno, un altro tedesco, un flirt, insomma qualcuno che l'ha corteggiata, e che le interessava, e che poi ha lasciato con dispiacere? Dovrebbe essere successo qualche cosa del genere. Tu non è che non la lasciavi mai sola, immagino? Non è che la sorvegliavi tutte le sere? A volte l'avrai anche lasciata libera, no?»

«Altro che, liberissima. Finito il lavoro, ci siamo sempre, o quasi sempre separati. Io naturalmente non le ho mai chiesto che cosa diavolo faceva, dove diavolo andava. Non è mica mia figlia, dopo tutto! E sai benissimo che è abbastanza vissuta per pensare a se stessa. No, non mi sono accorto di niente, e del resto non me ne importava proprio niente. Avevo abbastanza preoccupazioni per conto mio.»

«Sai, ho l'impressione che lei ce l'abbia con te. Tu, non te ne accorgi mai, di questo genere di cose. Ma è proprio così: tu, quando lavori, non pensi a niente altro, non ti preoccupi di quelli che ti sono vicini, e li offendi senza che nemmeno ti passi per la testa che li stai trattando male, malissimo... come... non dico come dei servi, delle serve... anzi, le cameriere di solito le tratti anche troppo bene. Vuoi che non lo sappia? Non è una novità, no? Quando penso all'Alfonsina mi viene una rabbia che... anche adesso, vedi? anche adesso che per caso mi viene in mente quella disgraziata, mi viene voglia di andare contro quella macchina lì, ecco!»

«No, per carità, ti supplico, Irma!»

Oltre i duecento di velocità, Irma superò una Mercedes tremila, e nello sguizzo fulmineo, appena in tempo Eugenio si tenne forte con la destra e con la sinistra.

Tornata una certa normalità di andatura, ricominciò Irma per prima:

«Insomma, facciamola finita. Io sono sicura che tu hai trattato male Olga. Ti ripeto che non le è scappata la più piccola parola contro di te. Non lo farebbe mai, in nessun caso. Specialmente con me. E neanche, credo, con nessun altro. Non so se tu sei, o non sei, contento di lei...»

«Ma sì che lo sono... anche se, e ti ho sempre avvertito di questo, fino dal principio... anche se penso che non sia molto intelligente... ma...»

«Vogliamo lasciar stare questo argomento? Se Olga non ti fa più comodo, benissimo, mandala via, dalle quello che le spetta, e mandala via. Se invece, dal punto di vista del lavoro, ti va bene, non soltanto tienila, ma dimostrale che ti fa comodo, che sei contento di averla con te, eccetera eccetera. Le hai dato un aumento di stipendio?... Sì, lo so, una volta, anzi due volte, ma è stata poca cosa, quel piccolo aumento che si dà ogni tanto quasi a tutti. No. Non si tratta di questo, adesso. Vuoi farmi un favore? Dimmi, Genio, vuoi farmi un favore?»

«Me lo chiedi come se non te ne avessi mai fatto nessuno! Andiamo, là!»

«Genio, i tuoi gesuiti con me non attaccano! Parlo, e lo avevi capito, soltanto di favori che riguardano il tuo lavoro!»

«Be', ti ho fatto il favore di assumere Olga.»

«E dagliela. Ma va bene, se vuoi così. Fammi allora di nuovo un altro piacere come quello.»

«A proposito di chi?»

«A proposito di tua bisnonna che sta al cimitero di Vercelli!»

«Irma, Irma... Non ti pare che stai esagerando, ora? Parliamo di Olga.»

«Sì, senza esagerare, parliamo un po' di Olga: che è la tua martire.»

A questo punto, sebbene Irma, senza volerlo, fosse andata molto vicina alla realtà delle cose, Eugenio scoppiò in una sincera risata.

«Martire, sì!» ribatté allora Irma con una calma improvvisa. «La tua martire, come sappiamo che tu sei il suo tiranno.»

E di nuovo Irma ci coglieva anche se sbagliava circa le modalità del martirio, infinitamente più crudeli, complicate e raffinate di quelle che un qualunque boss poteva applicare su una sua giovane subalterna. Del resto, che l'esagerazione di Irma fosse il simbolo profondamente giusto e inconsapevolmente bonario di una severa condanna, non era certo nelle intenzioni della stessa Irma e non sfiorò nemmeno il granitico egocentrismo di Eugenio, il quale amava talmente se stesso da credersi invariabilmente buono. L'esagerazione di Irma bastò tuttavia a calmare anche lui:

«Dunque va bene come dici tu. Va bene: tiranno e martire. È una cosa da crepare dal ridere, naturalmente. Ma va bene. Dunque, come dovrebbe comportarsi, secondo te, per farti piacere, il tiranno verso la martire?»

«Molto semplice. È un'operazione... si dice così, no? lo dicono tutti gli uomini di banca, di affari. Quella che ti propongo, anzi ti prego di fare... fare per me, fare per farmi contenta, è un'operazione semplicissima. Fare a Olga un grosso regalo.»

«Grosso come?»

«Io so una cosa che la renderebbe felice. Una cosa che lei ha sempre desiderato ma non ha mai potuto concedersi, perché la vuole bella, bellina, insomma decente. E soprattutto nuova, anche se di piccolo costo: piccolo, ho detto, neanche medio.»

«Una macchina?»

«No, un dirigibile. Ma come sei intelligente, chi l'avrebbe pensato?»

«Meglio tardi che mai.»

Ormai passata da qualche minuto Civitavecchia, erano arrivati al casello di uscita dell'autostrada. Eugenio pagò e, appena Irma rimise in moto, tornò sull'argomento per chiuderlo:

«Infórmati di che macchina vuole: questa, però, è un'operazione che devi fare tu in persona, io non ci voglio entrare. Puoi, se vuoi, dire a Olga che io sono già d'accordo con te. E puoi, come vuoi, dirle che l'idea è stata tua oppure che è stata mia: basta che tu mi comunichi, prima, quale delle due verità hai scelto: non vorrei fare brutta figura con lei. Intesi?»

«Intesissimi. Adesso che sono tranquilla, non c'è più fretta.»

«Eh, certo: è finita l'autostrada.»

«Che spiritoso! Credi di essere spiritoso, tu?»

«Qualche volta. Forse. Dammi un bacio, e non pensiamo più a queste cose.»

Dopo avergli dato il bacio, Irma ridacchiò: «Ma non sei spiritoso».

«Tu, invece, sei furba.»

«Può darsi.»

Irma tacque, e lì per lì, nel sopravvenuto silenzio, quel suo *può darsi* colpì Eugenio. Continuò a pensarci su, per qualche minuto: come poteva, e soprattutto come doveva essere interpretato, quel *può darsi*? Era una frase che, alludendo appunto alla furbizia di un sospetto, aveva un senso preciso? oppure parole scherzose e buttate là, come nel vuoto, a semplice scopo intimidatorio? No, Irma non aveva mai scoperto una minima traccia dei ripetuti, rapidi, facilmente occultabili rapporti che ormai esistevano tra lui e Olga. E di questo, Eugenio riteneva di potersi credere sicuro al cento per cento. Ma nessuno scarto, nessun frammento, nessun effetto laterale e secondario, per esempio uno sguardo troppo lungo o troppo breve di Olga verso Eugenio, o magari, da parte di Eugenio un lasciar cadere troppo presto un accenno di conversazione circa Olga, insomma, era davvero impossibile che mai un'ombra di sospetto avesse attraversato la fantasia di Irma? No, passando dalla zona degli indizi a quella delle impressioni e delle intuizioni, Eugenio non si sentiva più altrettanto sicuro. Lo stesso regalo della macchina, l'idea venuta a Irma, non poteva anche essere un ballon d'essai, un tentativo non calcolato, si capisce, ma istintivo e inconsapevole? Irma era stata sincera nel desiderio di dare questa gioia alla sua amica: allo stesso tempo, poteva anche pensare che le reazioni di Olga e di Eugenio al regalo le avrebbero rivelato qualcosa. E a questo punto le congetture di Eugenio sfumavano di nuovo nel dubbio: sia che lui approvasse l'idea del regalo sia che la disapprovasse, se ne sarebbe potuto dedurre, nell'uno e nell'altro caso, che esisteva oppure non esisteva un rapporto amoroso tra lui e Olga! D'altra parte, Irma gli era sembrata, a proposito di quel regalo, così impulsiva, così determinata che non era forse assurdo attribuirvi una seconda intenzione diabolica? Furba? pensava Eugenio guardando di sottecchi, tra l'ammirazione, la paura e l'affetto, il profilo netto, la fronte alta e ampia di sua moglie. Furba? può darsi.

Ma quando, nella luce dorata dell'ultimo sole, apparve poi il civile, accogliente porticato della Dogana del Granduca, così diverso dai biechi fortilizi spagnoleschi e pontifici, altre, migliori e più vive memorie distrassero l'anima bella del nostro scenografo.

Una domenica verso i primi di settembre Olga, invitata da Irma e da Eugenio, venne all'Elba con la sua nuovissima macchina per farla vedere ai suoi amici beneficenti e donatori.

Come quella di Irma, era una Lancia, ma di minore cilindrata e solo due posti. A Monaco, tutto il periodo dell'agenzia turistica, Olga aveva guidato la macchina di Frau Bettelheim, l'anziana titolare della quale era stata, oltre che segretaria, anche autista. «... Ma da allora, ciao! Sono passata al tram! E sai, Irma, quando l'altro giorno tu mi hai telefonato di andare a ritirare la macchina, la mia macchina, al garage della Lancia?

ebbene, avevo paura di non sapere più guidare! Poi ho fatto un po' di giri in città, e mi sembrava di sognare. Ma oggi è la prima vera volta che mi diverto. Centocinquantasei chilometri in un'ora e quaranta minuti, con il traffico della domenica, non è una brutta media, no? È vero che la strada la conoscevo già molto bene, ma insomma, sono entusiasta e vi ringrazio tutti e due moltissimo!»

Era ciarliera, allegra, felice: un'altra Olga. La mattina, appena arrivata all'Elba, andarono tutti insieme alla spiaggia, bagno con i bambini. Poi colazione, poi riposo generale, e poi un altro bagno, finché arrivò l'ora per lei di ripartire. Cominciò a salutare i bambini che stavano giocando: Cosimo a ping pong con i suoi amici nello spiazzo lastricato proprio davanti alla villa; Roberta a croquet con un'altra bambina e con l'eterna Nanny, nella radura oltre il bosco, verso il mare. Risalì il bosco fino allo spiazzo: lì, attraverso la grande vetrata aperta sulla living-room, aveva già visto di spalle, semisdraiato nel divano di vimini, Eugenio che, tutto solo, guardava la partita in televisione. Più niente era accaduto tra loro dopo la sera di quell'altra domenica nell'albergo, che ormai sembrava così lontana: due mesi di tacita conciliazione, soltanto i rapporti del normale lavoro.

Olga si avventurò nella living-room, doveva andare a salutare anche lui, no?

«Scusi se la disturbo, professore...»

Di soprassalto, quasi spaventato, Eugenio si era voltato.

«Ah, sei tu» aveva detto subito tranquillo.

«Sono venuta a salutarla.»

«Grazie, ciao, ci vediamo domani.»

Olga, anche lei tranquilla, sorrideva:

«Sì, certamente, domani. Adesso vado a salutare Irma. Arrivederci, professore, e grazie ancora...»

Irma era in cucina, preparava uno sformato di formaggio per il pranzo, aiutata da una cameriera. Il cuoco piemontese c'era sempre, ma Irma aveva convinto Eugenio a approfittare della villeggiatura per dargli due mesi di ferie. Forse, la verità un po' diversa era che Irma voleva approfittare anche lei delle vacanze: si divertiva qualche volta a cucinare, e del resto, a parte la cameriera esisteva una donna del luogo, che era bravissima specialmente per il pesce, e che appunto di domenica non veniva mai.

«Che cos'è? Come dici? Vuoi partire?...» Quando capì che Olga era venuta a salutarla, Irma non l'aveva neanche lasciata finire «... ma tu sei matta! E come fa Eugenio stanotte per tornare a Roma? Vuoi forse che noleggiamo una macchina? Sei matta, ti dico! E poi, io sono stanca, oggi, stanchissima, i bagni mi hanno spossato, e non ho nessuna intenzione domani di stare a Roma, ho deciso di godermi questi ultimi bagni prima che comincino le scuole!».

Olga era arrossita, sembrava confusa, a stento cercò di opporsi:

«Ma lui non lo sa...»

«Chi, lui?»

«Il professore.»

«Non lo sa? Non c'è nessun bisogno che lo sappia. Lo saprà quando glielo diciamo, no? Tante altre volte è successo così: sono andata a prenderlo io a Roma il sabato, e poi la domenica è capitato qui un amico qualunque, Alberti o un altro, e Genio è tornato a Roma non con me. È una cosa normalissima.»

«Credi dunque che sarà contento?»

«No, non lo credo, ne sono sicura. Non andar via, adesso, stai qui che mi dai una mano. Perché fai quella faccia? Vuoi forse correre da lui per dirglielo?»

«No, assolutamente, no. Non è questo...»

«E che cos'è, allora? Hai paura a portarlo tu a Roma? Partirete dopo la mezzanotte, a quell'ora il traffico non è più niente... e poi lui, vedrai, una volta in macchina si addormenta subito. Di notte, quando è un altro che guida, fa sempre così. Tutto un sonno fino a Roma.»

Olga si sforzò a ridere: «No, no, no... nessuna paura, figurati!».

«Va bene, a lui glielo dico io appena ho finito qui. Ma tu stai tranquilla, stupidina!»

Eugenio, la sera, era un tiratardi: un'abitudine goliardica, bohémienne, presa in gioventù, e che era diventata quasi una seconda natura. Da qualche tempo, inoltre, gli piaceva sempre meno guidare, preferiva che nei week-end lo riportasse a Roma qualcun altro, e se gli toccava a lui, quando Irma non se la sentiva, allora, piuttosto, sceglieva di rimandare il breve viaggio all'indomani mattina. Irma sapeva tutto questo, e ecco perché, senza dubbio, era stata così aggressiva con Olga, a trattenerla.

Un'altra passione di Eugenio e, allo stesso tempo, l'unico gioco a cui Irma non si rifiutasse di partecipare, era la tombola. Giocarono dunque a tombola quella sera: tutti quanti intorno alla tavola grande, compresa la Nanny e la cameriera, e compresi naturalmente i piccoli amici del ping pong con Cosimo, e Roberta con la sua piccola amica del croquet, che avevano pranzato a una tavola separata, lì fuori, sullo spiazzo.

Tra cena e tombola, si era fatta quasi mezzanotte, e Olga e Eugenio erano partiti giusto in tempo per arrivare a prendere lo straordinario traghetto notturno che faceva servizio soltanto quella domenica di settembre, solenne festa a Portoferraio, capoluogo di tutta l'isola. Quando, però, arrivarono allo scalo, trovarono una confusione, un clamore, una folla, due bande che suonavano a perdifiato musiche diverse, inni o canzoni, e fisarmoniche, e insistenti claxon di macchine, e cori di ubriachi e, tra fanali di carta colorati appesi in cima a lunghissime canne, stendardi, bandiere, interi plotoni disordinati di ragazze e ragazzi in maglietta, associazioni sportive e religiose, insomma tutta una moltitudine che si accalcava all'imbarco insieme alle macchine che ancora non erano salite sul traghetto. Seccatissimo di non avere tenuto conto del prevedibile intoppo, Eugenio per un momento pensò di tornare indietro: «È assurdo, Olga, è assurdo...». Ma lei, intanto, si era messa a suonare il suo nuovissimo claxon, per caso più stridulo degli altri, più acuto, lancinante, e la gente, intorno, cominciò piano piano a scansarsi.

Non fu, poi, quell'impresa disperata che temeva Eugenio. Superato infine il pontile, le ruote avanzarono speditamente sulla corsia riservata alle macchine, e fu chiaro che queste erano relativamente poche. Eugenio, rassicurato, guardava la gente che continuava a affollarsi sul traghetto. Un gruppo di giovani che fischiettavano o canticchiavano sottovoce si era fermato vicino alla Lancia. «Olga, vedrai, a Piombino tutti andranno subito ai pullman che li aspettano, e noi sbarcheremo molto più in fretta, in pochi minuti saremo sulla strada di Venturina, ti dico poi io come devi fare.»

«Grazie, però la strada la so benissimo, è la stessa che ho fatto a venire, no?»

Appena il traghetto si mise in moto, quelli del gruppo lì vicino cominciarono a cantare in coro e intonati. Uno di loro aveva una voce da tenore, limpida e sicura, diritta come una spada:

E nello zigo zago
tu m'hai rotto l'ago
m'hai strappato il core
mi farai morir
dalla passione, dalla passione...
dalla passione mi farai morir!

Era una canzone popolare toscana, che nessuno canta più. Eugenio la conosceva perché durante la scena di una mietitura contadini veri e finti la cantavano, nelle colline tra Siena e Grosseto: era il primo film a cui aveva collaborato...

... commosso da quel ricordo improvviso della sua giovinezza, Eugenio si era completamente dimenticato di Olga, sebbene così vicina a lui dentro la macchina. A ogni strofa, gli acuti finali del tenore vibravano senza mai cedere fino all'ultimo istante prima dello stacco. A ogni strofa, era una sensazione strana, di gioia e dolore fusi insieme e inseparabili: ah, come avrebbe voluto poter cantare anche lui! Quasi con sorpresa, Eugenio si ricordò dell'esistenza di Olga soltanto un momento dopo che il tenore non cantava più.

E vide che, in quel momento, Olga teneva gli occhi chiusi. Forse era, anche lei, commossa dalla voce del tenore? No, perché subito riaprì gli occhi, sorrise a Eugenio, poi guardò l'ora, poi sospirò e nient'altro: no, non sembrava che quella voce e quella vecchia canzone l'avessero potuta commuovere. Eppure, sentiva la musica e cantava bene anche lei! No, la sua espressione, in quel momento, e malgrado il sorriso di gentilezza che aveva avuto incontrandosi con lo sguardo di Eugenio, adesso la sua espressione pareva preoccupata, quella di una persona chiusa in se stessa da qualche idea che la soverchi. Come mai, se no, subito dopo aveva distolto lo sguardo da Eugenio e si era sporta di lato per vedere quanto fossero ancora lontane le luci di Piombino?

«Mi pare che stiamo quasi per arrivare» disse riprendendo posizione al volante. E di nuovo, incontrando lo sguardo di Eugenio, abbassò il suo come se volesse nascondergli un pensiero.

Nella notte di settembre la nuova Lancia percorreva a velocità regolare uno dopo l'altro i rettilinei lunghissimi e relativamente stretti che dopo Venturina e Follonica attraversano le desolate immense ondulazioni verso Grosseto, interrotte qua e là dai passaggi a livello della ferrovia. Ancora oggi, e cioè quindici anni dopo di allora, quei rettilinei non sono stati sostituiti da un'autostrada sebbene facciano parte dell'Aurelia e cioè di una delle nostre più importanti vie di comunicazione. Segreti motivi forse devono aver presieduto a questa anomalia, ma quasi in compenso chi ama davvero l'Italia dice che va bene così: specialmente di notte quelle pianure, che si susseguono ai piedi di buie alture tutte boschive e abbastanza elevate da nascondere sempre la vista del mare, hanno un fascino unico e romantico, poeticamente pauroso e simbolicamente sinistro. Basterebbe, a incantare, l'esistenza, proprio a metà percorso, di una località vaga, senza una casa, senza un cartello, senza un tabernacolo, senza nemmeno un pilastro, e senza che nelle carte geografiche ne appaia il nome. Eppure qualunque contadino incontrato di giorno nelle vicinanze ve lo direbbe: *Il Lupo*: e ve lo spiegherebbe con diverse leggende, nel caso abbiate voglia di ascoltarle. Quanto a Eugenio, lui che le sapeva non aveva nessuna voglia di raccontarle proprio perché era certo che Olga avrebbe ascoltato troppo volentieri, mentre lui, invece, sentiva prossimo quel sonno che lei stessa aveva provveduto a favorire in anticipo, addirittura da Piombino, quando, allo sbarco dal traghetto, si era fermata per allungargli il sedile.

Non che la conversazione fosse stata, fino allora, gran che vivace, ma ormai era chiaro che languiva. Assolutamente sdraiato, Eugenio teneva gli occhi chiusi. E, ogni tanto, senza che Olga se ne avvedesse, sbirciava in su, e notava quanto il profilo della sua autista si differenziasse da quello di sua moglie: il naso e le labbra quasi raccolti come in un muso di gatto, e la nera frangetta che le copriva la breve fronte e che di giustezza, per fortuna! non scendeva fino a impedirle di vedere bene la strada.

Cominciò, dunque, Eugenio a assopirsi. Tutto andava bene. Tra poco, lo sentiva, tra poco avrebbe dormito. Senonché, cosa diavolo succede? La macchina sembrò rallentare. Eugenio decise di resistere a qualsiasi curiosità. Non voleva affatto intavolare una conversazione. Eppure la macchina rallentava ancora, rallentava di più. Giurò a se stesso di non svegliarsi; ossia di continuare a fingere di dormire. E fu premiato perché, spiando tra le ciglia, in una minima fessura tra le palpebre, gli parve di vedere che la macchina era ferma a un passaggio a livello. Ne ebbe sicura conferma, poco dopo, udendo il quasi musicale tam tam, avviso che le sbarre venivano abbassate. Con un rapido calcolo, capì di quale preciso passaggio a livello si trattava: era cosa normale: in quella stagione, verso quell'ora, in quel luogo, passavano di solito alcuni merci. E Eugenio fu così bravo da addormentarsi durante la non breve attesa e da risvegliarsi appena il treno stava per arrivare. Eccolo. Ora passava: con inspiegabile gioia, sempre fingendo di dormire, Eugenio ascoltava il tranquillo, antico, famigliare, interminabile rotolio ritmato a intervalli regolari da secchi colpi. Era passato, si allontanava, non lo udì più. Poco dopo, di nuovo, il quasi musicale tam tam: le sbarre venivano rialzate. L'inesistente autista aveva acceso il motore, tolto il freno, e la Lancia partiva, riprendeva la sua corsa notturna.

Ormai Eugenio dormiva sul serio. L'ultimo suo pensiero a lottare col sonno fu che dopo una trentina di chilometri esisteva un altro passaggio a livello, ma difficilmente avrebbero incontrato un altro merci. E tuttavia si svegliò con quel medesimo pensiero di lì a una decina – così gli parve – di minuti, sentendo che la macchina rallentava di nuovo. Ah, sì! Ma naturalmente! Il merci che è passato veniva da Roma e andava verso Genova, e questo sarà *il suo doppio*, quello che da Genova va a Roma. Eugenio si ricordò che qualche volta li aveva visti incrociarsi proprio qui, all'altezza di Gavorrano. E va bene, un'altra piccola attesa. Notò, infatti, che la Lancia rallentava e poi si fermava ancora. Non per questo mi sveglierò, fece appena in tempo a pensare perché già si era riaddormentato.

Dormiva profondamente, e chissà quando si sarebbe risvegliato allorché gli parve di avere voglia di orinare. Sognava di sognare, sognava di trovarsi nel suo solito letto a via Gregoriana, e col fastidio di doversi alzare e andare in bagno. Cercò di vincere questo bisogno. Ma, nello sforzo, si svegliò davvero al calore al peso di Olga, nuda, che soavemente gli succhiava l'uccello. Malgrado la sorpresa, non gli venne neanche in mente di ribellarsi: la sola cosa che si ricordò era che l'altra volta, a Amburgo, glielo aveva chiesto lui, e lei non aveva voluto. Eugenio non si ricordò di niente altro. Si era dimenticato tutto il resto, tutto quanto.

Che risate, pochissimo dopo, con Olga!

«Ma come ti è saltato in mente? Come hai fatto a spogliarti senza svegliarmi?»

«Avevo visto, stamattina, passando di qui, che c'era una strada, una stradina che andava su, nel bosco...»

«Il bosco di Gavorrano!»

«Avevo bisogno di fare pipì, la strada era piena di traffico, e sono venuta su.»

«Ah, ma allora è premeditazione, un delitto premeditato!»

«No, professore, glielo giuro! Glielo giuro sulla...»

«Non giurare niente, per carità! Tanto non ti crederei.»

«Eppure è vero. Il bosco mi è tornato in mente al passaggio a livello, un'ora fa!»

«Un'ora fa? Ma allora...»

«Lei ha dormito qui, in macchina, in mezzo al bosco, quasi un'ora. Non avevo mai il coraggio di avvicinarmi, altro che premeditato! È stato così, un'ispirazione. Ma ero incerta. Lì per lì ho pensato che forse era meglio se, prima, la svegliavo. Temevo che, se non la svegliavo, potevo anche farle del male.»

«Male a che cosa? Al cuore o al cazzo?»
«Al cazzo, al cazzo. Il cuore lei non ce l'ha.»
«Scusami Olga, perché non mi dai del tu?»
«Impossibile, non potrei mai. Mai. Non potrei neanche se...»
«Neanche se...? Neanche se... che cosa?»
«Niente, naturalmente. Oppure...»
«Oppure?»
Olga tacque.
«Oppure?» insisteva Eugenio.
«Ho un po' freddo.» Olga si alzò e gli passò sopra, nuda, cercando la camicetta che aveva buttato dietro.
«Oppure?»
«Oppure nessun oppure.» E di colpo, rabbiosa, prese anche la sottana, cominciò a vestirsi.
Conscio di essersi tradito con un piccolo, significativo errore, questa volta tacque lui: quando lei gli passava sopra nuda Eugenio ne aveva approfittato per guardare l'ora con una mossa furtiva del polso che però a Olga non sfuggì.

Grande Santa di un'ascesi, di una straordinaria energia che rigenerava la passione mortale e vitale sublimandola nell'amore di Cristo, Teresa de Cepeda y Ahumada y Ávila viene celebrata da tutti i cattolici del mondo il 15 di ottobre, casualmente compleanno di Eugenio. Senonché in quel medesimo giorno del calendario era tradizione dei nobili Donnini di Salussola, provincia di Vercelli, celebrare anche l'onomastico della madre e della nonna di Eugenio: tutt'e due si chiamavano Teresa. Grandissima ricorrenza, dunque! e Eugenio si ricordava perfino di un'epoca non troppo lontana, quando Teresa sua bisnonna era ancora vivente, e la festa ancora tripla. Non parliamo, poi, di quando era solamente doppia, ah! i ricevimenti che per Santa Teresa riusciva a organizzare Teresa sua mamma! Erano come vere, indimenticabili féeries ogni anno un po' diverse e sempre eleganti e importanti, venivano sempre i Collobiano e i Masserano, i Vernier di Cavaglià, i De Rege di Donato, i Riccardi di Netro e i Sella, tutta la haute di Vercelli e di Biella! Teresa sua mamma, donna intelligente, colta e savia, aveva un solo difetto, si abbandonava a un'unica ma caparbia intemperanza: la sua smisurata ambizione nobiliare. Era stata lei a ottenere per se stessa, per il marito Ingegner Raimondo Crema, per Eugenio e i suoi eredi, che al nome Crema con Decreto Regio venisse aggiunto, sui registri dell'anagrafe, il nobile nome dei Donnini. Ora, Teresa sua mamma era mancata neanche un anno prima che Eugenio lasciasse Milano per Roma: trasloco ahimè a cui altrimenti Eugenio non si sarebbe mai rassegnato e finì per decidersi molto malvolentieri proprio perché sarebbe stato impossibile prima della morte della mamma e senza la vendita di Salussola. Una petizione di principio? ossia una contraddizione? Certo. E Eugenio se ne accorgeva, chiaro: voleva lavorare nel cinema, voleva presto o tardi un grande studio a Roma, ma avrebbe voluto qualcosa di meglio ancora: non vendere la villa per poterci tornare anche un solo giorno su 365 a festeggiare il proprio compleanno!

La memoria dei quindici ottobre nella grande villa di Salussola e ancora più nel grandioso, meraviglioso parco, i faggi e le querce coi loro colori autunnali di struggente bellezza, era senza dubbio l'unico vero dolore di tutta la sua vita di egoista egocentrico, immancabilmente felice e trionfale. Prima nell'appartamento ai Parioli, infatti, poi a via Gregoriana, e infine, anche nel futuro, a Beverly Hills, L.A., nella lussuosa, sfarzosa, ricca villetta di Goldwater Canyon Drive con la sua piscina e coi suoi colibrì, ma così ridicolmente stretta in fondo a un canyon che il paragone con Salussola sarebbe stato addirittura crudele, Eugenio si intestava e si intesterà a onorare il 15 di ottobre con tutta la solennità possibile, finché in vita.

Quest'anno, poi, dedicato a Jack – e con la recentissima notizia che alla Paramount, avendo visionato parecchie sequenze già montate del film di Amburgo, tutti erano entusiasti della messa in scena e specialmente degli ambienti e dei costumi – quest'anno in via Gregoriana tirava aria di America, si parlava ormai di *nomination*, e Jack aveva telefonato l'altro giorno garantendo a Eugenio addirittura l'Oscar – quest'anno, che probabilmente era il suo ultimo in Italia, Eugenio voleva una Santa Teresa first rate. Senza badare a spese esagerate e quasi inutili dato che presto se ne andava, aveva cambiato, nella sala da pranzo, tutto il sistema di illuminazione. Ripeteva a Irma: «È sempre così che bisogna fare! Quando si desidera qualcosa, guai calcolarci sopra! Bisogna, anzi, comportarsi come se si rinunciasse a ciò che più vorremmo che accadesse! Non lo sai che, quasi sempre, il calcolo delle probabilità sbaglia, e che la realtà delude quasi sempre le nostre speranze? Soldi sprecati, hai ragione! Ma io sono contento di sprecarli. La saggezza, in questo caso, sono sicuro che sarebbe di cattivo auspicio. Guarda, tu parli di risparmio. E va bene, è giusto anche questo. E risparmieremo, sì, ma soltanto in un modo: invitando poche persone. Se sei d'accordo, io vorrei un limite... un limite che abbiamo sempre superato in tutte le nostre altre Santa Teresa. La troppa gente, poi, mi dà sempre più fastidio. Ho in mente un limite pericoloso. Un limite che in nessun caso si potrebbe, poi, cambiare idea!».

«Ho capito. Dodici invitati.»

«Brava, l'ho sempre detto che sei la donna più intelligente che conosco. Dodici. Dunque tu sei d'accordo?»

«Sì, sono d'accordo.»

«E non venirmi poi a dire che vuoi questo o quello, che è impossibile non invitare Caio o Sempronio. Metti giù la tua lista domani mattina. Non sperare, soprattutto, di azzeccare subito tutti i nomi giusti. È assolutamente impossibile che tu ci riesca. E, allora, fai proprio così: tenta l'assurdo, metti giù esattamente dodici nomi. Io, forse, ti pregherò di cambiarne qualcuno. Forse, ma spero ardentemente che questo non avvenga. Tu non devi sperare ma io sì. Con tutto il cuore, cercherò di accettare la lista che mi darai. In caso contrario, sta' tranquilla che ci metteremo d'accordo. Va bene?»

«Va bene.»

«God bless you, my love. E adesso, good night.»

Il dialogo, naturalmente, si era svolto, come sempre, a letto, prima di spegnere la luce.

E l'indomani mattina, quando Eugenio si svegliò, Irma aveva già fatto la sua lista. Dopo la doccia, in accappatoio, Eugenio la studiò prendendo il tè.

Irma gli aveva fatto il grande piacere di ricopiare i nomi a macchina. Ecco i nomi: 1 Irma, 2 Eugenio, 3 Cosimo, 4 Roberta, 5 la Nanny, 6 Olga, 7 Alberti, 8 l'avvocato Cavalli, 9 la signora Cavalli, 10 Corradini. Tutti questi dieci erano già stati avvertiti, o come se lo fossero, i Cavalli venivano da Milano, si poteva essere sicuri della loro presenza. Mancavano due nomi, ma ne avevano parlato e erano: la fidanzata di Alberti e il dottor Libero Solaroli, critico letterario, francesista, allievo di Trompeo, e soprattutto il solo vero amico che Eugenio aveva a Roma.

Eugenio, finendo il suo tè, rifletteva sulla lista. Intanto, aveva preso una matita, e la tormentava. Si decise a scrivere quei due nomi e subito, in segno di dubbio, ne aggiunse altri due.

«Che cos'è? Non vuoi la fidanzata di Alberti? Non vuoi Solaroli? E gli altri due che hai scritto? Chi sono? Non riesco a leggere.»

«No, li ho scribacchiati così, apposta perché tu non li capissi. Ma non ti dico chi sono. Perché la tua lista mi pare perfetta. Pensiamoci su, fino a questa notte. Non si sa mai. Solaroli va bene, si capisce che andrebbe bene, soltanto sono molto incerto perché forse non verrà, lo sai, no? che non sta bene, e non esce quasi più. Bisogna, dunque, avere un nome di riserva, il nome di un altro uomo. Quanto alla fidanzata di coso, l'ho vista sì e no un paio di volte. E tu?»

«È simpaticissima, l'ho incontrata qualche volta dal parrucchiere. E così facciamo anche un piacere a... coso.»

«Io dico coso, ma tu puoi anche dire Alberti.»

Risero insieme. Tutto andava bene.

Invece, non andò bene. La sera, quando verso le dieci e mezza, cioè tardi come al solito, Eugenio scese al terzo piano per pranzare, e già i bambini dormivano, e la Nanny, di là, in fondo al salotto, leggeva il «Times» del giorno prima, Irma appena lo vide capì che c'era qualche cosa che non andava:

«Fuori! Cosa ti hanno fatto?»

«Niente, una stupidaggine, una sciocchezza. Non me ne importa niente, figurati se m'importa! Ma, insomma, dipende più da te che da me.»

«Da me? Perché? È impossibile.»

«Mah, speriamo che sia possibile. Vedi un po' tu. La tua amica Olga.»

«Olga?!»

«Sì, lei, non vuol venire al pranzo, dice che non può.»

«Ma l'anno scorso è venuta! Non capisco.»

«E vuoi che capisca io? Dopo il regalo della macchina, che è stata un'idea tua, ripeto, un'idea tua, credevo che una storia come questa non potesse succedere...»

«Lasciamo stare. Ma lei ti avrà detto il motivo, no? perché non può venire? Del resto, lei sapeva benissimo che il 15 avremmo dato il solito pranzo per il tuo compleanno...»

«Dice che non ci aveva pensato, e che ha un impegno proprio per il 15, a colazione. Le ho chiesto con chi. Non ha voluto dirmelo. Sembra che ci debba andare assolutamente.»

«Aspetta, lo so che cos'è. Deve avere capito che quest'anno il pranzo è qualche cosa di più importante... anche lei avrà sentito parlare dell'America, dell'Oscar eccetera... Ora, lei sa che non ha nessuna chance di andare in America... Ma scusa! Glielo hai detto che il pranzo è all'una del pomeriggio, come tutti gli altri anni? Lei forse pensa che questa volta sia di sera, e lei non ha la toilette...»

«No, no, anch'io ho avuto questo sospetto, e l'ho rassicurata subito. No. È una rompiscatole, e basta. Diglielo tu. Figurati se io devo perdere del tempo per convincerla. E dopo la macchina, poi, tu sai benissimo quello che è costata!»

«Genio! Adesso piantala. Se parli un'altra volta della macchina, non so cosa faccio, sta' attento, al tuo pranzo non ci vengo neanche io. Hai capito? Hai sentito quello che ti ho detto? È un regalo che ti avevo chiesto io, l'hai fatto per me, non per lei. Va' in malora, va'!»

Irma si alzò da tavola, e si avviò per uscire dalla sala da pranzo, Eugenio le corse dietro e la fermò davanti all'uscio del salotto, che era aperto: si vedeva la Nanny, laggiù in fondo, sotto l'abat-jour, che aveva posato il «Times» sulle ginocchia, si era tolta gli occhiali, e guardava spaventata verso di loro. Eugenio chiuse piano l'uscio:

«Tesoro mio, hai ragione, hai ragione e hai ragione, e ti chiedo scusa. Ma ti chiedo, anche, di parlare tu con Olga. Questo, credo che lo puoi fare, no? Perché non le telefoni adesso?»

«No, adesso no. Domani, semmai.»

«Non semmai. Domani. Manca soltanto una settimana, a questa benedetta Santa Teresa. Se Olga non cambia idea, dobbiamo sostituirla subito.»

«Chi lo dice? Non possiamo essere undici?»

«No. Sei matta. Ti dimentichi che ho scritto due nomi apposta.»

«Chi sono?»

«Di tuo gradimento, ne sono sicuro: Novarese, e la Collobiano. O l'uno o l'altra, a tua scelta... cioè no, niente a tua scelta, ho detto una stupidaggine! Bisogna sostituire una donna, una signora: dunque, per forza, non possiamo mica dare un pranzo come questo con sette invitati e cinque invitate! Dunque, la Collobiano, che va benissimo: è vedova, e neanche a farlo apposta da qualche mese è venuta anche lei a stabilirsi a Roma. Non c'è nessun motivo che non si debba seguire la tradizione... a me, in ogni caso, farebbe tanto piacere che si sia sei signore e sei signori. In fondo, è la mia festa, no? Sii buona. Ti chiedo scusa ancora, sono pentito di quello che ho detto, me ne vergogno, Irmina mia...»

«Sì, ma non piangere, adesso.»

«Non piango più. Quanto a Novarese, è un amico: il solo che basterà invitare anche il giorno prima, nel caso, molto probabile purtroppo, che Solaroli non si senta di venire.»

Tornarono a sedersi a tavola. Eugenio, finalmente, cominciò a mangiare. Irma, seduta davanti a lui, lo guardava, lo scrutava senza dir niente.

Il giorno dopo, Irma e Eugenio parlarono tutti e due con Olga. Irma, poco prima della pausa, le telefonò di passare da lei quando tornava allo studio. Ma il tentativo fallì rapidamente e subito dopo Irma informò Eugenio: «Fino dalle prime parole mi sono sentita sicura, ho capito di che cosa si trattava: Olga non può rinunciare all'impegno che ti ha detto e che è una colazione di addio – addio finale, addio per sempre – a qualcuno che parte quello stesso pomeriggio per tornare all'estero, dove lui vive e lavora. Ho pensato al solito amico di Francoforte. Ancora adesso sono convinta che questo è il motivo vero, ma non ho voluto ripetere il tuo errore, di domandarle chi era la persona. Siamo amiche, tante volte mi aveva confidato tutto di quel tale. Dunque, adesso, se non diceva il suo nome, è segno che non voleva dirmelo. E così, non ho insistito. Credo che sia sincera, e la giustifico».

Dopo di che, Eugenio fece a sua volta un ultimo tentativo. Andò a prenderla nello stanzone verso la fine del suo orario di lavoro, e la condusse là, in quelle quattro pareti dove avevano fatto tante volte all'amore. Ma Eugenio era finalmente sicuro di se stesso. Non chiuse a chiave, questa volta, anzi lasciò la porta spalancata sul corridoio: e non perché temesse Olga, ma perché era convinto che lei avrebbe finito col cedere e lui voleva, molto semplicemente, evitare la grande scena. C'era ancora un po' di impiegati negli uffici: figuriamoci se almeno uno di loro non raccoglieva senza volere quei pochi frammenti acustici che bastavano alla malignità di infiniti pettegolezzi intollerabili?

Ora, in quel momento che Olga varcò commossa la desiata soglia e si trovò tra le quattro pareti, in quel momento il punto della rotta sentimentale scelta da Eugenio era il seguente: dopo il colpaccio notturno di Gavorrano, e anzi a cominciare da allora e contrariamente a ciò che Olga sperava e vi faceva su progetti, Eugenio non aveva dato il minimo segno di debolezza. Evidentemente, per lui, nel bosco di Gavorrano tutto si era svolto come in un qualsiasi episodio libertino senza alcuna importanza. E Olga, questo, lo intuì certamente: ma non per questo si era persa di coraggio. Continuava, paziente, a trasmettere i suoi segnali, tutti quelli che le erano possibili. Cambiava di toilette ogni giorno, faceva in modo di passare e ripassare davanti all'ufficio di Eugenio, e se, qualche volta, trovava la porta aperta, faceva capolino. Altre volte, sfruttando un'occasione professionale, entrava e gli parlava: mostrandogli un foglio, un disegno, gli andava vicina, vicinissima, a sfiorarlo, a toccarlo. Eugenio riusciva, sempre, a trattarla con estrema gentilezza, e quasi con affetto: e il bello era che ci riusciva senza sforzo, non aveva bisogno di fingere: credeva davvero di volerle un po' bene, e aveva capito che proprio questa adombrata amicizia era la giusta *contraria* alle manovre di Olga, il solo bastione che poteva resistere a quelle avances demolitrici.

Esattamente così si comportò Eugenio anche adesso, nell'estremo tentativo di persuaderla a venire al pranzo di Santa Teresa, e mentre il solo segno che avrebbe ottenuto sicuramente questo risultato era alzarsi e andare a chiudere a chiave la porta. Ma non ebbe da faticare per astenersene.

Cercò tuttavia, come si era proposto con autentica fiducia, di persuaderla. Spese senza risparmio la sua eloquenza, affinò al massimo la gentilezza dei gesti, delle parole, della voce, degli sguardi. Usò tutte le armi meno la sola vittoriosa. E evitò con cura di chiederle, come aveva fatto Irma, spiegazioni circa il motivo del suo no. Un accenno all'amico di Francoforte? Attenzione, si scivolava fatalmente sulla gelosia. A volte i vecchi attori, durante la recita, in pieno palcoscenico, mentre il partner sta consumando una lunga tirata, ne approfittano per ripassare mentalmente la battuta-chiave che poi chiuderà la scena. Ebbene, proprio così Eugenio pensò che poteva dirle: "Be', Olga, tu sei capace di fare la birichina svegliando uno che dorme tranquillamente. E non sei capace di farmi questo piccolo piacere?". Ma la seconda volta che, come un attore, ripassò mentalmente questa battuta capì che sarebbe bastata: Olga avrebbe ceduto. Meglio di no, allora. Meglio di no. Tanto meglio se non viene al pranzo. E, un'altra volta ancora, non faticò a astenersi. Che peccato però. Birichina!, una battuta così carina!

Eugenio tornò giù, da Irma. Le diede la notizia del definitivo no di Olga. Immediatamente decisero di invitare e avvertire la contessa Livia Avogadro di Collobiano.

La sera del 14 ottobre, Eugenio Crema-Donnini smise di lavorare alle cinque del pomeriggio. Uscì sereno, e andò a piedi dal barbiere. Capelli, shampoo, manicure, barba. Poi, sempre a piedi e sempre sereno, se ne tornò a via Gregoriana, a casa, senza passare dallo studio.

C'era lì Olga, nel salotto, seduta accanto a Irma. Vedendo entrare Eugenio, Olga si alzò, afferrò un gran mazzo di baccarà che era su un tavolino, e lo porse al festeggiato il quale la abbracciò e la baciò sull'una e sull'altra guancia, lievemente commosso.

«Tanti auguri, professore! Sono venuta a farle anche i miei auguri, e a dirle che fortunatamente sono riuscita a liberarmi dal mio impegno e così, domani al pranzo vengo molto volentieri!»

Dall'immediato, profondo silenzio che seguì, Eugenio si rese conto che Olga non aveva ancora detto niente a Irma. Infatti, Irma e Eugenio si guardarono impallidendo, Olga rossa di brace abbassò gli occhi e il capo, ma la prima a rompere quella pausa drammatica che sembrava non finire, fu Irma. Parlava sottovoce, adagio, quasi tranquilla e fissando Olga:

«Capisco, cara, che arrivando qui tu non mi abbia dato la bella notizia. Me lo spiego benissimo: hai rinunciato al tuo appuntamento per fare onore a Eugenio e volevi che fosse lui il primo a sapere. E noi, lui e io, ti siamo molto riconoscenti. Ecco perché ho detto che era una bella notizia. Ma purtroppo è, insieme, anche una notizia non tanto bella. Quando abbiamo fatto la lista degli invitati, tu sei stata una delle primissime, anzi la prima di tutti e dodici dopo le persone della nostra famiglia. Ma gli invitati sono, appunto, dodici: e ormai sono tutti e dodici avvertiti da vari giorni, tutti hanno risposto che verranno, e quindi ti devo dire, con grande dispiacere che... che ti inviteremo tra qualche giorno, non mancherà l'occasione.»

«Olga carissima!» continuò Eugenio «la tua amica ha detto tutto quello che avrei voluto dire io, ma l'ha detto meglio di quello che potevo fare io...»

«Certo! Certo! Certo!» Olga lo interruppe rivolgendosi a lui come se di colpo non riuscisse più a trattenere singulti dolorosi che fino allora aveva nascosto. «Certo! E meno male che lo ammette! Sì, perché l'altra sera, quando lei è venuto a prendermi e mi ha accompagnata nel suo studio per insistere a invitarmi, che cosa le ho risposto io?»

«Mi hai risposto e ripetuto che ti dispiaceva ma assolutamente non potevi.»

«Ah, sì? tutto qui? Ma se le ho detto che invece avrei fatto quanto era umanamente possibile per liberarmi! E alla fine che cosa ho aggiunto? Dica la verità, professore! Ho aggiunto, all'ultimo momento prima di uscire dal suo studio, che sarei venuta certamente! Gliel'ho promesso, sì! Promesso!»

«Sei una bugiarda! Non farmelo dire più di due volte: sei una bugiarda!»

Come colpita alle spalle da qualcosa che le fosse caduto addosso, Olga gettò un urlo, sembrò barcollare, Irma si era slanciata a soccorrerla. Le infilò le braccia sotto le ascelle, per sorreggerla. Lei intanto prorompeva in un pianto disperato, si dibatteva come se dovesse cadere in convulsioni. Adesso Eugenio era anche lui, lì, a sostenerla: ma lei, appena lo vide, lo respinse furiosa e minacciosa:

«Non mi tocchi, lei, professore! Non mi tocchi, sa? Guai se mi tocca!»

Irma riuscì soltanto a farla stendere su un divano e a farle bere un bicchier d'acqua. Mezz'ora dopo, tuttavia, la crisi era passata.

«Ora ti accompagno io a casa in macchina, vuoi? No, è meglio che tu non guidi in queste condizioni. Dove hai parcheggiato la tua, qui? Chiusa con l'antifurto? va bene, tornerai domani a prenderla.»

Eugenio, dal fondo del corridoio, restò fino all'ultimo a guardare Irma che camminava adagio a fianco di Olga, sostenendola. Rimase lì a guardarle finché scomparvero nell'ascensore.

Quel momento passò e non vide più Olga: la prima volta fu quindici anni dopo, a Beverly Hills, in sogno.

Parte quinta

1

Prima che finisse il 1986, e proprio tra Natale e Capodanno, il dottor Brezzi ebbe molto da fare. Durante quei giorni i voli tra Milano e Roma erano sempre prenotati. Ma in ogni volo almeno un posto, prima di venire venduto, doveva ricevere da Roma il nulla-osta dell'avvocato Gualdo Moriconi. Non è dunque strano che il dottor Brezzi, prima del 1987, abbia volato avanti e indietro tre volte tra le due capitali e che Peppino, il quale si trovava da due giorni a Parigi, all'Hotel Crillon, sia stato chiamato da Milano alle ore 19 del pomeriggio di San Silvestro.

Peppino aspettava quella telefonata con tale impazienza che non lasciò neppure parlare la povera ragazza:

«Sì, sono io, mi passi il dottor Brezzi!»

«Mi spiace, il dottor Brezzi non c'è.»

«Come? Non c'è?»

«No, non è a Milano.»

«E dov'è?»

«È a Capolago, nella sua villa di Capolago, con la sua famiglia...»

«E dov'è Capolago?»

«In Svizzera.»

«Per favore mi dia subito il numero...»

«No, aspetti un attimino. Ho una comunicazione per lei...»

«Mi dica subito.»

«Guardi, se lei permette, è un fonogramma, glielo leggo, l'ho qua.»

«È lungo?»

«No... ma insomma...»

«Me lo legga.»

«Ecco. Vado adagio, se vuol scrivere.»

«No, per piacere vada in fretta. Poi, semmai, me lo rilegge, e allora scriverò. Dunque?»

«CARO PEPPINO ENTRO STASERA 31 DICEMBRE RICEVERÀ UN BIGLIETTO PER CONCORDE CHE ORE 12 DOMATTINA PRIMO GENNAIO PARTE DA PARIGI DE GAULLE PER WASHINGTON. IL POSTO VICINO A LEI SARÀ OCCUPATO DAL SIGNOR SECONDO PICCIONE. SPERO FARETE AMICIZIA ANZI CI CONTO. TUTTO MI SEMBRA PREPARATO PER IL MEGLIO MA SI RICORDI QUANTO DETTO NOSTRO ULTIMO COLLOQUIO. AUGURI IN TUTTI I SENSI. Qui c'è la firma: SUO BREZZI. Devo rileggere?»

«Sì, ma non importa che vada adagio. Legga più in fretta di prima. Grazie.»

Mentre il taxi finalmente imboccava l'ultimo rettilineo del De Gaulle, Angélique guardò l'ora: 5 alle 12. Era in ritardo: una stranezza che, neanche a farlo apposta, non le succedeva mai nella normale routine, e che invece le succedeva sempre nelle rare occasioni straordinarie, come questa volta: perché? Angélique si domandò perché. Il taxi fermò davanti all'Ingresso riservato al Personale. Due blocks la dividevano dal Concorde. Angélique pagò e intanto capì che la stranezza dipendeva da un suo inconsapevole orgoglio: quando era importante che arrivasse in orario arrivava sempre in ritardo e così rischiava il licenziamento in tronco, appunto perché voleva dimostrare a se stessa che firmando un contratto da hostess non si era fatta schiava della Air France. Balzò fuori dal taxi, alzò il volto di un pallido rosa al marmo grigio del cielo invernale: l'aere saturo di un profondo rombo la avvertì che lo Pterosauro aveva già acceso i turbopropellers: si slanciò verso il lontano tarmac, dove sapeva che, di là dall'Aeroreggia, la attendeva il Mostro. Si allontanò correndo e scrollando la grande borsa a tracolla e la cascata dei lunghi capelli d'oro.

Era giovane, fino a qualche anno prima giocava a basket, era stata campione di Francia nel Nevers Girls e quando aveva capito che non lo sarebbe più stata, allora era passata in aviazione. Ma non aveva perso lo scatto: in un minuto raggiunse la scaletta, gettò la grande borsa allo steward che l'acchiappò a mezz'aria, Angélique intanto saltava sui gradini retrattili che già si contraevano.

Appena a bordo, cercò di identificare subito con un colpo d'occhio i due passeggeri italiani che la sera prima, nel convento di Rue de Sèvres, le erano stati affidati dal Père Delanois S.J. ma, ancora prima di loro riconobbe, sorpresa meravigliosa! l'uomo che più ammirava e amava tra tutti quelli della sua vita sebbene lo avesse visto soltanto tre volte, ai concerti, e gli avesse parlato soltanto una: Roberto Machado, il famoso pianista spagnolo, gallego di La Coruña. Peppino e Felicìn potevano aspettare! Il Padre gesuita le aveva dato le loro fotografie: in tre ore di volo non le sarebbe stato difficile affascinarli. Roberto Machado, invece, era lì in seconda fila come la Grazia, come un dono celeste, come un premio che le Bon Dieu le assegnava per aver rischiato, impavida, di arrivare troppo tardi all'aeroporto. Irragionevole? Anzi: perché proprio questa era la fede di Angélique: educata dalla sua famiglia alla venerazione della Mère Angélique, la Santa di Port Royal, Angélique la hostess era cresciuta nella sicurezza giansenista che solo la disperazione conduce alla speranza, e che si trova Dio soltanto quando si teme di averlo perduto. E adesso Roberto Machado era lì, coi suoi capelli neri, lisci, appena un po' disordinati, il viso allegro, lo sguardo luminoso, guizzante, allo stesso tempo così intelligente e così infantile, e le morbide mani magre.

Era stata lei la prima a vedere lui: ma quella gioia di trovarselo sul Concorde, solo e cioè senza la compagnia dei soliti tirapiedi d'ambo i sessi, solo e cioè quasi a sua disposizione per l'intero volo, era stata una gioia talmente forte che Angélique aveva subito distolto da lui lo sguardo e si era messa a sorridere qua e là in giro ai passeggeri. Alta, da atleta, la statura; alta, da artista, la fronte: l'estrema bellezza di Angélique aveva qualcosa di levigato e di solenne, di sensuale e di intellettuale: una creatura rara, forse unica. Ma quando poi, per decollare, il Concorde attaccava la sua formidabile rincorsa, allora Angélique, spalle alla cabina di pilotaggio, faccia alla fusoliera gremita di viaggiatori, prendeva la sua rituale posizione al centro della corsia: afferrandosi con le mani alle spalliere delle poltrone dalle due parti, allargava le braccia come un angelo protettore, e era così che durante l'abituale stress del take-off continuava a guardare i suoi passeggeri: le labbra finemente in rilievo, gli occhi nocciola chiaro con riflessi scuri, e un'insuperabile espressione di ironia tranquilla. Insomma, era la migliore hostess di classe che una compagnia di navigazione aerea potesse offrire ai propri clienti. E Angélique, che lo sapeva benissimo, anche quella volta come sempre distribuì intorno, a tutti, un po' del suo sorriso rassicurante, ma evitò di soffermarlo, sia pure per un attimo, su Roberto, proprio perché, intanto, pensava solo a Roberto e si teneva Roberto stretto e quasi nascosto nel cuore.

Il risultato fu questo, che Roberto credette di essere lui il primo a vedere lei, e allo sciogliete-le-cinture subito si alzò e corse a cercarla:

«Angélique! Querida! Non mi avete ancora visto! Non mi avete nemmeno riconosciuto!»

«Non, malheureusement» disse Angélique fissandolo un solo istante ma con tale intensa calma che chiunque altro meno lui avrebbe capito che quel "Non, malheureusement", quel "No, purtroppo" era la più evidente dichiarazione del contrario, la più appassionata confessione di amore.

E l'intelligentissima Angélique, in compenso, scoprì che Roberto le piaceva molto più di quanto lei credeva che le piacesse. Ecco l'uomo più simpatico del mondo! si diceva Angélique, così simpatico da non pensare mai di se medesimo come di qualcuno al quale fosse dovuto qualcosa! Oppure no. Forse Angélique sbagliava. E sbagliava esattamente come sbagliava anche Roberto, perché Roberto amava lei così come lei amava lui, e quando si ama ci si sente uno straccio.

Era il momento dei drinks: champagne, whisky sour, Bacardi, Martini, Bloody Mary, ecc. Senza dubbio, alcuni personaggi importanti delle Compagnie di Navigazione Aerea dovevano sapere che Angélique era in stretti rapporti a Parigi con i Padri della Compagnia di Gesù, ossia col Vaticano. E le hostesses colleghe avevano ormai la certezza che Angélique godeva di un particolare trattamento dalla direzione dell'Air France e qualche volta erano arrivate a sospettare che a Angélique, durante un volo, fosse affidato qualche incarico misterioso.

Chiaro che, in certe occasioni, lei eseguiva del suo lavoro solo una parte che riteneva opportuno eseguire. E bisogna dire che, calcolo astuto o naturale gentilezza, Angélique non abusava mai della concessione: la adoravano perfino le sue colleghe.

Lì per lì, dunque, non si attardò a parlare con Roberto. Fece un breve tour col vassoio dei cocktails e trovò subito uno dei due business-men italiani nello spazio che le era stato indicato dal Père Delanois.

Il Padre l'aveva avvertita che erano due volpi: anzi, aveva usato ridendo proprio l'espressione americana: two sons-of-a-bitch, due figli di puttana. E che lei doveva soprattutto evitare di insospettirli.

Non erano amici, tra loro due, non si conoscevano nemmeno. E appunto durante questo viaggio sul Concorde, da Roma qualcuno, qualcuno si intende del Vaticano, aveva stabilito che dovevano conoscersi, e anzi associarsi, insomma combinare insieme un grosso affare. «Ma proprio per questo, state bene attenta a ciò che vi dico, ciascuno dei due cercherà di non fare il necessario primo passo per conoscere l'altro. Avere fatto il primo passo sarebbe, poi, nelle trattative, un pesante handicap. Nessuno dei due, mia cara Angélique, prenderà mai l'iniziativa di presentarsi all'altro, sarebbe la confessione di una debolezza, del bisogno che uno ha di conoscere l'altro... Quelli del Vaticano avevano commesso un grave errore, avevano prenotato due posti vicini. Quelle erreur! Et c'est justement pour cela, che io ho pregato l'Air France di assegnare loro due posti abbastanza lontani l'uno dall'altro affinché nessuno di loro due possa sospettare la verità: e cioè che più in alto di loro esiste qualcuno al quale interessa che loro due si mettano d'accordo. Mi duole di aver complicato le cose per voi, mia cara, ma bisogna che essi non arrivino mai neppure a immaginare che, sotto il loro viaggio, esiste una trama nascosta, qualcosa di già combinato, e elaborato, qualcosa che si riferisce a interessi molto superiori, interessi della Chiesa e del Santo Padre in persona.»

Può sembrare strano che un gesuita se la intenda con una giansenista. Ma i gesuiti francesi di oggi inconsapevolmente sono scivolati verso Sant'Agostino e la Grazia: gli antichi avversari finiscono sempre per diventare un po' amici. Del resto, il Père Delanois gioiva ogni volta che gli capitava di "adoperare" a buon fine una persona della quale si poteva fidare anche se non ne approvava le idee. È una combinazione che ha un che di perfetto, pensava il Padre sorridendo tra sé e sé.

Angélique, lei, oh lei non si preoccupò troppo. L'importante era non fare passi falsi e, col pensiero sempre al suo Roberto, limitò il proprio programma, durante gli aperitivi, all'impresa di identificare i due italiani. Chi dei due era il signor Peppino Chianese? E chi era il signor Felicìn Guffanti? Questo era indispensabile saperlo fino dal principio. Guai se, al momento buono, negli attimi fatali e finali, lei avesse presentato ciascuno dei due col nome dell'altro! Vero, però, che questo pericolo era stato evitato in anticipo dallo stesso Père Delanois. Consegnandole la fotografia di Felicìn le aveva detto:

«Soprattutto, figlia mia, fate attenzione a non sbagliare: ecco, questo qui della foto, che assomiglia tanto a Napoleone Primo, è M. Guffanti, M. Felice Guffanti.» Fu appunto lui che Angélique trovò subito: era così somigliante a Napoleone che cominciò fra sé e sé a chiamarlo Napoleone. E rideva, Angélique: sarebbe buffo che al momento buono, quando lo presenterò all'altro, finissi per dire, dall'emozione: e questo... e questo è il signor Napoleone! Era piccolo, naturalmente, ma dalla fotografia non lo si capiva, che fosse così piccolo. La fronte rotonda, un po' calva davanti, e con la ciocca nera, a virgola, di traverso. Perfetto. Diverso però da Napoleone, che era sempre imbronciato, sempre serio e duro. Diverso nell'espressione, che invece mi pare sempre sorridente e neanche ironica, ma sorridente di semplice contentezza. Sempre? Sono con lui da pochi secondi, il tempo di servirgli un sugo di pomodoro con due gocce, due di numero, di vodka, e il tempo, ecco, adesso, di domandargli:

«Êtes-vous Corse par hazard?»

«Corso, no! Sono milanese. Ma perché mi chiede se sono Corso?»

Angélique rise:

«Très simple, monsieur. Parce que vous ressemblez terriblement à Napoléon Premier, et quand il était jeune, naturellement! Napoléon de la première guerre d'Italie!»

«Grazie! Nessuno me l'aveva mai detto, grazie!»

Aveva fretta di tornare da Roberto. Si era allontanata da Felicìn, troncando bruscamente inutili scambi di parole, perché voleva restar fedele al programma che si era imposta quasi inconsapevolmente: approfittare del giro dei cocktails per identificare i due italiani. Doveva dunque, ora, subito, cercare l'altro, il cosiddetto Peppino: avrebbe, così, sofferto e insieme goduto di allontanare il momento di mettersi vicino a Roberto: non le era sfuggito che, per caso, c'era una poltrona libera accanto a lui.

Si avviò, egualmente, proprio in quella direzione, cioè verso la cabina di pilotaggio, in seconda fila, e intanto cercava di ricordarsi la fotografia di Peppino: ma purtroppo se l'era dimenticata, provò un momento la tentazione: l'aveva con sé, in un piccolo portafogli di pelle appeso alla cintura: ma era impossibile tirarla fuori senza farsi notare. Di colpo si ricordò: era uno con gli occhiali, e i capelli grigi e ricciuti... era quello che in quello stesso momento sembrava che le venisse incontro fissandola e sorridendole. Sì, sorridendole al punto che Angélique arrischiò la prova: continuò a camminare ma guardando da un'altra parte, verso la cabina di pilotaggio, e arrischiò anche, un attimo prima di incontrarlo, la mossa di scansarlo lateralmente, mormorando un «Pardon!» senza guardarlo. Le andò bene, perché fu lui a fermarla:

«Pardon, mademoiselle... J'ai besoin de vous!» disse Peppino con un francese orripilante.

«Avete bisogno di me?»

«Sì, vi cercavo.»

«Dite pure...» e Angélique, prima ancora di udire che cosa Peppino voleva, intuì che si trattava di un pretesto qualunque, di un inganno: intuì che Peppino cercava di parlare con lei soltanto perché la aveva vista parlare con Felicìn. Ripeté:

«... dite pure, se posso esservi utile.»

«Vorrei telefonare a New York. Crede lei che sia possibile? Oppure, forse, non è possibile subito, bisogna aspettare che siamo un po' avanti, in mezzo all'Atlantico? E a chi mi devo rivolgere? Forse nella cabina di pilotaggio? Mi può accompagnare lei?»

«Mi informo subito» disse Angélique, e fece l'atto di avviarsi.

«Oh, non c'è tanta premura. Basta che lei quando sa qualche cosa di preciso, me lo venga a dire. Sono là, vede?... Io sono Chianese, Peppino Chianese. Mi occupo di cinema... ah, lo sa? Ho degli stabilimenti in Brasile. È mai stata in Brasile? No? Ebbene, sarebbe un motivo perché lei venga in Brasile! Lei è altamente fotogenica. Ha mai fatto del cinema? Be', è molto difficile indovinare il grado fotogenico di una ragazza quando è bella... ma, una prova con lei, mi sentirei di farla... Che cosa ne pensa? Non me lo vuol dire? Brava, segno di serietà. Ci vediamo. Grazie.»

Angélique offrì un cocktail a Peppino, Peppino ringraziò senza prendere niente, Angélique andò a posare il vassoio, poi raggiunse Roberto.

Come aveva previsto, sedette accanto a lui:

«Sono qui.»

Roberto le sfiorò la mano di un bacio. Angélique, seduta accanto a lui, si voltò per guardarlo, ma subito abbassò gli occhi e, a sua volta, gli prese una mano, poi rimase a lungo in silenzio, fissando, osservando quella mano così straordinaria. Roberto invece guardava la sua fronte, alta e pallida nell'aureola d'oro dei capelli, e le labbra rosee che parevano, al centro e immediatamente sopra, continuate da un solco lieve, delicatissimo, pallido come tutto il viso, e appena visibile, appena segnato tra l'uno e l'altro orlo da due collinette che svanivano prima di raggiungere le narici. Se Roberto fosse stato pittore, avrebbe, forse, pensato a Botticelli, o ancora di più ai preraffaelliti. Se, come pianista, avesse saputo tradurre in musica una bellezza delle forme e dei colori, gli sarebbe venuto in mente Debussy.

Ma finalmente, sempre nel silenzio, Angélique ardita e tremante, con la coscienza di esporsi a un pericolo, alzò lo sguardo. I suoi grandi occhi di un chiaro nocciola con profondi riflessi scuri incontrarono gli occhi di Roberto, e Roberto fu sconvolto. Erano passati molti mesi dal loro ultimo incontro e certamente, allora, lei non lo aveva guardato così. Quello sguardo voleva dire che Angélique, rivedendolo, si era accorta improvvisamente di amarlo. Ma Roberto, dallo strano dolore che provava in fondo alla gioia, capì che era uno sguardo di spavento. Come se Angélique si dicesse: Ah, dunque, è questo il destino che mi aspettava? È con lui, e con nessun altro, che mi toccherà di fare i conti? Intanto, lo sguardo di Roberto rifletteva come uno specchio quello di Angélique. Anche Roberto era spaventato. Bachelard: i doni dell'inconscio si ricevono sempre con paura.

A un tratto, rompendo il silenzio, incominciarono a parlare fitto, a scherzare, a raccontarsi quale era stata la loro vita mentre senza saperlo erano separati, i viaggi, i luoghi: confidenze, confessioni, scambio di idee, e desideri, speranze, progetti: come avrebbero potuto rivedersi presto e/o un po' più tardi, subito e nel futuro, in un futuro vicino e in un futuro lontano: e dove e come, e quando e quanto... Ma il tempo in cui, quella volta, il primo dell'anno 1987, su un Concorde da Parigi a Washington, Angélique e Roberto avevano continuato a guardarsi in silenzio, non fu né lungo né breve. Rimase immisurabile. Senza durata, senza data e senza luogo: come una rivelazione miracolosa.

Le successive chiacchiere affettuose e pragmatiche tra i due improvvisi e indissolubili *sposi* si intercalarono invece senza difficoltà ai diversi servizi che, dopo tutto, Angélique non poteva esimersi dal prestare: distribuzione di dépliants pubblicitari, notizie sul volo, un sobrio lunch, caffè e liquori, ecc., nonché, fra l'altro, adempimento dell'incarico segreto commessole dal Père Delanois. No problems! No problems: espressione che ormai gli italiani usano più frequentemente e, soprattutto, più volentieri degli stessi inglesi e americani. Contro la preoccupata aspettativa che aveva disturbato Angélique fino dal primo momento, quando il Padre le aveva affidato una missione del genere, tutto si svolse con un felice automatismo, e la missione andò in porto da sé proprio perché Angélique smise di preoccuparsene appena vide che Roberto era a bordo del Concorde. Ecco come: mentre parlava con Roberto, vide venire verso di lei uno steward che era uscito dalla cabina di pilotaggio. Aveva in mano un foglietto, glielo consegnò. Era una comunicazione telefonica per un passeggero, c'era scribacchiato il nome, ma lei non lo lesse neanche, era certamente per Peppino che aveva chiesto di parlare con New York. Angélique a malincuore si alzò in piedi e cercò con lo sguardo Peppino, non lo trovò subito, le seccava di andare in giro... di colpo, le parve di vederlo: lo chiamò con un gesto, sventolando il foglietto. E chi venne verso di lei era Felicìn, ma lei era così lontana da tutto quanto non fosse Roberto che gli consegnò il foglietto con il più bello dei suoi sorrisi preraffaelliti.

«Un momento» disse secco Felicìn trattenendola, «guardi che qui c'è uno sbaglio!»

Angélique si era già voltata e stava per tornare a prendere il suo posto vicino a Roberto, ma glielo impedì Peppino che doveva avere visto tutto, e era arrivato lì quasi di corsa.

«Pardonnez-moi, je suis navrée!» disse Angélique a Felicìn. «Cette communication n'est point pour vous! C'est pour ce monsieur-là. Permettez-moi de vous présenter l'un à l'autre... Je vois que vous ne vous connaissez pas, bien que je crois que vous êtes italiens tous les deux. Monsieur Chianese... et, voilà, Monsieur...» sorrise esitando e, accorgendosi che si era dimenticata il nome di Felicìn, concludeva come se volesse scherzare: «... et Monsieur Napoléon Premier.»

«Napoleone! No, almeno non sono ancora Napoleone, sono Guffanti, Felice Guffanti...»

«E anche io sono felice, felice di conoscerla. Io sono... lo ha già detto la nostra meravigliosa hostess! A proposito, caro Felicìnne, non trova anche lei che la signorina dovrebbe fare del cinema?»

«Certissimo! Ma questo biglietto non è per me...» e Felicìn passò il foglietto a Peppino, il quale lo guardò.

Sul biglietto c'era scritto che il numero di New York non rispondeva. Peppino si voltò cercando Angélique, ma vide che già stava parlando con quel giovane e capì che non era il caso.

«Davvero, sa?» disse a Felicìn allontanandosi con lui verso il bar. «Avrei voluto fare amicizia con quella ragazza... Mi sembra un elemento di primissimo ordine. Non trova?»

«Io, di ragazze come quella, ne ho a migliaia, ha capito? a migliaia, e in tutto il mondo. Dove va, Chianese?»

«Stanotte, la passo a Washington, sono ospite dell'ambasciatore del Brasile. Ma domattina devo essere a Los Angeles...»

«Avevo anch'io una mezza intenzione di andare a Los Angeles... ma... non so ancora.»

«Io ci devo andare assolutamente. È un grossissimo affare che non posso perdere.»

«Ah, sì? Ma non dica! Dica dica, volevo dire!»

«Vado a Los Angeles per vedere se posso recuperare una sceneggiatura, che è qualcosa di formidabile! Un'idea... un'idea universale!»

«Ah, però! Interessante. Cinema?»

«Cinema e televisione: insieme, naturalmente. Ma più televisione che cinema, in fondo.»

«Naturalmente. E... e può dirmi di che cosa si tratta?»

Peppino scoppiò a ridere:

«Posso? Posso. Ma *posso* soltanto se lei *vuole*!»

La risata, adesso, spettava a Felicìn. Ma lui, al contrario, si fece serio:

«Guardi, Chianese...»

«Mi chiami pure Peppino, tutti mi chiamano così, in Brasile come in Alaska e in Giappone.»

«Va bene. Peppino. Dunque, Peppino, *voglio*. Voglio, per il momento, soltanto raccontarle qualche cosa che mi è successo a Milano, in casa mia, ieri l'altro notte. Io, di solito, non dormo mai a Milano, dove potrei benissimo dormire, ho una casa dove non manca niente, al centro, e con un bel giardino, grande, tutto intorno. Dunque, ieri l'altro notte qualcuno ha buttato una bomba, dall'esterno, arrampicandosi alle inferriate del giardino, ha buttato una bomba che ha colpito, facendo un lieve danno, il muro proprio sotto una finestra terrena del mio studio. Subito ho capito chi poteva essere: un povero diavolo che tante volte ho aiutato, un disoccupato che non ha più voglia di lavorare. Sapevo che era in galera per truffa. Ma sapevo anche che, proprio in quei giorni, avrebbe dovuto uscire. Una condanna di un anno, o poco di più. Allora, dopo la bomba mi sono informato, e mi hanno detto che era uscito dalla galera proprio quella mattina. Bene, io so che lui ha calcolato, ha dosato, direi, la minaccia in modo che non mi arrecasse quasi nessun danno. Come per dirmi: ecco, sono qui, e la prego, mi faccia pervenire la solita somma. E io lo accontenterò: senza denunciarlo, naturalmente. In altri termini, io so che quest'uomo non mi farà mai un gran male. Perché lo conosco, è un povero diavolo, non è un delinquente pericoloso. Insomma, io credo di conoscere la gente: nemici e amici. E credo di non ingannarmi mai. Guai a chi cerca di ingannarmi, però.»

«Magnifico. La capisco perfettamente, ha fatto bene a raccontarmi quella storia. Credo che si potrebbe andare d'accordo. L'amicizia, negli affari, è una questione di equilibrio. Piccola bomba, pochi soldi. È così? È così?»

«Certo che è così. Mi parli dunque di questa proposta... universale. Ma le dico subito che anche io ho un'idea universale.»

«Eh, lo so: se no, non avrei nemmeno accennato a... a perché vado a Los Angeles.»

«No, lei non sa niente della mia idea. Sia sincero. Cominci adesso a essere sincero con me. Io sono sincero nell'assicurarle che la mia idea non è quella che crede lei. Lei pensava alla televisione, sì o no?»

«Sì, certo: la televisione, sì.»

«Ebbene: no. Non si tratta di televisione. Si tratta di qualche cosa d'altro. Lei non si immagina di che cosa. E io non le dirò di che cosa si tratta se non dopo che lei mi avrà detto con precisione perché va a Los Angeles. Una sceneggiatura, va bene. Ma cosa, e come? Io, ecco, posso solo anticipare qualche cosa che equivale alla sua parola *sceneggiatura*. Così saremo in equilibrio, come ha detto molto giustamente. Solo che la mia non è una parola, è di più, è tutta una frase, un proverbio francese. Forse non lo conosce. Adesso glielo dico, così siamo in equilibrio, quasi in equilibrio: perché un proverbio è più lungo di una parola. Tenga poi conto di questo squilibrio a mio favore...»

«Un momento. Ne terrò conto, o no, quando mi avrà detto il proverbio. Il proverbio, o l'interpretazione del proverbio: cioè quando mi avrà detto come lei intende mettere in pratica quel proverbio.»

«Eh no, solo il proverbio.»

«E allora, scusi, sa? Ma allora, quando lei mi dirà solo il proverbio, saremo esattamente in equilibrio: la sceneggiatura, la parola sceneggiatura, è altrettanto vaga di qualunque proverbio. Tutto sta come io intendo realizzare quella sceneggiatura e tutto sta, in misura eguale, come lei intende realizzare il proverbio. Non le pare?»

«Va bene. Vada per questa parità» disse Felicìn.

«Vada per questo equilibrio» disse Peppino, «mi dica qual è il proverbio!»

«*Il faut toujours travailler sur les pauvres.* Bisogna sempre lavorare sui poveri. Ci pensi bene. Sur les pauvres. Sui poveri. Sopra i poveri. Tenendo conto dell'immenso guadagno che soltanto i poveri possono dare. Perché i poveri sono, in tutti i paesi del mondo, la grandissima maggioranza degli esseri umani. E per fare denaro bisogna lavorare su questa maggioranza.»

«Una tassa sui poveri, insomma?»

«Ebbene, sì, se vuole. Ma una tassa facoltativa, che i poveri sono liberissimi di non pagare. È tutta questione di una buona...»

«Di una buona organizzazione distributiva, naturalmente.»

«Una buona organizzazione? Sì, ma chi, fra me e lei, è più in grado di mettere in piedi una buona organizzazione?»

Peppino commise l'errore di tacere.

Felicìn approfittò subito di questo silenzio:

«Perché non risponde alla mia domanda, signor Peppino?»

«Perché ci stavo pensando.»

«Non è vero, caro Peppino. La risposta era un'altra. Eccola: perché, per mettere in piedi una grande organizzazione distributiva, lo ha detto lei, distributiva, insomma qualcosa che affascini irresistibilmente tutti i poveri, ci voglio io, sono molto più in grado io di lei!»

«Eh, no. Questo non è detto. Questo lo vedremo al momento buono.»

«Lo vedremo, va bene. Glielo dimostrerò presentandole dei conti, delle cifre, dei contratti, dei consuntivi!»

«Oggi come oggi, le posso dire, amico Felicìnne, che lei ha ragione soltanto in teoria.»

«Non è vero, non si tratta di teoria. Io non sono nato povero ma si vede che erano molto poveri i miei antenati, nel bergamasco... E il mio gusto è ancora quello dei poveri. Li capisco, sento come loro. E lei, invece...»

«Invece io sono nato nelle campagne del salernitano... fame!»

«Va bene ma, chissà, i napoletani sono più raffinati. Vede, per esempio, quella hostess che le piace tanto? Ammetto che è squisita, elegantissima... ma ai poveri non piacerebbe, ha qualche cosa di freddo, di chiuso. Non mi ha entusiasmato, insomma.»

«Perché mi ricorda quell'angelo? Volevo riuscire a farmi dare il suo nome, l'indirizzo...»

«Vada, ci vada. Questo sarebbe un buon principio, se mai riusciamo a combinare qualcosa col cinema, con la televisione e con i poveri: eh sì! noi due, se diventiamo soci, non litigheremo mai per una donna.»

Peppino si allontanò. Felicìn si mise a giocare a *seven-come-eleven* col barman. Dopo qualche minuto Peppino riapparve, aveva l'aria mortificata. Felicìn lo interrogò con lo sguardo. Peppino gli rispose chiudendo gli occhi e scuotendo il capo. Allora Felicìn, per consolarlo, cominciò a dargli del tu:

«Ma ti sei almeno fatto dare nome e indirizzo come volevi?»

«No» mormorò Peppino. «Non sono neanche riuscito a parlarle.»

2

Supina nel letto matrimoniale e lo sguardo al soffitto come se interrogasse uno dei gabbiani bianchi del tiepolesco cielo celeste e giallo paglierino che Armando Pizzinato era venuto a dipingere fino in California per far piacere a Eugenio, Irma mormorò:

«A che ora arriverai a Roma?»

Né il gabbiano né Eugenio risposero. Irma ripeté: «A che ora arriverai? Cos'è? Dormi di già?».

«No no... pensavo a una cosa. Dunque, sì, arriveremo a Fiumicino verso le dieci o le undici di giovedì mattina, ma qui a Los Angeles sarà ancora mercoledì, cioè la notte di domani.»

«Telefonami appena sei in albergo, per me va bene qualunque ora, anche se mi svegli. E sai l'albergo?»

«No, ma credo il Grand Hotel, Peppino va sempre lì, e anche quell'altro, almeno penso...»

«Chi, il milanese?»

«Sì, Napoleone detto Felicìn...»

«Posso spegnere, Genio? Hai sonno?»

«No, non ho sonno, figurati un po' se ho sonno! Ma spegni lo stesso... si parla meglio.»

Irma spense e seguitarono a chiacchierare nel buio, secondo la loro vecchia abitudine. E non avevano neanche perso quella di dormire insieme. La camera attigua era riservata a Irma: ma usata soltanto se lui o lei non stavano bene, o se, come era appunto accaduto qualche settimana prima, nel dicembre 1986, la bambina Jill abitava in casa dei nonni, perché il fratellino aveva il morbillo.

Da quattro giorni, ormai, Peppino e Felicìn si trovavano a Los Angeles. Appena arrivato, Peppino non aveva nemmeno telefonato, come sarebbe stato naturale, per dire a Eugenio che era lì con il nuovo amico *internazionale*. No. Invece di telefonare, alle dieci di mattina, i due generali d'industria avevano suonato il campanello e la famosa Verna, la cuoca nera, era andata a aprire! Già Felicìn aveva messo in mano alla Verna un biglietto da dieci dollari, già Peppino ad altissima voce le diceva di avvertire Professor Kramer che due amici di Washington volevano vederlo e avevano fretta.

«In a hurry? Washington?» la vecchia Verna spalancò gli scaltri occhi, sorpresa e perplessa. Poi l'aspetto dei due le parve abbastanza rassicurante per rischiare tutto, e sparì.

Apparve Eugenio, Eugene, in una immensa vestaglia color bordò. Peppino, sinceramente commosso, gli si gettò al collo quasi con un salto: Eugenio era molto più alto di lui. Baci, abbracci, perfino lacrime.

«E questo è Guffanti, il mondiale Guffanti del quale ti ho tanto parlato per telefono...» Piacere, piacere: Felicìn e Eugene si strinsero la mano. Ma ciò che seguì immediatamente fu addirittura brutale. Rifiutandosi fisicamente di muovere un passo avanti e entrare in casa così come col gesto gentile Eugene invitava l'uno e l'altro, Peppino dichiarò:

«Dimmi subito se esiste, qui, in questa villa... è qui che tu abiti, no?... se esiste, qui, tutto il materiale che nel 1959 avevi preparato quando si trattava di girare *Il Giudizio Universale di Michelangelo...*»

Eugene rise:

«Ma sì, certo, esiste, tutto quanto. Sai benissimo che io sono un uomo ordinato. Entrate, adesso... Anche lei, la prego, Guffanti! Nel giro di pochi minuti, tutto quanto... toccar, vedere e leggere / a ciaschedun farò!» Seri, cupi, Peppino e Felicìn gli passarono davanti e varcarono la soglia della sua casa, mentre Eugenio sospirava malinconicamente: peccato che questi due grandi produttori con i quali probabilmente avrò da fare non si ricordino Dulcamara, l'*Elisir d'amore*! Eugenio capì che la velocità degli ignoranti era il grande segreto del successo di Felicìn, la velocità con cui conduceva qualunque trattativa.

La stessa, antica, meravigliosa, perfetta biblioteca di via Gregoriana era stata trasportata e ricostruita qui a Beverly Hills, in una grande sala a terreno. Al centro, su un lucidissimo tavolo di mogano, Eugene aveva rapidamente e ordinatamente sciorinato il materiale del *Giudizio*: copioni, riassunti, cataloghi, fotografie, disegni di costumi e di ambienti. E aveva lasciato lì da soli Felicìn e Peppino perché prendessero visione e si rendessero conto di tutto. Felicìn fu il primo a entusiasmarsi: la grande trovata di Eugenio non consisteva nella semplice idea del *Giudizio Universale*; ma in un'invenzione assolutamente nuova. Come se ogni personaggio degli affreschi di Michelangelo avesse una propria storia – dopo un breve prologo quella storia si trasformava in un'altra storia, non antica ma moderna, con personaggi moderni. E magari figure mitiche o della Bibbia o leggendarie, e di epoche precedenti il secolo di Michelangelo si trasformavano in famosi personaggi della nostra epoca attuale, dell'Ottocento o del Novecento. «Con i trenta films» disse Felicìn a Peppino «noi abbiamo, così, la possibilità di *giudicare*: di mandare in paradiso o in purgatorio o all'inferno tutti gli uomini più celebri, Hitler, Stalin, Churchill, Picasso, Hemingway, Gandhi e Charlie Chaplin! Possiamo fare tutto quello che vogliamo! Ma dobbiamo aggiungere una clausola al contratto, dobbiamo garantirci in ogni caso... scrivi tu, per piacere, hai una calligrafia più chiara della mia. Così gliela facciamo firmare subito, insieme al resto. Scrivi a matita, poi la ricopiamo sul contratto stesso. Questa clausola, bisogna inserirla nel terzo comma dell'articolo cinque, dove si tratta di ciò che lui dovrà fare subito, a Roma. Ecco, scrivi: Il professor Eugenio Kramer si impegna altresì a eseguire una serie di provini-guida, per i costumi, di tutti i personaggi principali. Gli attori che serviranno per i provini non saranno, naturalmente, gli attori famosi, di tutte le nazioni del mondo, che poi gireranno i films, ma soltanto delle controfigure. Hai capito, Peppino?»

«Certo che ho capito. Così avremo, subito, una falsariga per scegliere gli attori famosi.»

«Qualcosa di più. Possiamo perfino, con un semplice trucco, usare fotografie dei famosi e stampare *el liber*... el liber in sette lingue di tutto il mondo che servirà a lanciare la grande serie televisiva. L'è 'n liber che, secondo il nostro accordo di Washington, sarà stampato dalla mia casa editrice, e deve essere in vendita un anno prima dei films.»

Qualcuno bussò alla porta. Era la Verna con il tè, il caffè, sughi di frutta. E poi Eugenio, che intanto si era vestito e fatto la barba.

Felicìn si alzò e gli andò incontro:

«Tutto bene, caro professore. Tutto è pronto. Abbiamo dato una guardata al materiale, c'è una quantità di particolari che non ci piacciono, delle ingenuità... per esempio bisogna aumentare il numero delle Sibille e dei Profeti che aprono ogni episodio: vedo che qui sono pochi, sette Profeti e cinque Sibille...»

«Be', sono sette e cinque nell'affresco di Michelangelo.»

«Non me ne frega niente. Bisogna farne 15 e 15, perché gli episodi sono 30. Capito? Ma questo non è niente... A proposito, gli episodi, tutti nuovi, devono essere, attuali! Lei ha messo in scena personaggi di tanti anni fa... Ma non ci vuol niente a sostituirli con altri. Insomma la cosa, nel suo insieme, può andare, va. C'è una sola condizione. Bisogna agire subito, e fare in fretta. Come le avevo prospettato nel caso che il soggetto ci piacesse: lei adesso dovrebbe venire con noi a Roma. I trenta films di un'ora l'uno che formeranno la più spettacolare serie televisiva mai messa in opera, questa interpretazione universale del *Giudizio Universale* che sfida e celebra il capolavoro di Michelangelo, bisogna assolutamente che sia pronta per il primo gennaio 1989 perché – e questa è una notizia che assolutamente non bisogna ancora comunicare alla stampa – perché il Papa ha deciso di dichiarare ANNO SANTO appunto il 1989.»

Peppino, togliendo la parola a Felicìn, urlò a Eugenio:

«Io ti voglio bene, e anche l'amico Felicìnne, che ti conosce soltanto adesso, sono sicuro che ti vorrà lo stesso bene che ti voglio io: ma c'è una condizione, tu devi metterti in testa che da questo momento noi... noi tre, e tu sei il nostro primo e più importante collaboratore per il semplice motivo che l'idea di partenza è tutta tua... noi tre, da questo momento non dobbiamo occuparci di niente altro finché i trenta films saranno girati e montati. E non dobbiamo, da questo momento, perdere più un solo minuto!»

Eugenio rise:

«Che cos'è che vuoi? Un giuramento? vuoi che mi siringhi una vena e firmi col mio sangue?»

Peppino si arrabbiò:

«Voglio che tu non rida!»

Felicìn si interpose bonario:

«Lascialo ridere. A me basta che lei lavori e intanto legga il contratto. Eccolo qui. C'è una clausola che dobbiamo aggiungere, una sciocchezza. Se vuole farlo leggere al suo avvocato bisogna che se ne occupi oggi stesso. Sarebbe bene che potessimo firmare domani mattina. Noi partiamo, spero insieme a lei, mercoledì. Abbiamo già un posto, anche per lei, da qui a Washington, e da Washington a Parigi, un Concorde. Poi, subito, da Parigi a Roma, e anche in quell'aereo abbiamo fissato un posto per lei.»

Peppino stava finendo di ricopiare la breve clausola sul contratto. Lo consegnò a Eugenio e Eugenio lo prese senza guardarlo:

«Penso che ci sarà da discutere qualche cosetta, no? Dubito che mi sia possibile firmare domattina. Ma, a parte l'avvocato, quello che più importa è l'opinione di mia moglie. Temo che mia moglie non abbia, almeno per il momento, molta voglia di tornare in Europa.»

Praticamente Eugenio passò tutta la giornata e la serata a discutere la bozza del contratto con Irma e con Horsy. Il vero nome di Horsy era Arthur Formichelli, quello stesso personaggio con il quale il dottor Brezzi si era messo in contatto. Americano di lontana origine abruzzese, collezionista d'arte, avvocato di professione e, soprattutto, il solo amico autentico che dopo quindici anni Eugenio avesse in America. Arthur viveva a San Francisco, ma rispondendo all'appello era accorso: alle cinque del pomeriggio era a Beverly Hills. Eugenio lo chiamava Horsy non perché la sua fisionomia fosse in qualunque senso cavallina ma semplicemente perché l'avvocato Cavalli, sempre vivo e vegeto a Milano, era l'unico rimpianto, l'unica affettuosa memoria che gli rimanesse dell'abbandonata Italia.

Con lui e con Irma, Eugenio corresse e rifece il contratto. Horsy si fermò a dormire lì, dove aveva la sua stanza che tante altre volte lo aveva ospitato, e durante la notte tradusse l'intero testo in inglese, con tutti quegli accorgimenti, quelle riserve e meticolosi cavilli che sono d'uso negli States. Già Felicìn e Peppino avevano naturalmente previsto lo schema dei compensi in dollari, salvo quelli che riguardavano la trasferta in Italia. Ma, con una quantità di clausole, Horsy aumentò considerevolmente il totale. I due compari, secondo gli accordi, arrivarono puntuali alle undici e mezza della mattina dopo. La trattativa fu durissima, ma relativamente rapida. Eugene e Horsy, a un certo momento, si alzarono decisi a troncare. Gli altri due chiesero di appartarsi, Eugene e Horsy uscirono dalla biblioteca nel giardino, e rientrarono quando Peppino si affacciò:

«Il tuo contratto, cambiando qualche cifra, lo abbiamo già firmato. Puoi guardare, è lì sulla tavola: se ti va, firma anche tu, e tutto è OK. Se no... se vedimmi da Caflish all'ott'e mezza!»

L'aumento richiesto da Horsy era un po' più del 50% della cifra totale offerta dai due: adesso l'offerta comportava un aumento del 35% rispetto a quella iniziale. Eugene e Horsy si guardarono un istante. Horsy strizzò un occhio, Eugene prese la penna e firmò:

«Peppino! vado a chiamare Irma! Ancora non vi siete visti! È lei che dovete ringraziare, se lei diceva no, non se ne faceva niente!»

Eugene tornò con Irma, e subito dietro la Verna con lo champagne e i bicchieri di Boemia. Era una bellissima giornata, tutti uscirono in giardino per brindare.

Il giardino, come lo si vedeva dall'interno della biblioteca attraverso la grande finestra terrena e tra le due alte, pesanti tende di broccato, sembrava un parco. Appena fuori, Felicìn e Peppino, mentre alzavano i bicchieri e con gioviali evviva li toccavano in giro, ebbero una sgradevole sorpresa che immediatamente si sentirono obbligati a dissimulare. Credevano di trovarsi davanti a una boscaglia, a una foresta in mezzo a cui, un po' più in qua o un po' più in là, si sarebbe vista l'apertura di un viale in profondità, verso una radura lontana, aiuole fiorite, un gioco di tennis, una fontana, una piscina. Niente di tutto questo, invece. Si trattava di uno stretto spazio coltivato a prato, chiuso tra la facciata posteriore della villa e un alto dirupo roccioso rivestito di rampicanti verdecupi e affiancato da sottili alberi carichi di foglie. Soltanto a destra e a sinistra, ai due lati in fondo, là dove finiva la villa che era lunga e bassa, un solo piano oltre il terreno, sembrava che ci fosse un po' più di spazio. Istintivamente, coi bicchieri in mano, Peppino e Felicìn si spostarono lentamente, chiacchierando con Eugenio, e sperando di vedere quelle aiuole, quelle radure, quegli slarghi che avevano immaginato al di là dell'immaginaria foresta. Qualcosa c'era infatti: ma quale delusione! da una parte, sì, una piscina, ma poco più grande di quelle rozze vasche dove, nel retro di certe osterie della Val di Susa guazzano le trote. Felicìn e Peppino rabbrividirono quando Eugene imperterrito disse:

«Ecco, vedete? abbiamo anche la piscina!»

E rabbrividirono anche dall'altra parte della villa, uno spazio appena un po' più largo dove Eugene, indicando un folto di alberelli carichi di bacche rosse: «E lì» disse, «lì ci sono i colibrì!».

«I colibrì!?» esclamarono comicamente insieme i due industriali.

«Eccoli! lì su, ce n'è uno! Ecco che vola!»

«L'hai visto tu, il colibrì?» fu la prima cosa che disse Felicìn a Peppino appena furono soli nella Cadillac da noleggio che li riportava a Los Angeles come dei tycoons.

«No, non l'ho visto.»

«Ma quello che mi fa rabbia, è che... non te l'ho detto, ma giuro che ci ho pensato più di una volta, ieri mattina, mentre guardavamo il materiale. Volevo uscire e dare un'occhiata al giardino. Porca miseria, perché non l'ho fatto. Bisogna sempre seguire l'istinto. Per fare in fretta, mi sono fregato! Avremmo risparmiato un bel po' di migliaia di dollari!»

«Insomma, Eugenietto ci ha fregati, e lui e l'avvocato, anche, con la trovata di fare il contratto in inglese!»

«No, la fregatura ce la siamo data da noi. Siamo troppo abituati a pensare all'America come a qualche cosa di super! Oscar, l'Oscar! Quanti Oscar ha preso Eugene Kramer?»

«Sette» disse Peppino.

«Sì, ma cosa vuoi che capitalizzi un disgraziato di un costumista-scenografo in confronto a un attore star, o a un produttore? Niente!»

«La verità è anche questa, Eugenietto lo conosco, io! Lui ha voluto soprattutto costruire una bella casa, e arredarla alla grande, all'antica, come aveva fatto a Roma in via Gregoriana. E, così, è stato obbligato a risparmiare nel terreno. È stato obbligato a contentarsi di un canyon! Sai cos'è un canyon? Ce ne sono anche di immensi, naturalmente. Ma questa era la fine, o il principio, non so, di un canyon... una gola, un buco. Quel terreno, tutto schiacciato tra la strada e la montagna, gli sarà costato una sciocchezza!»

«Meno dei colibrì, forse!» concluse Felicìn. «Ma se li avessi visti, o piuttosto non visti, prima... ti assicuro che avremmo fatto un bel risparmio.»

«Stai tranquillo, ci rifaremo, anzi, come dite voi? Ghe pensi mi.»

«Lo sbaglio, il nostro sbaglio, tuo e mio, è stato invece un altro. Quando siamo arrivati da Kramer, noi, in macchina, discutevamo... non mi ricordo più di che cosa discutevamo...»

«Sì, mi ricordo, tu parlavi del tuo liber, come stamparlo, come farlo tradurre, come distribuirlo...»

«E non abbiamo neanche dato un'occhiata alla villa, da fuori. Ci siamo trovati subito sotto, non abbiamo visto che c'era, dietro, una montagna. Prima la strada era bella larga, in mezzo a grandi parchi.»

«Si capisce, il canyon non era ancora incominciato.»

«Tu però lo sapevi, sei stato a Los Angeles tante volte.»

«Sì, ma non ero mai stato in quel maledetto canyon, sapevo che Kramer era qui, ma non ho mai avuto bisogno di lui, e non sono mai stato da lui. Lui lavorava sempre per le grandi firme, Metro Goldwin, Warners Brothers, Paramount...»

«Va bene» disse Felicìn. «Adesso mi viene un'idea.»

«Quale?»

«Un'idea nuova. Cambio tutto. Kramer mi è simpatico...»

«Anche a me, per quello.»

«Benissimo. L'idea è questa. Non dobbiamo assolutamente vendicarci. Tanto il contratto è lì. Non pensiamoci più, mai più. Io sono fatto così.»

Al buio, nel loro letto matrimoniale, l'ultima notte prima della partenza di Eugenio, Eugenio e Irma continuavano a parlare o, piuttosto, a scambiare qualche parola di tanto in tanto.

«Perché sospiri?» domandò Irma.

«Così. Non so. Oppure...»

«Oppure?»

«Ebbene, sono molto triste. Mi dico che abbiamo fatto male a firmare questo contratto.»

«Vedi come sei. Ti contraddici. Credi forse che io sono contenta di vederti partire e di stare lontana da te chissà quanto tempo? Ma io non dico niente. Horsy ci ha dimostrato che, oggi, in nessun caso avresti potuto realizzare la stessa cifra con il tuo lavoro qui, nello stesso periodo di tempo. E perciò, anche se non sono affatto contenta, penso che hai fatto benissimo a firmare.»

«Sì, ma sento una grande malinconia a tornare in Europa dopo quindici anni. Sono lunghi, sai? Non sono come Horsy che va in Italia per qualche settimana, almeno una volta l'anno, con la scusa della sua collezione di paesaggi dell'Ottocento. Per me è duro tornare là. Malinconia, sì. Sento come qualcosa in gola. Un peso, qualche cosa che si stringe.»

«Vuoi la verità? Tu sei un grande ipocrita. Tu, invece, muori dalla voglia di essere là, e siccome sai che a me fa dispiacere, mi dici che sei triste.»

Eugenio si alzò a sedere sul letto, quasi gridando: «No, no e poi no! Sbagli, sei cattiva, sei maligna, non capisci niente di me, come sempre. Se ti dico che sento qualche cosa nella gola, tu credi che io mi riferisco a chissà cosa... Ma io, invece, mi riferisco soltanto a questo nodo che ho, qui, nella gola. Niente altro. È una pena fisica, senza pensieri. Capito?».

«Va bene, ma una volta là, quel nodo alla gola non lo sentirai più. Troverai tanti amici... tutti che ti festeggeranno...»

«Stupidaggini. Tu sai benissimo che vedrò o, per lo meno, cercherò di vedere soltanto Cavalli.»

«E Alberti!»

«Be', Alberti lo vedrò per forza, spero anzi che mi aiuti in questo nuovo lavoro. Lo sai, te l'ho già detto, dovrò organizzare tutta la baracca. Dovrò scegliere, insieme a loro due, si capisce, quindici sceneggiatori e quindici registi, che dirigeranno i trenta films, due ciascuno. Dovrò fare una quantità di provini-guida, con attori provvisori, che poi saranno sostituiti da tanti attori veri e famosi in tutto il mondo ma intanto serviranno per el liber, il libro del colossale lancio pubblicitario... e io sarò, dicono loro, così dicono, il Registissimo, il responsabile di tutto quanto... Non so se Alberti potrà e vorrà aiutarmi. Pare che abbia quasi preso il mio posto, a Roma. Sarà occupatissimo...»

«Be', se dovrai scegliere tutti quei registi e sceneggiatori, non potrai mica tu solo disegnare le scenografie e tutti i costumi...»

«Certo, certo, ma vorranno pagarli poco, proprio perché hanno pagato molto me, e forse non potranno dare a Alberti quello che Alberti prende oggi, e così via... sarà una vita dura, insomma. Mi spremeranno come un limone, fino all'ultima goccia. Siamo nel gennaio dell'87? Ebbene figurati, questo non te l'avevo ancora detto, loro vogliono novantanove provini-guida per il gennaio dell'88, novantanove provini-guida, dicono che i personaggi – non so perché, motivi pubblicitari – devono essere novantanove!»

«E vedrai anche Olga, forse... se c'è... e se è ancora a Roma, verrà certamente a chiederti di farla lavorare...»

«Olga? Come mai ti viene in mente Olga? Con me, non si è mai più fatta viva. Lo sai benissimo, se si fosse fatta viva te lo avrei detto subito. Ma, forse, si è fatta viva con te, e tu me lo dici soltanto adesso perché vado a Roma.»

«Sei matto, Genio! Puoi pensare, anche per un solo istante, che se avessi saputo qualche cosa da Olga o anche soltanto a proposito di lei, non te lo avrei detto?»

«No. Infatti non l'ho mai pensato.»

«Eppure hai anche ragione, in qualche modo, se hai pensato questo di me... a proposito di lei...»

«Di lei? di Olga?»

«Sì, una cosa che non ti avevo mai detto... e se non te l'ho mai detta, c'era anche una ragione.»

«Cioè?»

«È una cosa che, in qualche modo, potrebbe anche spiegare il suo comportamento assurdo quella sera prima della tua festa, l'ultima volta che l'abbiamo vista.»

«Dimmi adesso, dunque.»

«È una cosa molto dolorosa. È una cosa che io avevo sempre saputo, e mi era stata rivelata da un'amica che abbiamo in comune, la Silvia... ti ho mai parlato di Silvia, quella nostra amica di Bolzano? A me pare che una volta, una sola volta, te ne ho parlato.»

«In ogni caso, non mi ricordo... sono sicuro di non ricordare... Allora?»

«Ebbene, Silvia mi aveva detto che Olga aveva, già da tempo, quando eravamo tutte ragazze... mi aveva detto che Olga soffriva di una malattia gravissima, incurabile, il cuore. E che poteva andarsene da un momento all'altro, dall'oggi all'indomani. Silvia non poteva essersi inventata una cosa simile, di questo sono certa. E quando avevo deciso di raccomandartela perché tu la facessi lavorare, Olga mi faceva tanta pena appunto per questo, e sono stata lì lì per dirtelo, ma poi non l'ho mai fatto perché ho pensato che era molto meglio così, e sono contenta di non avertelo mai detto, allora. Ma adesso, quindici anni dopo, penso che può anche darsi che lei non ci sia più...»

«Ma lei, lei, sei sicura che lei lo sapeva?»

«Vuoi dire se lei sapeva della sua malattia?»

«Sì.»

«Ecco, su questo, sono sempre, fino dal principio, stata in dubbio...»

«In dubbio? Com'è possibile?»

«È possibile perché anche Silvia aveva questo dubbio. Silvia non lo sapeva da lei, vedi? Lo sapeva da suo padre, il padre di Silvia, che essendo medico temeva che Silvia si trovasse, da un momento all'altro, nelle condizioni di dover soccorrere Olga. Le aveva anche spiegato quello che in caso doveva fare...»

«I medici sbagliano tante volte.»

«E una di quelle volte potrebbe anche essere proprio questa, no?»

«Speriamo» disse subito Eugenio.

«Speriamo» ripeté Irma. «Ma io ho sentito di dovertelo dire lo stesso, ormai...»

Ci fu, a questo punto, un lungo silenzio, nel buio, tra Irma e Eugenio.

Finché Irma mormorò:

«Ecco perché ti avevo persuaso a regalarle la macchina. È stata così felice! Non me ne sono mai pentita, neanche dopo la folle scenata di quella sera, e non me ne pento neanche adesso, in ogni caso.»

«In ogni caso» ripeté Eugenio senza sapere, dicendolo, a che cosa pensare esattamente.

Ancora un altro lungo silenzio, nel buio.

E di nuovo Irma, ma più chiaramente, mormorò: «Telefonami una volta al giorno, siamo intesi? E metti in conto alla Company, naturalmente. L'ora migliore qui, per me, è dalle tre del pomeriggio in poi perché mi trovi sempre in casa».

«E va bene anche per me, là sono le undici di sera, mezzanotte, così poi dormo bene. Ciao, Irma.»

«Ciao, Genio, cerca di dormire bene anche questa notte.»

3

Roma gli apparve dall'alto, mostruosa come un'eruzione patologica su una pelle umana. È vero che tutte le grandi città, viste da un aereo, fanno questa impressione: che cosa sono, infatti, le città, se non particolari eruzioni prodotte dal genere umano sulla pelle della terra? Ma nessuna è così informe, disordinata, *casual*, e le storie dell'urbanismo spiegano come e perché, attraverso i secoli, Roma sia nata e cresciuta sviluppandosi continuamente *a macchia d'olio*. In tutte le altre grandi città, tanto più chiaro quanto più dall'alto, e perfino nelle fotografie eseguite dopo un bombardamento, noi ravvisiamo subito un disegno armonico e unitario, il segno di una mentalità razionale: ecco, infatti, l'intreccio delle principali vie di comunicazione e il loro rapporto con il sito dei più importanti gruppi edificati, e ecco simmetrie, convergenze iterative, e concepite al solo scopo di semplificare la vita associata di una popolazione numerosa. Ma sciagurata Roma! fatta e intanto disfatta dalle discordie, dai soprusi, dai delitti, dalla violenza, dall'ambiguità! Triste, povera Roma! pensò Eugenio: e quella che vedeva dall'aereo non era un'immagine, era un effettivo errore, un reale orrore! Ah, la geniale ellisse che racchiude il centro di Parigi! I due centri, i due *fuochi*! L'Arco di Trionfo e Place de la Concorde! La somma delle loro distanze, da qualunque punto le si misuri della curva ovale che circoscrive l'ellisse, risulta sempre uguale! Dal Concorde, un'ora prima, aveva visto Parigi; il Concorde aveva fatto, prima di atterrare, un giro intorno alla città; e Eugenio rideva ancora, pensando a Peppino il quale, durante tutta la traversata dell'Atlantico, gli aveva parlato di una hostess meravigliosa, che lui era stato così deluso di non trovare a Washington sul Concorde!

«So benissimo che era un'eventualità improbabile: soltanto una settimana di distanza dall'altro volo! Ma, non so perché, il cuore mi diceva che l'avrei rivista. E non so nemmeno il suo nome! Ma bisogna assolutamente che la ritrovi. E tu, tu devi farle un provino... uno dei provini-guida! Sono sicuro che le daremo una parte!»

«Ma, scusa, non sono tutti attori e attrici famosissimi quelli che dobbiamo prendere?»

«Sì, ma io non pensavo solo al *Giudizio*, pensavo a uno qualunque degli altri film che sto girando, due in Italia e uno in Brasile, ne ho anche uno in Francia che si comincia a girare in marzo. Ecco, forse è proprio quello che andrebbe bene, dato che lei è francese! Se riesco a pescarla te la porto e sono sicuro che te ne innamori!»

«Il cuore ti dice anche questo?»

«No, no: ma quasi.»

E avrebbe voluto, Eugenio, citare il Manzoni ma ricordando l'ignorato Dulcamara si limitò a pensare: "Certo, il cuore, chi gli dà retta, ha sempre qualche cosa da dire su quello che sarà. Ma che sa il cuore? Appena un poco di quello che è già accaduto".

Ventiquattro anni prima di dipingere sulla parete di fondo della Cappella Sistina l'immenso affresco del Giudizio Universale, Michelangelo aveva già dipinto le cinque Sibille e i sette Profeti, formidabili pilastri pittorici che corrispondevano alle vele della volta e quasi parevano sorreggere tutto il soffitto della stessa Cappella con gli episodi della Genesi. Delfica, Eritrea, Cumana, Persica, Libica erano le cinque Sibille, ma cinque soltanto per il momento: ne mancavano altre dieci per contentare Felicìn. Ed è vero che, volendo attenersi alla mitologia, non se ne conoscevano più di altre sette, ma Eugenio lo tranquillizzò, assicurandogli che non sarebbe stato difficile inventarne, con i giusti nomi, anche più di sette, caso mai fosse stato necessario:

c'era, per esempio, la Sibilla Atomica, la Sibilla Stellare, e la Videosibilla!

Cinque Sibille, a ogni modo, le cinque già scelte da Eugenio tra un centinaio di generiche, erano state convocate a Cinecittà per le ore sette di quella mattina, martedì 7 aprile 1987, solo tre mesi dal ritorno di Eugenio in Europa. Si può dire che cominciava oggi, ufficialmente, la lavorazione del *Giudizio Universale, il più grande Kolossal di tutti i tempi*, così dicevano striscioni e inserti pubblicitari: una lavorazione che sarebbe durata due anni. Alle dieci in punto Eugene Kramer avrebbe dato il primo giro di manovella al primo provino-guida, davanti alle teleprese dell'attualità RAI e altri canali, e con il concorso dei giornalisti. A mezzogiorno e tre quarti preciso, sarebbero stati interrotti i provini, e Felicìn e Peppino, ossia i due amministratori delegati della PEPFEL insieme al Registissimo italo-americano Eugene Kramer avrebbero concesso una Conferenza Stampa e partecipato a un grande cocktail con antipasti. Alle due e un quarto doveva riprendere il lavoro dei provini-guida.

Eugene aveva proceduto alla scelta partendo da un principio a cui, nell'esecuzione pratica, bisognava obbedire come a un dogma infrangibile: un'idea che Felicìn aveva approvato subito con il suo solito entusiasmo e pubblicamente dichiarato *un'idea eugeniale*.

Come tutto ciò che è geniale, si trattava di un'idea semplicissima: proprio perché i trenta films della serie erano altrettanti racconti moderni, modernissimi, e non avevano più niente a che vedere con Michelangelo, bisognava sfruttare questa anomalia, questa stranezza, in qualche modo imitare Michelangelo e cioè affrontare lo stesso destino che Michelangelo affrontò quando, ventiquattro anni dopo, era tornato a Roma, a lavorare nella Cappella Sistina.

Ma quei ventiquattro, dal 1512 al 1536, erano stati più terribili ancora, molto più terribili degli anni che avevano ispirato il Boiardo a congedarsi dal suo *Innamorato*:

> Mentre ch'io canto, Iddio Redentore,
> vedo l'Italia tutta a ferro e fuoco...

Altro che ferro e fuoco! Nel 1527, il Sacco di Roma, barbaro sipario che scende sul Rinascimento. Nel 1530, l'Assedio di Firenze, le vane fortificazioni che Michelangelo stesso apprestò sperando di salvare la Repubblica Fiorentina, la libertà e la civiltà dei Comuni. Frattanto, nel giro di quegli stessi anni, cominciava a crollare la nostra speranza che la nuova religione ormai abbracciata dagli inglesi e dai tedeschi potesse illuminare noi almeno come i francesi.

Nell'architettura, nella scultura e nella pittura, alla fine del Quattrocento e ancora al principio del Cinquecento il nostro paese aveva raggiunto, con il senso dello spazio e dei volumi, la gloria dell'Ellade, una bellezza suprema di cui le Sibille e i Profeti michelangioleschi sono un monumento terminale: ma ventiquattro anni più tardi, la suprema bellezza era già penetrata dal piacere di soffrire. Impossibile che Michelangelo non abbia vissuto e sofferto fino in fondo quel periodo. Infatti, della spettacolosa gagliardia, della forza vitale che splende nelle Sibille e nei Profeti più niente resta nel megaffresco del Giudizio Universale, dove sembra addirittura che il soggetto apocalittico abbia influenzato lo stile, la pittura, fino a anticipare i secoli, l'impressionismo, l'espressionismo. L'idea di Eugenio dunque era di affrontare, se non altro come in una tragica caricatura cinematografica, lo stesso destino di Michelangelo. La durata di ciascuno dei trenta racconti era di un'ora, ma nel primo mezzo minuto di questo prologo si alternavano, come protagonisti, una Sibilla e un Profeta. E l'opera di Michelangelo doveva essere riprodotta cinematograficamente, ogni volta, con la massima possibile fedeltà. Le Sibille e i Profeti dovevano assomigliare miracolosamente ai formidabili, giganteschi modelli. Basta dare un'occhiata alle riproduzioni in fotocolor per capire che si trattava di un'impresa non soltanto ardua ma forse assurda. Senonché Eugenio sembrava che avesse risolto tutte le difficoltà. Bisognava però fare un esperimento. Il buon senso suggerì a Peppino di farlo in segreto, prima di cominciare a girare senz'altro tutta la serie delle Sibille e quella dei Profeti. Ma Felicìn si oppose: si sarebbe perduto tempo e sprecato denaro: no, secondo Felicìn, era appunto per mettere alla prova la capacità di Eugenio che conveniva lasciargli sfidare in principio il più grave pericolo di tutta l'impresa.

Eugenio fu d'accordo e pregò Alberti, il quale una trentina di anni prima lo aveva aiutato a scrivere il soggetto del *Giudizio Universale*, di venire, per l'occasione, a aiutarlo. Eugenio aveva in mente un vecchio trucco cinematografico: Sibille e Profeti, quelle figure immani, erculee, sedute ciascuna sul suo trono, i piedi poggiati sui massicci basamenti marmorei, le membra avviluppate dai panneggi che lasciano sempre visibili o sensibili la strabiliante energia e possanza della muscolatura: Sibille e Profeti, bisognava girarli su un fondo nero, ricoprendo, rivestendo di un nero opaco che lo renda assolutamente invisibile tutto il resto dell'ossatura scenica, ossia i troni, i basamenti, le colonne, ecc. E poi, con una seconda ripresa separata, su un'altra pellicola, tutto il resto girarlo nella propria realtà marmorea aggiungendovi gli oggetti, le lampade, i vasi, e i personaggi minori, gli assistenti, i servitori, e specialmente i putti, i genietti, gli angioletti che negli affreschi circondano, variamente disposti qua e là, Sibille e Profeti, e danno vita alla scena. Questa seconda ripresa deve essere eseguita in base a un calcolo esatto, secondo cui le dimensioni dei putti e dei troni o dei basamenti siano ridicolmente modeste rispetto alle dimensioni dei Profeti e delle Sibille. Anche l'illuminazione deve essere studiata in modo che, sebbene geometricamente identica nella prima e nella seconda ripresa, privilegi come intensità le figure protagoniste, facendone risaltare le forme, i volumi. Infine, con l'antica operazione della cosiddetta *truka*, stampando i due negativi combaciati. Per fortuna, erano ancora vivi due vecchi amici di Eugenio, che erano i più bravi *trukisti* di Roma. Se le prime prove non avessero soddisfatto, non ci voleva niente a far venire da Hollywood qualcuno che era all'altezza.

Delle Sibille (quelle di Michelangelo) due erano giovani e bellissime. Una, la Sibilla Delfica, era una sublime, poderosa montanara toscana dell'alta valle del Tevere, proprio dove era nato Michelangelo: regge con la mano sinistra una scrittura, una pergamena che ha lasciato srotolare, ma, come a un richiamo, si è voltata in quel momento e guarda in senso inverso alla rotazione che il suo corpo aveva, ancora un attimo prima, per leggere la pergamena: ma il suo sguardo è di sorpresa e quasi di leggero spavento: qualcuno che, neanche a farlo apposta, lei proprio non si aspettava e forse porta una notizia non buona: le sue carnose labbra sono socchiuse come per un sospiro o una domanda: è una donna che appena vista si ama e che si vorrebbe rassicurare, consolare. L'altra, è una signora fiorentina, aristocratica e intellettuale: legge tranquilla un grosso libro poggiato, a distanza, su un leggio, e stende il braccio per voltare pagina in questo momento; le sue braccia sono muscolose come quelle di tutti i personaggi di Michelangelo, ma i piedi sono piccoli, e le gambe, sotto i panni del peplo, accavallate con strana grazia: il suo profilo è delicato, sottile, le labbra chiuse con un lieve sorriso scettico e affettuoso, ha finito di leggere qualcosa che già sapeva e di cui non è ben convinta, per questo volta pagina.

Come risulta da queste due prime Sibille, Michelangelo cerca di sorprendere i suoi personaggi in azione, in un movimento del corpo, e in un cambiamento dell'espressione. Normale e naturale, perciò, che Eugenio abbia girato questi due primi provini, la Delfica e la Eritrea, non con delle riprese statiche, fotografiche, ma mettendo in scena due piccole pantomime verosimili con una serie breve e precisa di azioni che cominciano un po' prima dell'attimo e che finiscono, sospese e fermate appunto in quello stesso attimo scelto da Michelangelo per consegnarlo in un lunghissimo futuro a tutti quegli esseri umani che potranno amare le sue opere.

Eugenio gridò:

«Attenzione, Delfica! Delfica... Via!» E Delfica già seduta sul suo invisibile scranno, già voltata a sinistra, e già stringendo in mano il cilindro ancora chiuso, lasciò, al via! cadere la pergamena che si srotolò fino in fondo. Allora Delfica cominciò a leggere le prime righe della pergamena. E quindi Eugenio, che era tutto accostato alla macchina da presa, fece un cenno a Alberti che aspettava il cenno, in piedi, fuori campo, lontano, e nascosto dietro un paravento nero, dalla parte opposta di quella della pergamena. Al cenno, Alberti uscì fuori dal paravento e nel silenzio completo chiamò a bassa voce ma imperiosamente:

«Sibilla Delfica!»

Delfica si voltò di scatto, un po' spaventata, verso Alberti il quale era centrato da uno spot appunto perché Delfica lo vedesse subito, nitido e preciso in mezzo al buio.

«Delfica! fermati un po' così» disse allora Eugenio adagio e tranquillo. Poi contò mentalmente dall'uno al tre. E poi gridò: «Stop».

Con lo stesso procedimento, fece il provino-guida della Sibilla Eritrea. Tutt'e due le Sibille giovani e belle erano ragazze che, senza aver mai sostenuto parti di rilievo, avevano fatto un po' di cinema. Un po' più difficile si dimostrò, per Eugenio, il terzo provino, quello della Sibilla Cumana, che doveva essere vecchia e brutta, una faccia da strega: ma che, purtroppo, non era né abbastanza vecchia né abbastanza brutta e, peggio ancora, diceva di non avere mai lavorato, in nessun modo, nel cinema. Eugenio l'aveva scelta per due motivi: uno, aveva dato senz'altro la prova di essere svelta e intelligente; due, aveva una qualità indispensabile. Se, nell'affresco di Michelangelo, la Sibilla Cumana, orrenda e terribile, mostrava chiaramente di possedere due poppe eminenti, sode, quasi giovanili, si dava, per un caso straordinario e decisivo, che la ignota signora anziana non troppo vecchia né troppo brutta (e a questo non sarebbe certo stato difficile rimediare) aveva due poppe formidabili e fin troppo desiderabili. Perché, si fa presto a dire, e generalmente si crede che sia facilissimo, in cinema, in teatro e anche nella vita, procurare due belle mammelle a una donna che non le ha. Ma niente, per consolidata esperienza del buon Eugenio, era così ridicolo e difficilmente dissimulabile come un paio di poppe di gomma o di plastica, soprattutto quando è necessario esibirle come si compiacque di esibirle Michelangelo, parzialmente a nudo.

Non c'è dubbio che la solenne egloga quarta di Virgilio abbia ispirato Michelangelo: "Ultima Cumani venit iam carminis aetas": già arriva l'epoca ultima del carme Cumano. La Sibilla Cumana è l'ultima, ossia la più vicina a noi: essa fruga con lo sguardo nelle sacre carte cercando di scoprirne il senso profetico, e appunto così la rappresenta Michelangelo. Ma l'interpretazione che gli studiosi danno del grintoso profilo della vecchia è certamente riduttiva, piccolo borghese e pavida: "intenta a una lettura faticosa e sorda: sembra naturale immaginare che essa simboleggi una difficile penetrazione del mistero cristiano", così dice uno di quei miopi. Ma Michelangelo vedeva lontano, grande e tragico. La difficile penetrazione del sacro testo si è compiuta un momento prima, Michelangelo sceglie il momento successivo: quando la Sibilla Cumana è improvvisamente sconvolta dallo sdegno e da una pietà profonda. Ha decifrato il testo, con sommo dolore ha appreso la profezia apocalittica. Verrà un giorno che immense sciagure colpiranno l'umanità.

E proprio per questo bisogna che la vecchia Sibilla sia ancora vegeta e vitale, come appare dal suo seno semiscoperto. "E morta la mammella pende" è un verso di d'Annunzio, non di Michelangelo. Eugenio stava, appunto, per dare il via al provino-guida della Sibilla Cumana: insegnava alla vecchia, ignota signora come dovesse, in principio, tenere chiuso, con due mani, il grande librone delle profezie, e come dovesse prepararsi a fare perno del dorso rilegato sul cuscino di cuoio che copriva il bracciolo marmoreo del trono. Di colpo, al via! la Sibilla doveva aprire il librone a un punto qualunque, spalancarlo bene, divaricando bene le braccia e subito, come affidandosi alla sorte, curvarsi in avanti e fissare un punto centrale della scrittura, verso la metà del foglio, a destra. E questo momento era il più difficile: la Sibilla doveva, fissando quel punto, assumere quell'espressione di sdegno, dolore, pietà.

Ripeterono la prova più volte. Finché Eugenio disse:

«Brava, signora! Perfetto! Adesso giriamo!» e in quel momento stesso, mentre aveva appena finito di dire "Giriamo!", vide sbucare da dietro della macchina da presa un ragazzino in jeans azzurri, attraversare di corsa la scena, saltare con un solo salto i tre alti gradini del trono invisibile, e infine arrampicandosi al trono curvarsi tutto sulla Sibilla.

«A ragazzì, che ffai! Sei matto?» gridò Eugenio nel cattivo romanesco, in cui istintivamente ricadeva da quando si trovava a Roma. Era l'aiuto operatore, un ragazzo che aveva visto per la prima volta quella mattina.

Il ragazzo si volta:

«Niente, professore, mi scusi!»

«Sì, ti scuso, naturalmente. Ma che fai? Che cosa vuoi, dalla signora?»

«Non si stava mica girando...» mormora quello, e da quel *mica* Eugenio capisce che non è uno di Roma.

«Ci mancava anche che si girasse. Insomma, mi devi dire che cosa volevi dalla signora.»

«Venga qui a vedere come stanno le cose, professore.»

Eugenio, incuriosito, ridendo, raggiunse il trono. «Be'? Che succede qui? Che è successo?»

«Niente, professore. Ma, dalla macchina, ho visto che non si vedeva più il seno... questi maledetti veli coprivano tutto. E lei, invece, professore, aveva detto che dovevano vedersi benissimo! Ho sbagliato? Sì, forse non dovevo correre a quel modo!»

«No, non hai sbagliato. Hai fatto il tuo dovere. Io non me ne ero accorto, ero preoccupato dalla smorfia che faceva la signora... A proposito, signora, brava! Le ho detto brava subito! Perché questa volta lei ci ha azzeccato. Non è stata più una smorfia, è stato... è stato proprio come le ho detto: un dolore improvviso, come uno che riceve una pugnalata. Brava. E bravo anche tu, si capisce. Come ti chiami?»

«Eva. Eva Bignami.»

«Come hai detto? Tu... tu...»

«Sì, perché? Lei credeva che io fossi un maschio?»

«Un maschio... un maschietto, sì! Ma guarda! anche la voce...»

Eva scoppiò in una risatina irrefrenabile e tutta femminile:

«Sono una donna, e sono milanese come lei!»

«Io sono comasco di nascita, milanese era mio padre, e mia madre era piemontese. Le milanesi di solito sono molto intelligenti. E tu sei certo intelligente, si vede! È la prima volta che mi capita di trovare una donna che fa l'aiuto operatore. Da quindici anni vivo in America, a Los Angeles, e neanche là ho mai visto una ragazza che volesse diventare operatore di macchina. Fotografe sì, ce n'è un'infinità. Ma operatore, nessuna. Vediamo un po', adesso, come stanno i veli della signora. Sarta! per piacere, venga qui... dia due punti, qui, e qui... in modo che i veli restino attaccati, un po', sotto il corsetto, e così non si corre il rischio che coprano tutto quanto.»

La sarta accorse, con l'ago e il filo. Eugenio, nell'attesa, tornò alla macchina, a chiacchierare con Massimo, l'operatore, che era anche un suo vecchio amico. Poco dopo, Eugenio mise l'occhio all'obbiettivo per controllare che la sarta non finisse per esagerare e non scoprisse troppo gli indispensabili seni. Vide che Eva era rimasta lassù: aiutava la sarta, teneva alzato e allargato il complicato, triplo panneggio che circondava le grandi spalle della Sibilla. Massimo, intanto, si accostò a Eugenio e gli disse in un orecchio: «Sai come la chiamano, tutti quanti?».

«Chiamano chi?»

«Lei, Eva, uno dei miei assistenti, il più bravo, peccato che è solo una tornante, la chiamano la trasteverina.»

«E perché? Non è milanese?»

«Sì, ma vive in Trastevere.»

«Se chiamassero trasteverini tutti quelli che vivono in Trastevere... c'era anche una quantità di americani e americane, che, almeno ai miei tempi, vivevano in Trastevere...»

«Va bene, io non lo so perché la chiamino la trasteverina: così è.»

«Molto carina, però.»

«Carina, sì, caruccia. Ma sta' attento, Eugenio. Dicono trasteverina perché è una pazzerella. E te, mi pare che non sei cambiato, sei sempre lo stesso. Ti infiammi, ti innamori ogni dieci minuti.»

Eugenio, guardando nell'obbiettivo, frattanto ascoltava le parole sagge del suo vecchio Massimo e non poteva non associarle a quello che vedeva. Il sedere di Eva, stretto e fasciato nei blue-jeans, sporgeva provocante, a causa della strana posizione quasi avvitata a cui la costringevano i piedi, uno su un gradino molto più alto dell'altro, e la contorsione del busto, per evitare ora lo schienale ora i braccioli del trono. Hop di qua, hop di là, il civettuolo culo sbatteva violento a destra e a sinistra come per allettare, invitare. Era la prima volta, da quando aveva lasciato Los Angeles, che avvertiva uno stimolo erotico. Peggio ancora: forse sbagliava, forse c'era qualcosa di volontario, e perciò di falso, nella scoperta che gli sembrava di fare: per un lungo periodo, i lunghi quindici anni americani non gli era mai successo di avvertire sollecitazioni del genere. Quindici anni di letargo? Oppure un riflusso di giovinezza sotto il sole di Roma, pagano e cattolico, fatalmente peccaminoso? E Olga? Dall'arrivo a Roma in poi, incontrando e ritrovando ogni giorno antiche conoscenze, non aveva colto e non aveva sollecitato nessun accenno che si riferisse a Olga, neanche da lontano. Desiderava di non desiderare più Olga. Ma la desiderava ancora o no?

Francamente, non avrebbe saputo dire.

Adesso lo interessava la trasteverina, Eva. Eva lo interessava: di questo era sicuro. Registissimo? Che cretinata! Ma al Registissimo si adattava, appunto, la trasteverina: una follia, un ultimo capriccio, qualcosa di nuovo, di mai provato, una ragazza che lì per lì gli era sembrata un ragazzo e subito lo aveva affascinato dicendogli la verità col suo sorriso audace.

La Conferenza Stampa, con il cocktail e gli antipasti, durò – come accade quasi sempre – più del previsto: tre ore invece di una e mezza, ma anche perché doveva essere preceduta dall'ingresso di tutti i giornalisti, fotografi pubblicitari, operatori televisivi, e dalla ripetizione fittizia, in loro presenza, dell'ultimo provino-guida che era stato girato. Ma in extremis il sempre fortunato Felicìn si accorse che sarebbe stato un enorme errore: l'intera pubblicità avrebbe avuto come centro la vecchia, orribile Sibilla Cumana! Felicìn non esitò un istante, ordinò che si ripetesse il provino della splendida e giovanissima Sibilla Delfica, episodio che tra l'altro era più movimentato e spettacolare. Quando poi incominciò la vera Conferenza Stampa, Eugenio col pretesto che aveva fame si fece interrogare per primo, e appena finito di rispondere ai giornalisti sgattaiolò via, nel capannone, dove il cocktail era già in corso. Cercava Eva, non pensava a niente altro: ma stupidamente, sicuro di trovarla al buffet, non la aveva avvertita. Si precipitò fuori, nei viali di Cinecittà, entrò nel ristorante.

Eva era scomparsa. Eugenio si era ficcato in mente di portarla a colazione in una piccola osteria di campagna, poco distante, sulla strada di Frascati, dove già in aprile, in una giornata come quella di sole e di primavera, si mangia all'aperto... È vero, si disse, che molto probabilmente la piccola osteria non esiste più, oppure si è ingrandita e industrializzata! Ma alla ripresa del lavoro, quando tornò sul set, vide Massimo che gli veniva incontro ridendo:

«Cos'è? Cerchi Eva? Mi sono dimenticato di dirtelo e devi scusarmi, ma in tutta quella confusione... Ti avevo detto subito che era una tornante, cioè una supplente, lavora quando vuole. Ma io, quando vuole, la faccio venire sempre perché è più brava di tutti gli altri. È andata via, oggi pomeriggio era impegnata in non so che cosa, è andata via subito dopo il provino pubblicitario, mentre tu facevi la Conferenza Stampa, e così non te ne sei nemmeno accorto.»

«Domani viene?»

«Certo che viene, ma con Eva, non si sa mai.»

Eugenio, rattristato, tacque.

«Sai quanti anni ha Eva?» gli domandò Massimo all'improvviso, quella sera stessa del primo giorno di lavorazione, mentre Eugenio lo accompagnava a casa in macchina.

«No, non lo so. Ma penso che ne abbia diciannove, venti, forse ventuno.»

«Si vede che non l'hai guardata bene, e anche se l'hai guardata molto... l'hai guardata soprattutto, come si dice nelle inquadrature... di spalle!»

«La guardo dove mi capita di vederla. Ma perché? Tu lo sai, quanti anni ha?»

«Certo. È uno dei miei assistenti. Nelle trasferte, ho visto il suo passaporto.»

«Ebbene? Quanti?»

«Ebbene, tienti forte. Ne ha trentacinque.»

«Non è possibile» disse Eugenio, sbalordito, e subito aggiunse: «Ma mi fa un immenso piacere.»

«Oh bella, piacere? E perché?»

«Ma, non so. Bisogna che ci pensi.»

«Pensaci subito: per far piacere anche a me.»

«Ecco... ecco, sì, senz'altro. Del resto è semplice. Perché vorrei... vorrei andare a letto con lei. È un'idea che mi è venuta stamattina, appena mi ha detto che era milanese come me. Ebbene, ecco: esitavo, anzi, era una voglia che mi dava fastidio, perché mi sarei vergognato di andare a letto con una ragazza addirittura quarantacinque anni più giovane di me. Ma adesso mi dici che è una donna fatta e non mi vergogno più. Ebbene? Cosa mi dici, Massimo? Perché non mi dici niente?»

«Perché per te è più bello così: se non ti dico proprio un bel niente.»

4

Il giorno dopo, riuscì a portarla a colazione. La piccola osteria deliziosa sulla via di Frascati non esisteva più: neanche la minima traccia. Eugenio si rese conto che non ricordava bene neppure la strada, le stradine di terra o di erba. Appunto una di quelle, bisognava prendere per arrivare all'osteria. Ma non riconosceva più i posti, e sarebbe stata una malinconia se con la sua allegria e il suo entusiasmo Eva non lo avesse travolto e trasportato quasi in un'epoca nuova della vita, un'improvvisa stagione piena di attesa e di speranza. Senza esitare, quindi, si decise per la prima trattoria dove vide che si mangiava all'aperto.

La novità di Eva era soprattutto questa: che Eugenio si sentiva felice di stare con lei, vicino a lei: di guardarla, di ammirarla, piccina, guizzante, coi suoi occhi di un azzurro deciso, che continuavano a fissarlo sorridendo come per sfidarlo, come per metterlo scherzosamente alla prova. La felicità di stare con lei occupava uno spontaneo spazio limitato e self-sufficient, non implicava e non suggeriva mai una diretta veemenza erotica. Avrebbe voluto, sì, abbracciarla, stringerla a sé come si fa con una bambina, in assoluta innocenza: ma ringraziò che, ai tavoli vicini, sotto la pergola non ancora carica di foglie, la presenza di alcuni tetri avventori escludesse stravaganti dimostrazioni affettuose. Sì, certo, come aveva detto a Massimo, sarebbe volentieri andato a letto con Eva: ma senza uno scopo preciso, quasi soltanto per curiosità. Non gli era mai capitato di provare una simpatia simile se non una volta, adolescente, per una cuginetta di Salussola: ecco, forse, soltanto allora, soltanto in quel caso. Era una tentazione sentimentale, senza quella angoscia che promette e minaccia la vera, profonda voluttà. Insomma, era esattamente il contrario di Olga. Gli pareva che, andando a letto con Eva, non avrebbe pensato più, proprio come conseguenza di questa diametrale diversità, a Olga.

Dove era Olga? Con la straordinaria e tranquilla gioia che gli dava lo spettacolo della vivacissima Eva (e intanto la guardava scherzosamente, intanto le toccava sotto il tavolo col piede un piede o un ginocchio col ginocchio) gli venne da pensare che difficilmente Olga si trovava a Roma. Se era a Roma, qualcuno tra tutti quelli che, nel giro del cinema e degli scenografi, si ricordavano di lei impiegata a via Gregoriana, qualcuno non avrebbe mancato di parlargliene: ha rivisto Olga? Ma come, non l'ha rivista? No, Olga non era lì. Chissà dove era? E, proprio mentre si chiedeva questo, Eva, continuando a fissarlo come se volesse mangiarselo di baci, gli posò una mano sulla mano con una lieve carezza:

«Se permetti, Eugenio, vado a fare una telefonata. Permetti?» e al sorriso, al gesto, prontissimi, di Eugenio, si alzò di scatto.

Svelta, scansando uno dopo l'altro i tavolini con successivi slalom che attirarono la più vispa attenzione di Eugenio, sparì nell'interno della trattoria. Nell'attimo stesso della sua scomparsa, Eugenio si pose un problema: che cosa farei, se dalla trattoria, in questo momento vedessi uscire e venire verso di me Olga? Tutto è sempre possibile. Come mi comporterei? Devi essere sincero con te stesso, Eugenio mio, pensò rapido e intenso. Si rispose: preferirei che questo non accadesse. Preferiresti di no? Ma perché preferiresti di no? La risposta fu altrettanto intensa e sincera, ma la rapidità questa volta fu quella di un brivido: perché non sono sicuro di me stesso, ho paura che forse farei ciò che non vorrei, non voglio.

La telefonata di Eva non fu breve. Eugenio ebbe il tempo di guardare l'ora, chiedere il conto, pagare. Quando Eva riapparve, lui ne approfittò con ispirato tempismo: le andò incontro con lo stesso passo svelto di lei, la abbracciò, se la strinse al petto come aveva sognato. E Eva obbedì al ritmo: quel ritmo che del resto gradiva.

Tornarono insieme, puntuali, al Teatro 5 di Cinecittà. Se nella mattina si era proceduto ai provini-guida dei Profeti: il vecchio imperioso, calvo e barbuto Zaccaria, il gagliardo Gioele, il giovane veggente Isaia – nel pomeriggio si andò avanti con l'implacabile, irato Ezechiele, il giovanissimo e biondo Daniele, l'affranto Geremia, e infine il portentoso Giona, tutto rovesciato come il solo a cui sia concesso di assistere al Giudizio Universale. La posizione di Enrico Buratti, campione italiano del lancio del disco che seminudo impersonava Giona, era così difficile da sostenere per tutto il tempo necessario a una perfetta ripresa che Eugenio aveva fatto costruire un apposito sistema di grucce, paranchi, puntelli e supporti, tutti resi invisibili da fodere nere. Ma era necessario, per la vivacità espressiva del volto di Giona, che Giona non partisse dall'attorcigliata posa finale, ma vi arrivasse di colpo, con un'acrobatica rovesciata, appena udiva l'agghiacciante suono delle trombe del Giudizio. Si cominciò a provare, e purtroppo ci si avvide che accadeva questo: nell'impatto improvviso col peso dell'atleta, tutto il complicato sistema di supporti seguitava a ballonzolare per qualche secondo, tremavano le luci che erano dirette a esaltare la muscolatura di Buratti, e il povero Buratti invece di sbalordire allo spettacolo cosmico dei corpi che risuscitano, faceva smorfie comicissime. Si continuò a provare e a girare una quantità di pellicola con qualche progresso ogni volta ma senza mai eliminare completamente il difetto. Erano ormai le nove di sera, tecnici e operai tutti ormai in straordinario. Felicìn si era fatto giurare che i Profeti finivano quella sera. Domani si dovevano girare basamenti e angioletti, cioè tutto il negativo che, sovrapposto in *truka* ai Profeti e alle Sibille, avrebbe permesso di giudicare l'effetto michelangiolesco del nuovissimo tentativo. Peppino era a New York e aspettava una copia dell'esperimento per concludere un contratto di distribuzione con la Cable Vision, la NBC, la ABC. Insomma, bisognava finire quella sera i Profeti. Come fare?

Massimo, allora, ebbe un'idea. Tutti gli aggeggi destinati a ricevere l'impatto di Buratti erano rivestiti da cuscini di plastica riempiti di gommapiuma: ecco perché rimbalzavano.

L'idea di Massimo era semplice: proviamo a sostituire i cuscini di gommapiuma con dei sacchetti pieni di sabbia. La sabbia si sarebbe schiacciata e allargata senza rimbalzare. Fu calcolato subito che per questa sostituzione ci sarebbe voluta almeno un'ora. Tutti insieme, tecnici e macchinisti, attrezzisti, truccatori e sarte, furibondi si misero all'opera. Felicìn fremeva e sacramentava: interruppe la litania blasfema, saltò su un trono e urlò che avrebbe triplicato, a tutti coloro che lavoravano, la cifra stabilita dalla legge per lo straordinario. Intanto, bisognava controllare ogni particolare di modo che, poi, tutto andasse liscio.

Si girava con tre macchine da presa contemporaneamente: tre vecchie Mitchell che Eva ogni mattina puliva accuratamente da residui di polvere.

«Controlla di nuovo il pelo!» le gridò Massimo. «E ce ne hai ancora, di quelle bombolette di aria compressa?»

«Adesso guardo, ma credo che ce ne siano rimaste soltanto due.»

«Falle fuori tutt'e due. Controlla il pelo! Pulisci bene le piastrine, pulisci ogni volta ciascuna delle griffe e delle controgriffe. Non ti stancare! E poi prepara subito l'Arriflex col treppiede! Un'altra macchina, sì, gireremo con quattro macchine, non si sa mai, è una scena che non possiamo assolutamente ripetere domani. Deve andare bene per forza... Anche se ho paura che finiremo di lavorare a mezzanotte.»

Mezz'ora dopo, Eva non aveva ancora finito. Era nel camper delle macchine appena fuori la soglia del Teatro 5, a pulire le tre Mitchell e l'Arriflex. A passi cauti arrivò Eugenio. Si avvicinò al camper, si affacciò allo sportello:

«Cosa fai lì?»

Eva lo fulminò con una risatina:

«Vedo che non te ne frega niente dello straordinario.»

«Ti disturbo?»

«No se stai zitto: per questo lavoro cretino ci vuole la massima attenzione.»

Eugenio, in silenzio, seguitò a ammirarla. Ogni sua mossa era graziosa. La Mitchell era aperta, posata su uno dei lettucci del camper, in piena luce, e Eva la teneva ferma con la sinistra, mentre con la destra manovrava la bomboletta argentea: la alzava per allontanarsi, la abbassava per avvicinarsi, oppure la inclinava, obliqua. E, a tratti, liberava il violento getto dell'aria compressa spruzzandolo dalla direzione più favorevole. Via via, spostava la macchina sul lettuccio e, per colpire un altro ingranaggio o lo stesso da una diversa posizione, si curvava di più, fino a individuare dove si era depositata o per scrutare dove poteva depositarsi la polvere, e magari il cosiddetto pelo, che poi, ingrandito sullo schermo delle sale di proiezione sembra addirittura un albero. E, a volte, cambiava tutto: posava la bomboletta, si curvava fino a accartocciarsi su se stessa, e soffiava con tutto il suo fiato stringendo e storcendo le labbra verso un angoletto profondo, remoto, e difficile da raggiungere perché riparato da una cannula che dall'alto lo attraversava: soffiava come soffia la mamma sulle dita del bimbo che crede di essersi scottato con la scodella del latte bollente. La sola guancia di Eva che Eugenio poteva vedere si gonfiava nello sforzo di soffiare. Il plafonnier del camper la illuminava sfiorandola appena e invece sfavillava su una ciocca, una virgola dei capelli neri e lisci che era caduta sullo snello collo.

«Quando stai lì per soffiare, sembra che tu voglia dargli un bacio.»

«A chi? Alla Mitchell?»

«Non precisamente. Ma devi almeno farmi un altro piacere e molto diverso.»

«Mi dici prima quale, però?»

«Certo. È una sciocchezza.»

«Basta che tu poi te ne vada. Devo finire qui, non posso distrarmi, e non ho ancora preparato l'Arriflex!»

«Non è un piacere per adesso. È per quando vuoi, non c'è fretta. Il piacere sarebbe che tu mi porti una di quelle bombolette che sembrano d'argento. Mi serve per soffiare sul rasoio elettrico tutte le mattine, quando mi faccio la barba. Mi è indispensabile. Ho finito l'altro giorno la sola che avevo portato dall'America, sicuro che qui le avrei trovate facilmente. Ma a Roma non ci sono ancora.»

«Lo so, anche qui è difficile trovarle. Anche per le macchine da presa, sono pochi quelli che le cercano, quasi tutti ci soffiano sopra oppure usano una peretta da clistere. Va bene, signor professore, anzi signor Registissimo, farò del mio meglio per accontentarti. Ciao, adesso, vattene!»

I sacchi di sabbia, dopo numerose e complicate modifiche, finirono per funzionare egregiamente. Tutto andò bene, il campione Buratti, alias Profeta Giona. Casomai, chi come profeta si dimostrò un po' troppo ottimista, fu proprio Massimo: la troupe del *Giudizio Universale* quella notte rincasò alle due e mezza. E se dopo una rabbiosa discussione tutti accettarono di riprendere il lavoro all'una del pomeriggio, Felicìn fu obbligato a ringraziare.

Era contento, però, Felicìn. Volle che Eugenio tornasse con lui in macchina al Grand Hotel, e durante il tragitto gli parlò di un accordo concluso tra la casa di produzione Pepfel, ossia tra Peppino-Felicìn e due soci, due amici spagnoli. Dopo accurate ricerche e calcoli finanziari, risultava senza possibilità di ulteriori dubbi che il miglior altro paese dove girare il film del *Giudizio Universale* era appunto la Spagna: anzi! «Lo sa che, oggigiorno, tutto sommato, fare un film in Spagna costa quasi la metà che in Italia? Bisogna, adesso, concentrare tutta la nostra attività in una sollecita confezione per el liber pubblicitario: finire i provini-guida, e poi, subito, perfezionarli con fotografie a colori delle 99 stars di tutto il mondo che dovranno, poi, sostituire i 99 modelli. Perché, vede? i Profeti e le Sibille non sono necessariamente degli attori: quasi non parlano, non dicono niente, in ogni caso li doppiamo, e se quelli che hai girato in questi giorni vanno bene, possiamo anche fare a meno di reclutare degli attori. Bisogna, invece, che appena saranno scelti i soggetti dei trenta films, i trenta raccontini dei condannati e dei salvati, di quelli che vanno all'inferno e di quelli che vanno in purgatorio o in paradiso... non c'è nessun bisogno, per ora, delle sceneggiature, bastano i raccontini, e ne abbiamo una caterva in cui pescare... dunque, appena scelti i trenta soggetti, tu devi subito, subitissimo, girare i provini-guida con dei modelli qualunque, e questi, sì, saranno poi sostituiti dalle foto a colori delle super-stars. Capito?»

«Ma, mi avevi detto che volevi quindici Profeti e quindici Sibille per alternarli al principio di ogni episodio...»

«Sì, naturalmente, per le trenta introduzioni! Ma si tratta di pochi metri ciascuna, come un titolo... cinque Sibille e sette Profeti, li hai già girati, mancano ancora otto di questi e dieci di quelle... uno scherzo, per te...»

«Un momento, bisogna fare una ricerca: stabilire i nomi, anzi inventare una parte dei nomi, e trovare delle storie, un abbozzo di storie...»

«Niente, niente, ti do carta bianca, fai subito fare le ricerche, tira fuori nomi, storie, costumi... Profeti e Sibille, considera che siano già a posto. Più importante... capisco che sia più importante la scelta dei soggetti. Adesso puoi, anzi devi, incominciare a occuparti di questo.»

Eugenio gli fece osservare che doveva, prima, girare l'altro negativo che andava in *truka* con Profeti e Sibille: cioè la stessa scena con oggetti, mobili, putti angeli e servitori, tutto ciò che ha dimensioni normali e non ingigantite.

«Va bene, sì, ma non mi devi dire che non puoi cominciare a incaricare qualcun altro per queste ricerche! Dimmi di chi hai bisogno che ti aiuti, ti do carta bianca per tutto... Quanto alle cifre, ai compensi, basta che tu mi dia, per ogni persona che assumi, un'indicazione approssimativa, in via di massima. Il punto è questo: che, oggi come oggi, e siamo già in aprile... insomma, oggi te e me e Peppino e Fuentes e Carreras, ci deve preoccupare quasi esclusivamente el liber, el liber con le foto delle super-stars, el liber che deve assolutamente uscire, in tutto il mondo e in dieci lingue diverse...»

«Dieci? Avevi detto sette, e prima avevi detto cinque...»

«Va bene, saranno quel che saranno, cinque, dieci, undici... non è lì il punto. Il punto è solo questo che... l'Anno Santo è nell'89, e il film uscirà nell'89, per l'Anno Santo! E va bene. Ma poi... adesso siamo già in aprile, e el liber deve uscire a gennaio dell'anno prossimo, 1988. Se no, è perfettamente inutile che poi facciamo i trenta films. Ti è entrato, questo, nella testa? Un Kolossal come *Il Giudizio Universale di Michelangelo* malgrado l'Anno Santo sarebbe certamente un fiasco se non è preceduto, con un anno intero di anticipo, da un equivalente lancio pubblicitario. D'accordo?»

«Va bene... d'accordo...» borbottò Eugenio.

«Ma non me lo devi soltanto dire e soprattutto non mi devi dire così. Me lo devi dimostrare giorno per giorno, a cominciare da domani... anzi, da oggi, perché tra poco c'è il sole.»

«Ti ringrazio di essere stato sincero. Permetti che per adesso pensi soltanto al letto, sono stanco.»

Se fosse stato sincero come Felicìn, Eugenio gli avrebbe detto che non pensava affatto a dormire, ma a Eva. E, in particolar modo, pensava che non si era ancora fatto dare da Eva il suo numero di telefono e il suo indirizzo.

Ma, era stato sincero, poi, Felicìn? Eugenio, d'istinto, e senza un minimo sospetto concreto, temeva che sotto l'entusiasmo, la fretta di Felicìn, si nascondesse qualche gran garbuglio, un progetto di chissà quale complicato progetto finanziario.

E non fu sincero neppure Eugenio. Appena entrò nella sua camera 454 del Grand Hotel, lo sguardo corse al telefono, e poi al Rolex che aveva al polso: le quattro! Crederà, Irma, che fino a mezz'ora fa ho lavorato? Si precipitò a fare il numero di casa sua a Los Angeles, e dimenticò tutto il resto a cominciare da Eva non appena udì la voce di Irma.

5

La sera precedente, per colpa del Profeta Giona, era rimasto quasi senza cena. Alle undici di mattina, appena sveglio, invece del conciso espresso, abitudine subito riacquistata con l'arrivo in Italia, era eccezionalmente tornato al prolisso, ridondante, ampolloso breakfast. Finito il breakfast, tuttavia, avvertì l'urgenza di una buona camminata, proprio come a Beverly Hills: se non alla Sherwood Forest che raggiungeva in cinque minuti di macchina, almeno a casa sua, avanti e indietro cinquecento volte tra la piscinetta e l'alberello dei colibrì. Le strade di Roma, in quelle ore della tarda mattina, sono, ahimè, intransitabili ai pedoni. E Eugenio decise di attraversarle senz'altro in macchina fino a Cinecittà: vi giunse in anticipo di un'ora sul programma di lavoro: ma fu in grado di passeggiare liberamente, incontrando scarsi ostacoli, sui lunghi e larghi viali fiancheggiati da sempreverdi mediterranei.

Era un mezzogiorno inebriante: di sole, di vento, di primavera, di immense nuvole barocche, bianche o bigie, che si spostavano trasformando continuamente e diversamente le loro vòlute voluttuose, come obbedendo al capriccio di un Michelangelo in vena di scherzare. Ogni tanto i cieli sono belli anche in California, si disse Eugene, ma mai come questi! Si vede che il Pacifico è troppo grande per non essere sempre un po' triste. Il Mediterraneo, anzi il Tirreno è grande quanto basta per essere lieto con relativa facilità!

Era lieto anche Eugenio, e non sapeva perché. Ma, per un

fenomeno meno raro di quel che si pensi, lo avrebbe saputo poco dopo. La massima inquietante di Bachelard può anche rovesciarsi. Se i doni dell'inconscio spaventano, accade qualche volta che ci rassicurino e rallegrino. Una gioia senza motivo qualche volta annuncia la rivelazione del motivo. Proprio così: la gioia irrazionale che provava Eugenio in un viale di Cinecittà, camminando nella grande ombra del Teatro 5 verso l'angolo più lontano e già tagliato dal sole di mezzogiorno, preludeva all'apparizione di Eva, in pieno sole. Già camminava svelta, ma quando vide Eugenio si affrettò ancora di più: alzò nel sole qualcosa di scintillante che lei portava appesa a una cordicella e faceva dondolare. E Eugenio in quel momento capì perché le avesse chiesto di portargli quella bomboletta di cui poteva benissimo fare a meno. Fosse vissuto cent'anni non avrebbe dimenticato mai più quel momento.

C'era qualcuno intorno, macchinisti, comparse, attori. Per alcune troupe, doveva già essere ora di pausa. Gli abbracci e i baci del commosso Eugenio furono abbreviati e moderati. Era così felice di vedersela lì, di tenersela lì per i gomiti, che non trovava cosa dirle, gli bastava guardarla nei suoi occhi di zaffiro. Ma bisognava dire delle parole. Parlò forte, ridendo:

«Ma come hai fatto a trovarne una, così, subito? Forse ce l'avevi a casa?»

Eva, senza parlare, scuotendo il casco dei suoi capelli neri e brillanti come un'aureola contro la luce del sole, disse di no.

«Ma allora come hai fatto a procurartela? Non hai mica avuto tanto tempo!»

«È un segreto.»

«Benissimo. Allora dimmelo, il segreto!»

Eva si guardò intorno: neanche gli avesse portato un sacchetto di droga. E abbassò la voce fino a un sussurro:

«Ho un'amica farmacista.»

Sembrava una battuta preparata. Eugenio rise:

«Ah, ho capito, a Roma le farmacie vendono elettrodomestici per le macchine da presa!»

«Le farmacie no di certo. Ma una farmacista, la mia amica, sì. Sei soddisfatto, adesso?»

«Completamente. Hai fatto colazione?»

«Non la faccio mai.»
«Mai? È impossibile!»
«Possibilissimo. Prendo tre, quattro, cinque, dodici caffè.»
«Andiamo subito a prenderne uno insieme.»
Mancava ancora una ventina di minuti all'una, e Eugenio approfittò di questo tempo che gli restava prima del lavoro, per ottenere da Eva ciò che si era proposto di ottenere. Una specie di programma urgente. Tre cose: il suo numero di telefono; il suo indirizzo; portarla a cena quella stessa sera. A colazione, pensò, finisce sempre che non si combina mai niente. Solo di sera, a poco a poco, si scivola così che, avvicinandosi l'ora di andare a letto, è normale, o almeno è un po' più facile finire a letto. Eugenio aveva uno scopo preciso: portarsela a letto al Grand Hotel. Se Eva ci teneva, le avrebbe fissato subito, telefonando alla Direzione o anche soltanto al Portiere, una camera separata: sullo stesso quarto piano, possibilmente, e se Eva lo metteva come condizione, anche su un altro piano. Tuttavia, a un certo punto, pensò di essere addirittura ridicolo: perché dovrei preoccuparmi per una ragazza carina quanto si vuole, ma... ma andiamo, siamo nel 1987! C'era però un fatto: fino dal primo momento che la aveva vista, o piuttosto fino dal secondo momento, quando aveva visto in lei una ragazza, o peggio ancora fino dal terzo momento quando aveva scoperto in lei una donna di trentacinque anni, Eugenio irrazionalmente aveva intuito che non era un tipo facile *da portare a letto*. Astuzia, forse? Calcolo? Venalità? O, anche, perché no? semplice serietà, dignità, il non impossibile pudore di un essere umano che fa l'amore soltanto se ama o crede di amare, o se non altro desidera sessualmente fare l'amore. Questa era l'impressione di Eugenio. E naturalmente era contento: come può esserlo uno che trova un gioiello per la strada, si chiede se si tratta di un vero zaffiro, o di una pietra preziosa di inferiore pregio, o di una rozza falsificazione. In qualunque caso, vale la pena accertarsene. Fare esaminare il gioiello. Fare la prova, insomma. E questa prova bisognava farla subito, se non si voleva rischiare il ridicolo.

Dunque, tre punti: telefono, indirizzo, cena stasera. Eugenio mise in atto il programma intero durante i pochi minuti del caffè, a un bar di Cinecittà. Risultato: telefono sì, il 405.7395; indirizzo, vicolo Malacarne 23, in Trastevere; cena... cena, per stasera, assolutamente no, era impegnatissima. Non poteva disdire? No, no. Allora, domani sera? Veramente, anche domani sera... Eugenio, senza perdere un colpo, insiste. Finalmente, dopo vaghe scuse, incerte mezze parole, Eva accetta. Dove? Eva ci pensa un momento e poi:

«Ma in Trastevere, eh?»

«Va benissimo in Trastevere. Dimmi tu il nome della trattoria che preferisci. Almeno quella che preferisci in questo caso.»

«Da Diego. È all'angolo di viale Trastevere.»

«Quello che una volta si chiamava viale del Re?»

«Sì, credo... io i nomi antichi non li so.»

«A che ora?»

Eva sospirò senza rispondere.

«Perché? C'è qualche cosa che non ti va? Vuoi cambiare trattoria?»

«No, non è questo.»

«E allora che cos'è?»

«È che non so bene che ora dirti.»

«Forse devi fare, prima, delle telefonate?»

«Be', certo. Ma...»

«Molto semplice. Hai tutto il giorno di oggi e di domani per fare tutte le telefonate che vuoi. Domani, prima che finiamo di lavorare, mi dirai l'ora che vuoi. Qualunque ora per me va bene. Da quando avremo finito fino... fino a quando chiude la trattoria. Ma lo sai a che ora chiude Diego?»

«In questa stagione, verso mezzanotte. Poi, d'estate, praticamente, danno da mangiare fino alle due.»

«Va bene. La sola cosa che mi devi promettere è che, prima delle otto... non credo che domani sera, dopo la maratona di stanotte, andremo oltre le otto. Dunque, devi promettermi che prima delle otto, le otto di domani sera, tu mi dirai a che ora vuoi che ti aspetti da Diego. Prometti?»

«Prometto.»

«E dammi un bacetto.»

«Ecco.»

Lo baciò su una tempia, ma a lungo, in mezzo al bar pieno di gente. E poi, nello staccarsi dal bacio, lo carezzò delicatamente su una guancia.

Eugenio cominciò a pensare, a arrovellarsi, anche mentre lavorava, per risolvere una difficoltà: voleva assolutamente, domani sera, arrivare da Diego con un regalo per Eva: ma regalarle che cosa? Tutta la giornata, oggi e domani, la doveva passare lavorando per quel marpione di Felicìn. E la sera alle sette o alle otto, quando tornava da Cinecittà, tutte le pelletterie, gioiellerie, abbigliamenti di moda per signora, erano già chiusi. Girando per queste botteghe del centro, sicuramente avrebbe trovato quello che andava bene, gli sarebbe venuta l'idea buona! Ma adesso, più ci pensava e meno riusciva a immaginare i desideri, i gusti di Eva. Ci pensò ancora all'ultimo momento prima di addormentarsi, dopo la solita telefonata a Irma. Eva, il regalo per Eva gli tornò in mente, come un'ossessione, subito dopo aver spento la luce. Che cosa diavolo le piacerebbe? Si acquietò infine dicendosi che era un imbarazzo normale: non sapeva niente di Eva, la conosceva appena e chissà, forse era tutto un inganno, una puntata al lotto sul primo uscente, un numero solo su novanta, e forse credeva di amarla proprio per questo: Eva era tutta un indovinello!

Risolse il problema di un colpo l'indomani mattina, appena la vide entrare in teatro di posa col suo passo di gazzella. Telefonò subito al Portiere del Grand Hotel e gli spiegò meticolosamente ciò che doveva comprare e fargli trovare in camera quella sera stessa, bene impacchettato e con un grande nastro di seta azzurra:

«Anzi! Bleu savoja!» specificò senza la sicurezza di venire capito. Ma, come per dimostrargli il contrario:

«Certamente, professore: bleu savoja» lo rassicurò il Portiere.

Dodici ore dopo, rientrando in camera, Eugenio cercò e vide subito, sul letto, la grande scatola piatta e rettangolare col nastro del colore degli occhi di Eva. Eva si era poi pronunciata, e gli aveva dato appuntamento da Diego per le ventidue. Così Eugenio ebbe tutto il tempo di cui un libertino ai suoi colpi finali necessita in una simile congiuntura: bagno, doccia, rasatura con doppio contropelo, ripetuti spruzzi di 4711: e canottiera, slip, camicia di voile, tutto fresco di bucato. Ma quando rientrò in camera e rivide ciò che era sul letto, per poco non gli si rizzarono i capelli! mai avrebbe potuto fare il suo ingresso in una trattoria di Trastevere alle dieci di sera con sottobraccio una scatola di quelle misure. E soprattutto il grande nastro blu col suo fiocco centrale non gli parve ostensibile. Ma come sono stupido! pensò: c'è un rimedio e anzi, è un rimedio che può riuscire utile! Ho una cosa per te, ti ho portato una cosina, spero che ti piaccia. Dov'è? L'ho lasciata in macchina, è una scatola troppo grande. E così lei sale in macchina, e viene con me qui, al Grand Hotel.

Fermò un momento il proprio fervore, e subito si abbandonò addirittura all'entusiasmo, chiedendosi se non era più semplice lasciare la scatola dove era: Ho preso una cosa per te, non te l'ho portata qui in trattoria, perché era ingombrante... vieni adesso con me, così vedi se ti piace, e poi ti riaccompagno a casa in macchina, con quella cosa. E naturalmente questo discorsetto doveva farglielo, a Eva, ma farglielo verso la fine della cena, dopo che avevano riso, chiacchierato, mangiato un po' e bevuto un po' di vino.

Senonché, riflettendoci più a lungo, Eugenio perdette rapidamente e entusiasmo e fervore: cercò di immaginarsi con freddezza ciò che non era affatto escluso potesse succedere: può darsi che ci sia qualcosa di indomabile in questa ragazza, mi affascina, mi incanta ma, forse, ancora di più, mi incuriosisce. In ogni modo, sento che devo andare in fondo.

La sera era così tepida che da Diego tutti mangiavano già fuori. Ecco, intanto una cosa che Eugenio non prevedeva. Arrivò pochi minuti prima delle dieci, sedette a un tavolo in un angolo non troppo illuminato, ordinò un punt e mez, e di preparare per due. Fortuna, aveva trovato parcheggio molto vicino. Si era poi deciso a portare la scatola lasciandola nella macchina, ben chiusa: il regalo era costato un'enormità, ma lui senza soffrire rinunciò a darvi un'occhiata, pur di non disfare e poi rifare il fiocco.

Aveva però previsto una certa attesa e perciò impiegò almeno un quarto d'ora a sorbire il suo punt e mez. Quando capì che doveva per una prima volta guardare l'ora, vide che erano passati venticinque minuti. Non era un dolore l'attesa? Aveva fame, oltre tutto. Ma certo! un'attesa ridicola come questa era un dolore piccolo, un dolore indegno della parola dolore, perché i veri dolori sono qualcosa di molto diverso. Ma, appunto per questo, i veri dolori offrono, in qualche modo, un compenso: testimoniano la serietà, la gravità e la grandezza inevitabili della condizione umana. Ma la meschina, noiosa, macerante attesa sofferta da una passione frivola che si illude, a tratti, di onorarsi come amore, è l'umiliante, schernevole supplizio di quel purgatorio che tocca presto o tardi ai viventi libertini.

Proprio questa, probabilmente, era la meditazione a cui Eugenio ricorreva, in quel cantone buio di un dehors di Trastevere, per ingannare l'attesa o per consolarsi, allorché trasalì, balzò in piedi atterrito: là, tra la folla, sul viale del Re, aveva visto passare Olga con uno spolverino rosso: ancora la vedeva, e in quell'ultimo istante ragionevole capì di dover scegliere tra il bene e il male, non muoversi o correre dietro a Olga. Si slanciò, raggiunse il viale, incespicò nel gradino del marciapiede, un dolore acuto, una storta, ma continuò zoppicante finché poté rivedere lo spolverino rosso. In quel momento lo spolverino rosso, quasi si sentisse inseguito, si fermò, si voltò di profilo, entrò in un bar: non era Olga? Bisognava accertarsi, Eugenio zoppicando raggiunse l'ingresso del bar: la donna dello spolverino era lì, nel vano stesso della portafinestra, telefonava. Non era Olga. Eugenio tirò un gran respiro che nello stesso tempo era sollievo e delusione. Ma ciò che sarebbe stato infernale, insostenibile, era soltanto l'incertezza, quella possibilità contemporanea che era durata forse mezzo minuto, non più, e che era stata la causa della storta. Adesso, tutto era passato, quella donna non era Olga, la delusione non esisteva più, anzi: visto che non era Olga, Eugenio era felice, e l'attesa di Eva era mille volte preferibile all'angoscia provata in quel mezzo minuto di incertezza. Ma sì! va benissimo! Tornò, zoppicando subito un po' meno, al dehors di Diego, e riprese con gioia il suo posto, ordinando un secondo punt e mez, gloria dell'antica Torino. Respirava a pieni polmoni. Guardò l'ora, soltanto le dieci e trentacinque. Non gli sembrava possibile che Eva non venisse. Sì, avrebbe tardato ancora, ma Eugenio si sentiva capace di aspettarla ancora, senza mai prendere un boccone.

Poco prima delle undici, Eva arrivò. Aveva un tailleurino bianco e nero, grazioso. Era la prima volta che Eugenio non la vedeva in jeans. Seria seria, quasi piangente, gli chiese scusa del terribile ritardo:

«Ma come! Non hai mangiato!?»

Eva si era seduta. Eugenio, che al suo arrivo si era alzato, sedette anche lui:

«Dimmi, che cosa prendi?»

«Niente. Non mangio, scusami, sai? sono mortificata. Ma non mangio.»

«Perché? Hai già mangiato?»

«Cosa dici? Sei pazzo? Non mangio perché non sto bene, ecco tutto. Quando mi vengono questi mali di testa, mi è impossibile mangiare: im-pos-si-bi-le! Scusami, sai? Ma tu ordina subito, diamine! Mangia! Chissà che fame hai! Io sto qui con te, ti tengo un po' compagnia per un momento, vuoi?»

«Sì, sì, voglio, naturalmente... Intanto ordino. Scusa.» Ordinò una bistecca con insalata. Spiegò macchinalmente il tovagliolo e si mise a guardare Eva, che gli era seduta davanti:

«Mi dispiace che ti senti male. Che cosa ti senti?»

«Mal di testa, te l'ho detto. Non si vede?»

«No, non si vede. Sei bellissima.»

«Sarà perché, quando, per venire qui, mi sono decisa a prendere un altro cachet, mi sono anche rifatta il trucco...»

«Ma se non hai trucco!»

«Sì che ce l'ho. Non si vede perché sono brava a farmelo. Come ti dicevo, ho raccolto le mie forze e sono venuta... non credevo quasi più di trovarti ancora, per fortuna ho provato.»

«Hai fatto bene, perché ti ho portato un regalo.»

«Ah sì? Grazie, grazie.»

«Non so se ti piacerà...»

«Mi piacerà certamente... se non altro perché sei tu che me lo dai.»

Eva lo fissava coi suoi occhi bleu savoja e rideva, felice, malgrado il mal di testa. Ma non diceva niente, e Eugenio capì che si aspettava di vedergli tirar fuori il regalo. Infatti, aveva cessato di fissarlo negli occhi, ora alzava leggermente il mento e abbassava le palpebre, come per vedere che cosa tirava fuori da una o dall'altra tasca della giacchetta.

Eugenio se ne accorse:

«No, non ce l'ho in tasca.»

Eva sorrise, ma stupita, come se si aspettasse uno scherzo:

«Come? Non ce l'hai qui?»

«Sì, qui, ma qui fuori, ce l'ho in macchina.»

Eva, istintivamente, guardò verso il viale.

«No, la macchina è un po' più in là. E, in ogni modo, l'ho chiuso dentro, l'ho messo nel baule perché potrebbe far gola a un ladro!»

«Dio mio, che cos'è? Mi fai morire dalla voglia!»

«Ma purtroppo, anche quando te lo do, non lo puoi vedere subito.»

Eva, ancora più stupita, si accigliò:

«Cosa? Non lo posso vedere subito?!»

«No, perché è troppo grande. È dentro uno scatolone.»

In quel momento, arrivò la bistecca. E Eugenio, finalmente, sentì un appetito così forte, che avrebbe dato qualunque cosa pur di mangiare subito. Ma guardò Eva e capì che era assurdo mettersi a mangiare senza darle prima il regalo:

«Vieni con me, andiamo a prenderlo» si alzò e «torno subito» disse al cameriere che si affrettò a coprire la bistecca con un piatto.

Eugenio, camminando più svelto che poteva, condusse Eva alla prima traversa, dove era la macchina. Aprì il baule e tirò fuori lo scatolone con una certa fatica.

«Ma che cos'è?»

«Vedrai. Dove abiti?»

«Qui. Vicinissimo.»

«Meno male. È grande, ma non è pesante. Così lo porti subito a casa e lo guardi. È assurdo che tu lo apra lì in trattoria.

Ma ti lascio perché ho troppa fame. Ci vediamo domattina, mi dirai se ti piace o no.»

«Domattina è sabato e fino a lunedì non si lavora.»

«Be', me lo dirai lunedì...» Chiederle un appuntamento per l'indomani, gli parve volgare: come esigere un diritto acquisito con il regalo. La verità era un'altra e misteriosa: di colpo, Eva continuava soltanto a incuriosirlo e niente altro. «... Sì, lunedì. Caso mai, se proprio non ti piace, lo si può anche cambiare. Lo si può cambiare anche se non ti va bene di misura. Ciao, cara. Buonanotte. No, non accompagnarmi. Separiamoci qui. Lasciami andare a mangiare, ciao.»

Si abbracciarono. Eva lo baciò tre volte. Appena avviato, Eugenio si sentì chiamare e si voltò. Eva era rimasta ferma sulla strada con lo scatolone tra le braccia:

«Che cos'hai, Eugenio? Zoppichi?»

«Sì, una storta, non è niente. Me la sono fatta per colpa tua!»

«Mia?! No!»

«No, sta' tranquilla. Scherzavo. Ciao. Dormi bene, e speriamo che il regalo ti piaccia. Ciao.»

Dopo la bistecca e l'insalata, Eugenio prese anche un po' di pecorino e un dolce. Quando arrivò all'albergo, il portiere di notte, con la chiave della stanza, gli consegnò un messaggio: *Ore 23.15. Sig.ra Eva Bignami ha telefonato per ringraziare moltissimo.*

Eugenio aveva il numero del telefono di Eva. Salì in camera, la chiamò subito, non rispondeva. Chiamò allora Los Angeles e dopo aver parlato con Irma, senza nessun pentimento si addormentò.

6

L'intera giornata di sabato, la passò nel suo appartamento al Grand Hotel: due grandi stanze spaziose e, in una, tutti i libri, i documenti e le foto che gli servivano per stendere il lavoro più urgente: la sceneggiatura definitiva dei diciotto nuovi shorts: dieci Sibille e otto Profeti. Ma alle nove di sera si rese conto che per finire quella stupidaggine doveva lavorare anche tutta domenica. Era stufo. Mangiò un boccone al ristorante dell'albergo e poi uscì, voleva uscire, camminare, prendere aria. Dove diavolo andare? Villa Borghese? No, Trastevere. Trastevere ancora? Non ne aveva basta? Eh, no, neanche per sogno. Eva, adesso che praticamente ci aveva rinunciato, in un altro modo lo incuriosiva ancora più di prima. Una curiosità quasi da detective? Ecco, sì. Un'altra delle sue manie, erano le carte geografiche e specialmente quelle topografiche. La prima cosa che faceva arrivando in una città era provvedersene. E, con un anticipo istintivo, prima di scendere al ristorante si era messo in tasca due mappe del Trastevere, quelle a scala più grande. Mentre mangiava, con una biro verde aveva subito segnato il vicolo Malacarne, dove, al numero 23, abitava Eva. Anche questo, aveva previsto: tre volte, alla fine della mattinata, e poi alle quattro e alle sette del pomeriggio, aveva interrotto il lavoro per fare il numero telefonico di Eva: e sempre senza risultato. Chissà, forse non aveva pagato il telefono e glielo avevano tolto. Oppure, era andata in week-end da qualche parte. Inutile ostinarsi, la sola cosa possibile era appunto di andare al vicolo Malacarne. Molto probabilmente, Eva non la avrebbe trovata. Ma, almeno, avrebbe visto dove stava.

Era una notte ancora più tiepida della precedente, sembrava già maggio. Il vicolo Malacarne era effettivamente molto vicino alla trattoria di Diego: da quello che si capiva dalla mappa, e le mappe non sono mai abbastanza precise, quel vicolo era al centro di un gruppo di viuzze storte, a metà distanza tra viale del Re e piazza San Cosimato. Quando, però, arrivò sul posto, abbandonò quasi subito l'ottimistica intenzione di procedere consultando passo per passo la mappa: la mappa era troppo approssimativa, piena di sbagli. E anche le belle, solenni, classiche insegne toponomastiche di marmo o di travertino caratteristiche dell'Urbe non erano a tutte le cantonate, ma soltanto una ogni tanto, e qualche volta si aveva persino l'impressione che fossero inesatte: una viuzza curva continuava con lo stesso nome, e in un'altra, tutta diritta, invece il nome cambiava anche tre volte. Così che, quando, finalmente, trovò il nome "Vicolo Malacarne", non trovò poi, per un tratto abbastanza lungo, neanche l'ombra di un numero: l'ultimo leggibile era il 15, e il primo di nuovo leggibile era il 28. Non vigeva la regola dei numeri pari da un lato e dei numeri dispari dal lato di fronte. Per trovare un indirizzo, bisognava già esserci stati. E il vicolo era così stretto che non ci passavano le auto; si vedevano, qua e là, appoggiate al muro, soltanto motociclette e motorini. L'aria pesante, puzzolente, un vicolo intransitabile durante l'estate. Ma Eugenio non si dava ancora per vinto. Stabilì che sarebbe stato l'ultimo tentativo prima di andarsene. Aveva visto, in altri vicoli, che molte volte i numeri di quelle porte o tutt'al più piccoli portoni, non erano stampati a fuoco sulle solite placche di ceramica, ma semplicemente dipinti a mano, in rosso o in nero, con un pennello, sul muro o sul legno di un battente. Stabilì di percorrere lentamente tutto lo spazio, da una parte e dall'altra di quello che, con una certa probabilità, era il vicolo Malacarne: e di controllare ogni ingresso di abitazione metodicamente, nel caso che saltasse fuori il numero 23. Quasi tutti quei portelli, a uno o a due battenti, erano aperti: vi si accedeva su due o tre scalini di pietra, si vedeva un andito semibuio o illuminato da una fioca luce rossastra, e qualche volta era subito la rampa di una scala che saliva e si perdeva in alto, nell'oscurità. Fu fortunato: uno strapazzato ma inequivocabile 23 non tardò a apparirgli, scritto con inchiostro, su un cartoncino sporco di un colore sospetto, e inchiodato sull'anta di un portone che era aperta contro il muro, all'interno.

La scala era ripidissima, quasi impervia, ma bene illuminata. Deciso, Eugenio salì fino al primo pianerottolo, al centro di due corridoi che si prolungavano dalle due parti opposte, per una decina di metri ciascuno. Uno dei due completamente al buio. L'altro, invece, illuminato, in fondo, da una scala interna che cominciava di là, salendo ai piani superiori. Eugenio raggiunse quella luce e proprio là, quasi facendo angolo con la scala, c'era un uscio socchiuso, ma meno chiuso che aperto, su un appartamento illuminato. Bussò a quell'uscio, sicuro di trovare, dentro, qualcuno al quale avrebbe potuto domandare se abitava in quella casa la signora Bignami. Bussò. Nessuna risposta. Bussò più forte, invano. Spinse l'uscio, quasi gridò:

«Mi scusi! C'è qualcuno?»

Niente. Ripeté un'altra volta la stessa frase e, visto che non pareva ci fosse gente, spinse l'uscio, avanzò mezzo passo dentro. Brillava, al soffitto, una lampadina appesa al suo filo, e intanto Eugenio si sentì investito da un tanfo così sgradevole che avrebbe fatto un immediato dietro-front se ciò che vedeva non lo avesse persuaso al contrario.

Era una stanza da letto, anzi era un appartamento di una sola stanza, perché si vedeva, da una parte una finestrina che doveva dare in un cortiletto o in un altro vicolo, non sul Malacarne – e, dalla parte opposta, un usciolo spalancato su una angusta camera da bagno. Il letto era quasi da una piazza e mezza. Lenzuola, cuscini, coperte in disordine. Un mobile a scaffali pieno di libri, contro la parete tappezzata come l'intera camera di una vecchia, malandata carta a fiorami arancione e verdastri, ma tutta a squarci e sbrindellature. Un grosso baule, due valigie. E una scrivania con sopra dei giornali, una polverosa Olivetti portatile e, dietro la scrivania, una seggiola di legno chiaro, impagliata, su cui pendeva, come buttato là, qualcosa di lucido, di colore blu. Bleu savoja?

Era, sì, era il grande nastro del regalo: Eugenio lo aveva preso in mano, nessun dubbio possibile: quella era la stanza di Eva.

Per qualche momento non lo aveva più sentito, ma ora il tanfo era di nuovo insostenibile. Andarsene? Aperta la porta, accesa la luce, ogni cosa abbandonata in disordine... più che probabile, sembrava certo che Eva si trovasse, magari in un altro piano, nella stessa casa: o addirittura fuori, ma lì vicino. Assurdo aspettarla in quel fetore, alzò il tacco. Raggiunta la porta, tuttavia si voltò un attimo: si guardò intorno se vedeva un telefono: niente: se c'era, era nascosto. Che cosa gli importava ormai del telefono? Scese la terribile scala, la storta gli faceva male, attento a non prendersene un'altra! Uscì. La aspetterò qui, in caso. Cominciò a passeggiare davanti, su e giù, nel vicolo, guardandosi intorno. Perse la pazienza. No, non era il caso, di aspettarla. Massimo lo aveva avvertito: la chiamano la trasteverina perché è una pazzerella. Capace di andarsene in week-end lasciando la casa aperta. Forse, anche, si drogava. Niente di più facile. Sparisce, mal di testa, dieci caffè al giorno, non risponde al telefono, oppure mi dà il numero ma non ha il telefono. Simpatica, carina, spiritosa, certo intelligente: ma che pena. Via! Via!

Aveva lasciato la macchina, come la sera prima, all'angolo del viale. Si accorse, mentre stava per entrare in macchina, che l'aveva lasciata davanti a una farmacia. Una farmacia chiusa. C'era il solito avviso. D'istinto, senza pensare perché, si accostò alla bacheca. Il cartellino diceva: FARMACIA BERARDI. APERTA DOMENICA 12 APRILE DALLE ORE 16 ALLE ORE 24. Provava una strana sensazione: che *farmacia, farmacia Berardi, farmacia* dovesse ricordargli qualche cosa di importante. Ma che cosa? Non si ricordava. Basta. Non ci pensò più.

Qualcosa di simile accade quasi sempre a tutti quanti: il primo pensiero di Eugenio, svegliandosi il giorno dopo, fu che la Farmacia Berardi gli ricordava un'epoca lontana della sua vita: quando, appena laureato, era arrivato a Roma, a lavorare con Medìn, Gastone Medìn di Zara, il più famoso scenografo cinematografico di allora. Tutte le volte che c'erano delle scene da montare per il giorno dopo e la squadra dei macchinisti faticava fino a mezzanotte e magari dovevano tornare soltanto qualche ora dopo per incominciare un altro ambiente, il simpatico zaratino se ne andava verso le otto di sera e lasciava lì il suo giovane assistente il quale gongolava della sua nuova responsabilità. I macchinisti, verso le dieci, prima dell'ultimo sforzo, chiedevano se potevano ordinare un panino e una birra, e c'era sempre uno che, dall'alto di un ponte, gridava: «A sor Eugenio, a sor professore! noi siamo quej de' la ditta Berardi, la matina presto e la sera tardi!».

Farmacia Berardi! Ma, svegliandosi, si era ricordato non soltanto Berardi, ma anche, e contemporaneamente, di Eva: Eva si era fatta dare la bomboletta di aria compressa da una sua amica, un'amica farmacista! Ora, la Farmacia Berardi era vicinissima alla casa di Eva, e era aperta fino a mezzanotte quella sera, la sera di quella domenica 12 aprile. Si sentiva sicuro, Eugenio, di finire Profeti e Sibille in tempo: con sufficiente anticipo, in ogni caso, per trovarsi alla Farmacia Berardi prima della chiusura.

E cenò di nuovo in albergo, comodamente: respingendo senz'altro la stupida e tetra tentazione che gli aveva attraversato il cervello per un attimo, di tornare al nefasto Diego. E anzi: non parcheggiò al solito posto. Vide di lontano che era occupato. Parcheggiò un bel pezzo prima. E poi, quando arrivò davanti a Diego vide che era buio, chiuso, e questo bastò a rallegrarlo: era certamente un buon auspicio! Tutto sarebbe andato bene! Avrebbe trovato la farmacista! La farmacista della Farmacia Berardi sarebbe certamente stata un'amica di Eva e certo avrebbe detto qualche cosa: uno spiraglio, almeno, si sarebbe aperto, in qualche modo, sulla misteriosa vita di Eva: la casa abbandonata, il telefono nascosto o inesistente e come mai, dopo la telefonata al Grand Hotel per ringraziare del regalo, fosse scomparsa, eccetera, eccetera...

La Farmacia sfolgorava di luci bianche, quasi abbaglianti: inoltre qua e là, sovrapposte, grandi scritte pubblicitarie rosse, gialle. E naturalmente, come tutte le farmacie d'Italia, specie quando aperte una domenica sera, era piena zeppa di gente in attesa di venire servita. Anche questa ressa, che in qualunque altro caso avrebbe irritato Eugenio così da rinunciare subito al dentifricio al bicarbonato alla 4711 che per ipotesi avesse voluto comprare, perfino questa ressa gli parve un segno fortunato: ma sicuro, sicurissimo! Nella confusione che passeggiando davanti alla farmacia si divertiva a osservare attraverso i cristalli, sarebbe stato più facile spiare le commesse senza dare nell'occhio e magari indovinare proprio quella che era l'amica di Eva. Si distinguevano facilmente, le commesse, dai loro lunghi camici bianchi. Guardò l'ora: neanche le dieci. Aveva dunque tutto il tempo per studiarsele, a una a una. Quello che gli sarebbe piaciuto ancora di più, sarebbe stato di riuscire a individuare l'amica di Eva restando fuori, in modo, poi, di entrare e dirigersi senza esitazioni verso di lei. Ma purtroppo non arrivava nemmeno a contare quante fossero: quattro, cinque, sei? E c'erano anche due uomini, due commessi. Gli sembravano tutte giovani, le commesse: nessuna di loro si poteva, a rigori, escludere che fosse quella giusta: a questa riflessione, Eugenio si sentì come assalire da un primo scoraggiamento. Senza contare, si disse, che l'amica di Eva potrebbe benissimo non essere una che lavora in questa farmacia. Non aveva nessun indizio in senso contrario, è vero: ma non bastava, purtroppo. Guardò di nuovo l'ora. Ahimè, erano già le dieci e venti. Il tempo passava. La folla, dentro, cominciava a diminuire. Bisognava decidersi a entrare. Il cuore gli batteva: distratto dal sentirselo battere, entrò con eccessivo impeto e si scontrò malamente, pestando un piede a un giovanotto che usciva, e che, senza voltarsi, strillò:

«E stai un po' attento, porca miseria!» Eugenio stava per strillare più di lui, ma – non voleva attirare l'attenzione della gente – si limitò a rispondergli come se parlasse a se medesimo: «Stia attento lei, piuttosto!» e così il giovanotto se ne andò senza neppure udirlo.

Per superare quel momento, Eugenio accese una sigaretta, e istintivamente evitando di procedere in coda alla maggioranza verso il lungo bancone centrale, deviò verso uno spazio libero, in fondo, a destra, dove chiaramente gli armadi vetrati, i tavolini, gli scaffali girevoli erano più che altro articoli di profumeria. Si curvò su un carrello, su una quantità e varietà di saponi accumulati in due canestri. Scelse uno di quei cofanetti lunghi che contengono, ciascuno, tre saponette francesi. Lo prese con l'idea di guadagnare adagio il banco mettendosi pazientemente in coda. Ma, ahimè, Eugenio odiava fare la coda. In quindici anni di California, era l'unico uso americano a cui non si era mai piegato. I hate to be in line. I never cue. Non faccio mai la coda, per nessun motivo. Si voltò e cambiò volentieri idea: gli sembrò naturale aggirare tranquillamente la coda e raggiungere così l'estremità sinistra del lungo banco. Mostrare di lontano il cofanetto (aveva ormai perso la speranza di trovare l'amica di Eva) a una qualunque delle commesse? No, sarebbe stato scorretto, un po' troppo *italiano*. Meglio restare all'estremità del banco, e attendere di là il suo turno. Era sempre un fare la coda: ma *con distacco*. Così cominciò. Senonché, levando lo sguardo verso l'estremità opposta del banco, fu come fulminato da una visione sconvolgente e fino a quel momento nascosta dalla ressa di coloro che premevano ammucchiandosi contro il banco. Era la visione di un giubbotto, aperto, corto alla vita, di jeans azzurro cupo, e tutto decorato di strass luccicanti come rame, oro, argento, e i calzoni stretti e fascianti le natiche e le gambe, ma anche quelli decorati, alla vita, di strass luccicanti: un super-jeans per un cow-boy da operetta, e in questo caso per ragazza, o per donna. Infatti era una donna o una ragazza quella che lo indossava. Ma Eugenio non aveva, lì per lì, badato alla donna o alla ragazza. Eugenio aveva visto soltanto quello stesso jeans, un jeans-monstre che disgraziatamente non aveva mai visto coi propri occhi ma descritto accuratamente al Portiere del Grand Hotel.

Non poteva già cantare vittoria. Se il Portiere aveva trovato quel modello, la commessa – ma, in ogni caso, non doveva essere una commessa, tutte le altre avevano il loro camicione bianco: poteva solo essere la capa, la padrona, la vera Farmacista, una insomma che non aveva esitato a conciarsi in quel modo – se, dunque, il Portiere del Grand Hotel aveva trovato in un negozio di Roma quel modello, anche questa matta di Farmacista poteva averlo trovato nello stesso negozio o in un altro. Da lontano, e nella luce un po' falsa del luogo, con tutti quei cristalli intorno, e con gli sportelli vetrati continuamente aperti e chiusi dalle commesse e dai due commessi che cercavano le medicine o le rimettevano a posto, era impossibile vedere la faccia della Signora Farmacista. Eugenio, allora, senza pensarci, per la prima volta nella sua vita si mise in coda. E, a ogni passetto che faceva avanti, vedeva un po' meglio colei che poteva (almeno questo era possibile) essere l'amica di Eva. Naturalmente, tutte le volte che una delle commesse si sporgeva nell'atto di chiedergli che cosa desiderasse, Eugenio, fingendo di guardare altrove, si ritraeva, perdeva il turno, ma poi, spostandosi, si avvicinava sempre più alla Signora. A poco a poco, si rese conto che non era affatto una ragazza, ma una donna matura... ma una donna anziana, ma... ma una vecchia. Finché, di colpo, la riconobbe: era l'ignota che tutti, a Cinecittà, avevano creduto fosse una *generica* qualunque: la Sibilla Cumana era lei! Rifletté: l'ignota che aveva fatto la parte della Sibilla era stata truccata e invecchiata da *vecchia decrepita* perché assomigliasse alla figura di Michelangelo. La canizie della chioma era una parrucca bianca; le rughe erano rinforzate da solchi di neretto; soltanto le mammelle erano autentiche! Ecco perché la Farmacista era, sicuramente, molto meno vecchia di come pareva truccata da Sibilla. Per le mammelle Eva si era addirittura scagliata attraverso la scena con la scusa che Eugenio ci teneva a vederle bene, per quelle incredibili mammelle, sode, erette, giovanili. Era chiarissimo ormai che la viziosa Eva aveva perso la testa per le mammelle della sua amica farmacista!

Ancora un cliente, l'ultimo, separava Eugenio dal suo inevitabile incontro con la Sibilla. E come Eugenio sapeva che lei lo avrebbe riconosciuto, così la Farmacista sapeva che lui le avrebbe riconosciuto addosso il suo regalo a Eva. Da un impercettibile, immediato abbassarsi dello sguardo di lei appena si avvide di lui, Eugenio intuì che la Farmacista si sarebbe comportata come se non lo riconoscesse. Fino a quel momento, Eugenio si era proposto di parlarle senz'altro di Eva, di chiederle come stava Eva, come mai da due giorni Eva non si fosse più fatta viva. Ma, dopo tutto, perché insistere in queste curiosità? Eugenio rinunciò alla desiata agnizione: ma era poi così importante, adesso che aveva scoperto il mistero di Eva?

La Sibilla si sporse tutta, sul bancone, per munirsi di una lente: i due seni, nudi e duri, tenevano semiaperto il giubbotto. Senza levare gli occhi su Eugenio, gli prese dalle mani il cofanetto, lo rovesciò per decifrare con la lente il prezzo, disse quanto era. Poi posò il resto sul banco mormorando un «Grazie» e guardando già il successivo cliente che neanche a farlo apposta era una ragazzina bella e giovanissima. Eugenio però indugiò a contare il resto, o piuttosto fingendo di contarlo perché la sua attenzione aveva seguito la Farmacista: nella sua splendida montura luccicante di strass si era slanciata verso uno dei più lontani armadi vetrati, alla ricerca del medicinale richiesto dalla ragazzina, e camminava svelta dimenando un sedere così attraente... così attraente che Eugenio uscì dalla farmacia pentito e mortificato di non aver fatto amicizia con la Farmacista come del resto avrebbe potuto benissimo!

Che cretino sono stato! si disse appena in macchina. Pensava ai seni, ancora di più al sedere di quella donna straordinaria. Di Eva, se ne era completamente e per sempre dimenticato: come se non fosse mai esistita.

7

Finalmente il grande schermo della sala di proiezione felpata di cremisi e raggiante di ori che quella mattina la Pepfel inaugurava in solenne segretezza all'Acqua Acetosa, si oscurò. Squillarono le vittoriose trombe che risuscitano la carne, apparve la fiammeggiante scritta

PEPFEL PRESENTA

che tosto si rassodò in quest'altra di rude rubino

IL GIUDIZIO UNIVERSALE DI MICHELANGELO

mentre irrompeva inghiottendo il coro delle trombe quello umano e formidabile della Cappella Sistina: il Gloria della *Missa Solemnis* di Pierluigi da Palestrina.

Si trattava di una sorprendente novità tecnologica. La vecchia *truka*, sorvegliata da Eugenio e da Massimo, aveva funzionato al di là di ogni più ardita aspettativa. Era qualcosa di mai visto al cinema. Non si capiva assolutamente come si fosse potuto trovare personaggi così giganteschi i quali, immobili sullo schermo per qualche minuto e di modo che la prima impressione era appunto la stessa di affreschi o di statue, sculture colorate, non si capiva assolutamente come a un tratto respirassero, si muovessero, parlassero. Il segreto dell'effetto stava forse tutto in una sottigliezza insospettabile, consisteva nella giusta misura che Eugene Kramer e il suo vecchio amico l'operatore Massimo Maggiora erano riusciti a indovinare, a furia di prove.

Infatti, se quelle figure fossero state soltanto un po' meno gigantesche rispetto alle dimensioni degli angeli, dei putti, dei servi, degli accessori, dei vari oggetti, nessuno avrebbe trasecolato. E se, al contrario, fossero state molto più gigantesche, subito si sarebbe pensato a un inganno fotografico. Ma no: Sibille e Profeti erano più grandi e più grossi del normale in una giusta misura: quanto bastava perché non si pensasse mai a un artificio, a un trucco. Si aveva la certezza, guardandoli, che erano tutti giganti autentici, veri e vivi.

Soltanto le prime due file di poltrone erano occupate, e sul dorso felpa cremisi di ciascuna sfavillava anche nella semioscurità, durante la proiezione, l'ottone di una falce di luna e un motto inciso in corsivo: *for ever Pepfel for ever*. Gli invitati erano non più di una quindicina. Al centro, in una poltrona d'onore, più grande delle altre e più decorata ma, certo per delicatezza, l'unica sprovvista del motto troppo pubblicitario, sedeva un Monsignore americano del Vaticano. Insieme a due suddiaconi, anche loro come lui in veste sacerdotale, lo aveva accompagnato lì l'amico di Peppino, l'avvocato Gualdo Moriconi, affinché il Vaticano si rendesse conto dell'eccezionale *fenomeno cinemichelangiolesco* e dell'estrema importanza della prima produzione Pepfel. Alla sinistra di Monsignore sedeva Peppino, e alla destra Felicìn. Alla propria sinistra Peppino aveva il signor Fuentes, uno dei due soci spagnoli che erano arrivati con lui soltanto la sera precedente. E Felicìn alla propria destra aveva l'altro, il signor Carreras.

Quanto a Eugenio, Eugene Kramer, era anche lui presente: ma lontano, nell'ultima fila, in alto sotto la finestrella della cabina di proiezione. E malgrado tutto il cinismo conquistato in quindici anni di Hollywood, soffriva ancora. Soffriva nell'ansiosa, tormentosa attesa dell'effetto che avrebbe fatto la sua opera su quell'esiguo ma grave gruppo di invitati. Subito il primo short – il Profeta Zaccaria – era stato accolto da soffocate esclamazioni di meraviglia e poi, al riapparire della luce, da un nutritissimo, prolungato applauso. Peppino si voltò indietro e guardò in alto, direttamente verso Eugenio e poi si accostò all'orecchio di Monsignore, e Monsignore non tardò a alzarsi e delicatamente applaudire nella stessa direzione. Fu spenta la luce. Di nuovo irruppe l'immane groviglio armonico di Palestrina.

Toccava alla Sibilla Delfica. La contadina del Mugello ottenne esclamazioni e applausi ancora più decisivi. E così via: il vecchio Profeta Gioele e il giovane Profeta Isaia, poi la Sibilla Eritrea, l'aristocratica fiorentina, poi la decrepita Sibilla Farmacista, Ezechiele, Daniele, la Persica, la Libica e Geremia: il successo cresceva ogni volta, inarrestabile: e un trionfo, addirittura, ottenne l'ultimo della serie, l'erculeo, giovanissimo Profeta Giona e cioè l'impavido campione italiano del lancio del disco. Opportuni, calzanti, esaltanti erano intanto, sulla colonna sonora, i diversi brani corali. E in coro, gli invitati si affrettarono a esigere il bis.

Felicìn telefonò alla cabina di ripetere l'intera serie di dodici shorts: «Ma tutti di seguito, questa volta. Senza accendere la luce tra l'uno e l'altro!».

Cinque minuti, una pausa mormorante di soddisfazione generale mentre in cabina si provvedeva a ricaricare il proiettore, poi fu di nuovo il silenzio, il buio, Palestrina: e in quel momento Eugenio si sentì toccare una spalla. Massimo si era seduto accanto a lui.

«Ma come?» sussurrò Eugenio. «Tu eri qui? Ormai non ti aspettavo più, credevo che ti fossi dimenticato della proiezione...»

«Ero qui in giro prima di te. Ma devo parlarti subito...» Massimo si guardò intorno circospetto, sembrava preoccupato, gli si avvicinò e disse in un soffio: «Non hai visto com'è nero Peppino?».

«No. Anzi. È entusiasta... Tutto va benissimo!»

«Benissimo? Per carità...» e, guardandolo fisso, levò un dito alle labbra per dirgli che non poteva parlargli lì. Eugenio allora si alzò, salì l'ultimo gradino e attento a non far rumore uscì, con Massimo, dalla porticina che comunicava con la cabina di proiezione.

«È andata bene, mi sembra...» disse l'operatore a Eugenio.

«Benissimo, un piccolo trionfo! Non hai sentito gli applausi?»

«Eh, certo! Volevo ben dire! Congratulazioni, professore!»

Massimo intanto lo aveva già preso sottobraccio e condotto all'ascensore. Durante la breve discesa, Massimo continuò a fargli segno che non poteva parlare. Appena di sotto, uscirono in un prato con qualche albero e un vialetto che conduceva al retro di un nuovo stabilimento di sviluppo e stampa. Fortunatamente non c'era nessuno in vista. Eugenio era preoccupato e impaziente:

«Dimmi subito. Non posso restare qui. Da un momento all'altro la proiezione finisce, è già la seconda, e mi cercheranno...»

«Non so da che parte incominciare. Un disastro. Tante notizie, e tutte cattive.»

«Ma come le hai avute?»

«Un caso, Gigetto, mio figlio che mi ha portato qui in macchina, adesso è fuori che mi aspetta, è amicissimo dell'autista di quel Monsignore americano...»

«Sì! È entusiasta più di tutti!»

«Aspetta. La notizia è certa.»

«Quale notizia?»

«Non si fa più l'Anno Santo.»

«Vuoi dire che nell'89 non lo si fa più? Va bene, lo faranno nel novanta. Meglio così!»

«No, che novanta? Chissà, nel Duemila, forse! Ma questo non è niente. Pare, che cosa dico: pare? È certo, certissimo, che Monsignore, anzi il Vaticano stesso ha deciso di troncare tutti i rapporti con... con Peppino e l'altro. Hanno scoperto che, sotto, c'è tutta una speculazione tipografica, che a quelli del Vaticano, non gli piace. E poi... ma fa parte della stessa cosa... e poi è anche deciso che la lavorazione, del film o degli shorts, quello che stiamo facendo... non la si fa più qui, in Italia, a Roma. Ma la si fa in Spagna, a Madrid! Hai capito? E, te lo dico subito... io non so come sia il tuo contratto con loro... forse ci sono delle clausole che ti obbligano a andare in Spagna...»

«Sì, certo, il mio contratto prevede tutti gli spostamenti e viaggi possibili...»

«Ecco, lo sentivo... ma io non sono nelle tue condizioni. E non mi muovo di qui neanche se... a nessun patto, insomma. Mi rincresce per te, perché sai che ti voglio bene. E pare che vogliano fare economia. Hanno scoperto che lo stesso film, lo stesso lavoro, anche questo degli shorts, se lo fanno in Spagna, viene a costargli meno della metà. Capito?»

«Ho capito tutto. Adesso ti lascio, devo correre là, devo. Ti ringrazio, ci telefoniamo.»

«Oh, Eugé, ti raccomando. Fa' finta di niente.»

«Sta' tranquillo.»

«Ma vedrai che, prima di stasera, ti dicono tutto. Ci vediamo.»

Eugenio, quando riapparve nella grande sala di proiezione, fu accolto da un'ovazione. Monsignore si mise a parlare con lui in inglese fitto fitto, e Felicìn a un certo punto intervenne per dire a Monsignore che bisognava assolutamente fare vedere gli shorts a Sua Santità.

«Of course, of course!» fu la pronta, entusiastica risposta di Monsignore.

«Thank you» disse pronto Felicìn ma con una risata così scattante e esagerata da rivelargli come la sua indifferenza e la sua distanza da tutto ciò che riguardava eventuali rapporti con il Vaticano superavano perfino quelle di Monsignore verso la Pepfel.

Solo Peppino si lasciò sfuggire un accenno alla realtà. Era lì, con Moriconi e con gli spagnoli, a brindare con un analcolico. Incontrando il suo sguardo che dovette parergli un po' incerto, lo ricambiò con un sorrisetto istintivamente sarcastico:

«Dove ti eri cacciato, Eugenié, durante la seconda proiezione?»

«Ero su, nella cabina. Mi sono fermato a controllare la pellicola: mi era sembrato, vedendo la proiezione, che nel montaggio ci fosse un attacco un po' sbagliato... roba di millimetri, intendiamoci.»

«E era poi sbagliato o no?» A Eugenio sembrò che Peppino, interrogandolo così, lo fissasse con improvviso rancore: quasi avesse capito che Eugenio, informato del disastro, gli era diventato nemico. Ma subito Eugenio si disse che non doveva essere così. Semplicemente, Peppino – a differenza da Felicìn – era un istintivo: l'intelligenza pronta e irrazionale di un cane da caccia.

Eugenio Crema-Donnini non vacillò. Sostenne con durezza il duro sguardo di Peppino. Se la barca della Pepfel cambiava rotta, Eugenio si sentiva abbastanza sicuro di se stesso per lasciarla in tempo e approdare a un porto di proprio gradimento.

Se non altro, tutto si svolse molto più rapidamente, senza i graduali e lenti sotterfugi che Eugenio temeva. Verso sera, il giorno stesso della trionfale anteprima degli shorts, nel giro fortunosamente ancora limitato degli interessati alle operazioni pubblicitarie della Pepfel si era venuti a sapere che Peppino e Felicìn non avevano, come dicevano, acquistato i nuovi stabilimenti dell'Acqua Acetosa, sviluppo e stampa, laboratori di montaggio, grande sala di proiezione, ecc. ma avevano soltanto affittato l'intero complesso con l'unico scopo di sfruttarlo per il lancio del *Giudizio Universale*. E tanto per incominciare, non più tardi dell'indomani mattina, ci fu chi provvide a smontare dalle poltrone cremisi il marchio e il motto mendace della Pepfel, le falci di luna che poi non erano neanche di ottone, ma di cartoncino dorato e lucido, come dépliants delle fiere enologiche. Frattanto, nell'appartamento di Peppino al Grand Hotel, presenti gli avvocati delle due parti, si sostituiva al contratto di Los Angeles un nuovo contratto che, con minore compenso ma pienissima soddisfazione di Eugenio, lo obbligava (1) a restare in Europa, anziché fino al 15 marzo 1989, non oltre il 15 ottobre del corrente 1987, (2) a finire tutti e trenta gli shorts, (3) a presentare entro lo stesso 15 ottobre i sommari dei trenta racconti, scelti di comune accordo con la produzione Pepfel, e contenuti ciascuno in una sola cartella a sua volta contenente non più di 32 righe di testo.

Immediata, unica e succinta fu l'amichevole spiegazione che Felicìn e Peppino avevano anteposto all'offerta del nuovo contratto. Era successo questo: improvvisamente, verso la mezzanotte, la vigilia della solenne proiezione all'Acqua Acetosa, l'avvocato Moriconi si era presentato al Grand Hotel per avvertire che Monsignore sarebbe venuto molto volentieri come aveva promesso e che tuttavia la Santa Sede aveva deciso di rimandare *sine die* l'Anno Santo.

Ultima notizia: tutto il lavoro, da quel momento in poi, Eugenio doveva svolgerlo a Madrid. Peppino e Felicìn gli sarebbero stati particolarmente grati se partiva con il loro aereo privato mercoledì della prossima settimana.

La riunione nell'appartamento di Peppino finì all'una del pomeriggio. A Los Angeles erano le cinque di mattina. Ma Eugenio era troppo felice per non svegliare Irma. E Irma fu ancora più felice.

La sola cosa che gli seccava, era che Massimo non venisse a Madrid con lui. Del resto Felicìn, prima di firmare il nuovo contratto, gli aveva detto che l'intera troupe doveva essere reclutata sul posto. Gli fece anche il nome dell'operatore, era il più bravo, un basco, Licinio Arnudi, si informasse pure. Eugenio insisté per portare da Roma almeno un assistente, e gli fu concesso. Non era tanto per il lavoro che gli seccava di non portare con sé Massimo. Era per qualche cos'altro, un sentimento, un'apprensione insolita: e che era sicuro di provare, stranamente, inspiegabilmente, per la prima volta nella sua vita. Mai si era lamentato della solitudine, Eugenio. Non si sentiva mai solo: figuriamoci poi in una città come Madrid, che conosceva già, che gli piaceva moltissimo, e dove era stato varie volte ma sempre per lavoro, e quindi avrebbe avuto, questa volta, tutte le possibilità di girare, vedere novità, divertirsi: il lavoro degli shorts e dei racconti era una sciocchezza! Ma no: questa volta, la solitudine non gli andava. Era come se temesse qualcosa. Tutto gli era andato anche troppo bene, fino allora: l'avventura della trasteverina, pensò, poteva certo finire con qualche sgradevole complicazione, qualche fastidio, forse anche un guaio: invece, Deo gratias, era andata così bene, si era divertito tanto a fare il detective immaginario... No, in Spagna: no, a Madrid, questa volta, avrebbe davvero voluto, per la prima volta, non trovarsi solo. Ecco perché aveva chiesto a Felicìn se poteva portarsi un assistente. Aveva pensato a Alberti. E ecco perché, dopo Irma, telefonò a Alberti. Ma temeva troppo che Alberti fosse occupato: e perciò, quando lo ebbe al telefono, lì per lì, non gli disse ancora niente. Voleva dare importanza alla cosa. Voleva guardarlo in faccia. Ci teneva troppo che Alberti gli dicesse sì:

«Senti, sono a Roma da tre mesi, e non ci siamo mai visti. Perché non ceni con me stasera? Oltre tutto, devo anche parlarti...» Si interruppe: forse sarebbe meglio che non gli dicessi niente, per telefono: non vorrei che si preparasse a dirmi no: ma poi, intanto, aveva pensato che Alberti era un amico vero, e non era giusto trattarlo diplomaticamente: «sì, devo parlarti di un affare che per me è molto importante. Grazie. Vieni tu a prendermi, stasera alle nove? Sì, grazie e studia anche dove possiamo andare, le trattorie di Roma sono tutte cambiate, e fino adesso mi sono sempre trovato così male. Grazie, ciao».

Con Alberti, andò male. Era impegnato in un film di prim'ordine, aveva appena incominciato, assolutamente non avrebbe, in nessun caso, potuto venire in Spagna con lui. E si era anche sposato, aveva già tre bambini... «Bellissimi, vorrei che tu li vedessi! E anche la moglie, ma già la conosci...» e gli disse chi era, una brava attrice la quale, appena sposata, aveva smesso di recitare e di fare film. «... no, figurati se per te, con te, se appena fossi stato libero, non sarei venuto. Ma con gioia!... Aspetta un momento: ho un'idea!»

«Un'idea?» Eugenio si sentì battere il cuore, mentre si chiedeva quale poteva essere l'idea di Alberti. «Un'idea? Chi? Dimmi subito...»

«Be', è un caso, forse il destino.»

«Dimmi, perdio! Chi?»

«Be', è un po' di tempo che non ne sento più parlare... ma sono sicuro che Olga, qualche anno fa, era andata a lavorare proprio in Spagna, a Barcellona...»

Eugenio taceva. Era certo di ricordare bene: Alberti non aveva mai saputo, e non aveva mai potuto sospettare della sua relazione con Olga. Capì, però, che doveva dire qualche cosa:

«Olga? A Barcellona, dici? Ma io vado a Madrid.»

«Va bene, ma credo che non è nemmeno un'ora di volo. Tu informati, cerca se è sempre a Barcellona, penso che lavori in qualche modo per qualche architetto... o qualche scenografo, se non proprio nel cinema... e se la trovi libera, te la fai venire a Madrid.»

Queste parole, tranquille e normali, confermarono a Eugenio che Alberti non doveva sapere niente a proposito di Olga. Lo confermarono, anzi, al punto che osò fare una prova:

«Perché... forse mi vedi un po' incerto perché...»

«Sì, certo! Lo so, ricordo benissimo! Olga ti aveva lasciato! Avevate litigato per una stupidaggine, poco prima che tu te ne andassi in America... è così? Ma che cosa vuoi che conti, dopo quindici anni? Lei ti vuole sempre bene, certamente, e certamente tu e Irma ormai avete avuto tutto il tempo per perdonarla, no?»

«Hai ragione, hai ragione. Sono stato uno sciocco a non pensarci subito. Va bene, ti ringrazio del consiglio. Quando arrivo a Madrid, prima cosa faccio cercare Olga a Barcellona. Il guaio è che non mi ricordo il suo cognome...»

Mentiva, naturalmente. Ma, con un accento trionfale e che suonò oggettivamente beffardo per lo sconvolto Eugenio, Alberti quasi gridò:

«Aspetta... me lo ricordo io! Ce l'ho qui sulla punta della lingua! Ah, sì! Jovànovich, Olga Jovànovich!»

Contrariamente a ciò che temeva, Eugenio non fu infelice a Madrid. Si accorse subito di amare Madrid, amarla visceratamente per la sua aria pura e ventilata di montagna, perché è su un altipiano, per la sua grandezza di capitale di un impero, e perché – a differenza delle altre capitali, come Londra e come Parigi la cui grandezza imperiale pretende di appartenere ancora all'oggi mentre è soltanto di ieri – quella di Madrid appartiene all'altroieri e, quindi, è già poetica. Si accorse di amare Madrid e non soffrì mai la solitudine. Gli piaceva l'aria, gli piacevano le case, le strade, la gente per le strade, il cibo, il vino, il Prado, e, vicino al Prado, l'Hotel Ritz dove stava. E gli piaceva anche il lavoro che a maggio, a giugno, a luglio e agosto fu tutto in funzione del liber, tutto lavoro da tavolino: dedicato esclusivamente a scegliere i trenta raccontini e a scrivere i relativi sommari di 32 righe ciascuno, ma corredandoli, com'era convenuto, con le foto dei relativi attori o attrici, grandissime super-stars appartenenti a tutte le nazioni del mondo: anzi, per ciascun personaggio, era riuscito a proporre due o tre, e in ogni caso almeno due, candidati, in modo che fosse più facile ottenere il permesso di pubblicare, senza pagarla o al limite anche pagandola, una buona fotografia. El liber di Felicìn, infatti, era presentato come il documento pubblicitario di trenta films di prossima programmazione televisiva, con 99 super-stars, ma accuratamente Felicìn aveva evitato di pubblicare sul liber il nome di quale TV si trattava, e la data in cui sarebbero apparsi sul video. C'era, si capisce, la possibilità che, nel frattempo, qualcuna delle stars passasse a miglior vita: e per questo Felicìn escludeva metodicamente le stars più anziane, ma poi, fino all'ultimo, c'era sempre la possibilità di sostituzioni. E era stato proprio Felicìn a esigere che Eugenio cominciasse coi testi: perché ci fosse il tempo di farli tradurre il meglio possibile in tutte le relative diverse lingue, compreso il cinese, il giapponese, l'arabo e l'indù.

Con il primo di settembre, Eugenio passò alla realizzazione delle dieci Sibille nuove, inventate, e dei nuovi, inventati Profeti, che ancora mancavano. Cominciò con le Sibille: era difficile trovare dieci spagnole che non sfigurassero troppo se si confrontavano con quelle girate a Roma: ma insomma, anche questo problema fu risolto: gagliarde basche, spiritose galleghe, deliziose castigliane, impetuose catalane, affascinanti andaluse, irresistibili aragonesi... completarono vittoriosamente la serie e Eugenio girò la quindicesima Sibilla, quella appunto di Saragozza, il giorno 15 di settembre, un martedì. Gli restava, adesso, un mese esatto per trovare e girare gli otto Profeti. Orbene, quello stesso giorno, Felicìn arrivò con un altro pacco di foto. Non era una novità. Ogni due o tre giorni era lì con pacchi di Profeti, che Eugenio scrupoloso esaminava e inesorabile bocciava.

«Questa volta, non mi dirai di no! Ho fatto una scoperta prodigiosa. Guarda qui. Sono dei cantanti, todos baritonos! Cantano le famose Habaneras.»

«Tante grazie! Io ho bisogno di otto giganti! Cosa me ne frega che siano cantanti?»

«Ma sono, anche, giganti. Guardali!»

«No.»

«Perché no? Sei assurdo.»

«Perché tanto non andranno bene. E tu lo sai.»

«So che sei, te lo ripeto, assurdo.»

«Ma non capisci che io, ormai, sogno soltanto di finire, e di volare a Parigi, prendere questo ultimo Concorde, in tre ore trovarmi a Washington, e quattro ore dopo da mia moglie e dai miei nipotini, a Los Angeles! Va be', fammi vedere.»

Restò sbalordito. A gruppi o separati, in pose ridicole o terrificanti, ma tutti muscolosi, imponenti come dimensioni, vivaci, simpatici, con un'aria strafottente di lavoratori, marinai, popolani.

«Chi sono? dove diavolo stanno? Vorrei vederli subito.»

«Guarda: solo dalle foto, li ho contati, sono centoventisette. Ma ce ne sono degli altri.»

«E dove sono? Andiamo subito dove sono, maledizione. Io sono pronto. Vieni con me?»

«Certo, partiamo stasera, con l'ultimo volo.»

«Volo? Perché? Sono lontani?»

«No, un'ora di volo, nemmeno. A Barcellona. Sono tutti scaricatori del porto di Barcellona. Un po' come i Camalli del porto di Genova. O piuttosto come i Camalli di una volta, quando era necessario essere giganti. Perché adesso ci sono i containers, e si carica e scarica con le gru elettroniche. Ma a Barcellona si vede che vanno ancora all'antica, cantano ancora le Habaneras, quindi sono anche un po' attori, in qualche modo sanno recitare!»

E Felicìn si voltò verso il suo autista che lo seguiva sempre:

«Telefona subito al Ritz, al portiere, fissa due posti con l'ultimo volo di stanotte per Barcellona!»

Il destino, dunque, aveva voluto che questo maledetto viaggio, incominciato da Eugenio con un sogno, finisse con una realtà, senza redenzione.

Atterrò con Felicìn all'aeroporto di Barcellona poco prima della mezzanotte del 15 settembre. Quando sarebbe ripartito? Come sarebbe ripartito? E poi, sarebbe ripartito?

Presero alloggio al Majestic sul Paseo de Gracia, quel grande e lunghissimo viale che attraversa tutta Barcellona, e dove, come Fifth Avenue a New York, Piccadilly a Londra, Les Champs

Elysées a Parigi, pare che si finisca sempre per incontrare *tutti quanti*, come al Giudizio Universale. E Eugenio, appena sceso dal taxi, nell'entrare al Majestic, prima ancora di infilare la porta girevole, cominciò a guardarsi in giro come se ci fosse pericolo d'incontrare Olga da un momento all'altro.

Felicìn aveva la camera al terzo piano. Eugenio al quinto: rimasto solo nell'ascensore davanti a uno specchio, si trovò faccia a faccia con se stesso e si sorprese paurosamente invecchiato. Come mai? Forse perché stanco del viaggio? O forse perché dall'attimo in cui, qualche ora prima, a Madrid, aveva udito la parola *Barcellona*, il cuore batteva più rapido?

Appena in camera, tornò a guardarsi con accanimento nello specchio del bagno. Presto urtò in una calma improvvisa: nella possibilità di una risata. Bisognava smettere di angosciarsi a quel modo! Anche se la incontrava, era probabile che Olga fosse invecchiata più di lui. Forse era il caso di contarci. L'importante era superare i giorni di Barcellona: le quattro ultime settimane di lavoro che gli rimanevano. Ora, nulla poteva aiutarlo come quella triste speranza, quella fiducia malinconica nel ridicolo!

I Camalli di Barcellona, gli scaricatori del porto, i Todos Baritonos, lo distrassero, lo divertirono. Affascinato dalla loro chiassosa allegria e dallo straordinario entusiasmo con cui lavoravano, non gli fu difficile affascinarli a sua volta. Finì di girare le scene degli otto Profeti con anticipo sulla data stabilita del 15 ottobre. Ma purtroppo dovette attendere a Barcellona fino alla mattina di venerdì 9 per vedere con Felicìn la proiezione delle ultime riprese. E la sera di giovedì 8, prima di coricarsi, fu attratto dal verde brillante dei due volumoni, l'elenco telefonico della città.

Se li era fatti portare in camera fino dal primo giorno. Ogni sera li aveva guardati con l'idea di consultarli e sempre, sebbene indugiando e esitando, vi aveva rinunciato. Quell'ultima sera la tentazione era quasi irresistibile. E il rischio era limitato a poche ore. Alla fine, per troncare quella estrema sofferenza, caricò la sua decisione di un auspicio: se poi non trovo quel nome, vorrà dire che tutto andrà bene, che non avrò più niente da temere! Si sdraiò a pancia sotto sul letto. Cercò, pazientemente sfogliando, nella lettera J.

No. Nessun Jovànovich.

Era la solita ora per chiamare Los Angeles. Eugenio, felice, annunziò che la sera del giovedì di lì a otto sarebbe, quasi con assoluta certezza, arrivato a casa. E Irma, stavolta, aveva una novità da contargli. Alla piccola Jill, un dente che le balla. Ma anche quello era un buon auspicio, no?

Ebbene, la mattina dopo, accadde qualcosa che non andava. Al laboratorio avevano scioperato, non si poteva vedere la proiezione se non il pomeriggio tardi, verso le sei o le sette.

«Pazienza» disse Felicìn «partiremo per Parigi con il volo di mezzanotte.»

Eugenio pensò che c'era ancora una difficoltà: l'ultimissima: come passare tutta la mattina del venerdì. A Barcellona non si va mai a tavola prima delle due. Non era possibile restare a letto fino a quell'ora. E fu, così, una sfida: la sfida estrema tra se stesso e il destino: in fondo, Eugenio se l'era sempre detto che avrebbe dovuto affrontarla.

Rimase a letto più che poté. Lentissimamente, impiegò le ore tra le otto e le undici a fare le valigie. E alle undici precise, come a un comando a cui sapeva di dovere obbedire, uscì coraggiosamente sul Paseo de Gracia.

L'avrebbe percorso tutto intero, a piedi: un esercizio corroborante, anche se pericoloso, doppiamente pericoloso perché aveva deciso – faceva parte della sfida! el Paseo de Gracia proprio in quelle ore è sempre pieno di gente – aveva deciso di percorrerlo due volte: dal Majestic alla Plaza de Catalunya, e viceversa, un'altra volta tutto quanto, dalla Plaza de Catalunya al Majestic.

C'era un bel sole, e quell'aria tiepida, quel venticello, che invitava a passeggiare e che sembrava prolungare l'estate catalana indefinitamente.

L'andata fu niente, uno scherzo. Eugenio sapeva che sarebbe stato così. Tutto sarebbe successo al ritorno. Soltanto quella, il ritorno fino al Majestic, sarebbe stata la vera prova. Certo, si era guardato attorno anche all'andata, ma senza preoccuparsi, senza soffrire. Ecco, nell'andata, più che guardare, si era lasciato guardare: anche se vecchio, anche se ormai più bianco che grigio, Olga lo avrebbe riconosciuto subito: come sempre nella buona stagione non aveva il cappello.

La sfida cominciò al ritorno. Olga, ne era sicuro, gli sarebbe andata incontro senza nemmeno vederlo di lontano: e chi può dire? tutto era possibile, magari Olga, stranamente, miracolosamente, gli sarebbe apparsa identica a come era quindici anni prima: con il suo casco lucido alla Louise Brooks, col suo musetto sciocco e furbo, con il suo sorriso imbronciato. Non riusciva a immaginarsela diversa. Nel soave tepore ottobrino, nel sole della vita, Olga gli avrebbe detto "Professore! Sapevo che lei era qui!".

E allora lui "Ma perché non mi hai cercato?". E lei "Credevo tutto fosse finito tra noi due!". E allora, allora, che cosa le avrebbe detto Eugenio? Mah. Forse, con la massima possibile tranquillità "Certo, che tutto è finito. Ma... ma forse, si potrebbe provare ancora una volta... una sola".

Continuava a camminare tra la folla, nel sole. Continuava a camminare di buon passo, e a guardare come cercando, avanti, di scoprirla per primo. Sì, per primo avrebbe voluto scoprirla... Anche per essere preparato a accettarla diversa, invecchiata troppo, in fondo la cosa più probabile era appunto questa... Ma avrebbe voluto vederla per primo: lo spaventava, ecco, lo spaventava sentirsi chiamare da lei!

Non accadde niente di simile a ciò che era accaduto quella notte a Roma, sul viale del Re: non vide mai, tra tutte le donne, tutte le ragazze che lo incrociavano e perfino sfioravano, e neppure di lontano gli apparve qualcuna che potesse essere scambiata per lei. Eppure Olga era lì, non l'aveva ancora incontrata, ma era lì, in quel momento, lì tra la folla, sul Paseo de Gracia.

Ecco, già il Majestic era in vista. Già, poco più avanti, si annunciava *la Pedrera*, lo spettrale, funebre palazzo di Gaudí y Cornet coi suoi enormi buchi neri, coi suoi mostruosi catafalchi di granito...

Questo era il segno! si disse Eugenio. Sento che Olga è qui. Davanti a me non la vedo. Dunque sarà alle mie spalle! Si fermò. Tremando, e sicuro di vedersela a due passi, si voltò.

Tanta altra gente, tante altre persone, donne uomini gli passavano accanto da una parte e dall'altra come un torrente che gli scorreva contro.

Tutto a un tratto, raccolse le sue forze, provò a pensare che forse Olga poteva non essere lì: fuggì, quasi di corsa si infilò nella porta girevole e appena nella hall tirò un grande sospiro di sollievo: come quando attraverso i vetri aveva visto quella dello spolverino rosso, dentro il bar, al telefono, che era un'altra persona.

E tutto, ancora una volta, si risolse in un paralogismo: dato che non l'ho incontrata e anche se ignoro che cosa incontrandola avrei fatto... sono contento e basta.

A Parigi, al Crillon, pochi giorni furono più che sufficienti a sistemare, di piena armonia tra Eugenio e la Pepfel, la liquidazione di ogni rapporto residuo. Peppino li aveva raggiunti anche perché aveva in programma di fare una puntata a Mexico, affari suoi personali, e voleva, al solito, parlare prima con il suo amico, l'ambasciatore del Brasile a Washington. Aveva già fissato il volo sullo stesso Concorde 15 ottobre che Eugenio aveva prenotato per il suo ritorno.

All'ultimo momento, con grande gioia di Eugenio, Felicìn aveva persuaso Peppino a cambiare tutto e tornare senz'altro a Madrid. C'era da vagliare immediatamente un'offerta, molto vantaggiosa per la Pepfel: un'industria tipografica spagnola era pronta a stampare *Il Giudizio Universale di Michelangelo*, in tutte e dieci le diverse lingue. Per la prima volta Peppino si rese conto che il libro, anzi el liber come diceva sempre Felicìn, poteva essere davvero un colpo formidabile: il fatturato previsto superava un miliardo di dollari! «Quando te lo dicevo io? *Il faut travailler sur les pauvres!*» gridò Felicìn con in mano i fogli del preventivo. Il prezzo medio di ogni volumetto era soltanto un dollaro! Appunto l'offerta delle tipografie spagnole permetteva alla Pepfel di contenere il costo del volumetto in quella cifra ridicola.

Eugene Kramer, quando salì sul Concorde a mezzogiorno del 15 ottobre 1987, era di buon umore: gli spettavano, ogni copia del liber, cinque centesimi di dollaro. Aveva fatto il conto, era più del doppio di tutto quanto l'avventura del suo antico soggetto gli aveva reso fino allora. Valeva la pena, no? E pensare che Irma, di questo, non ne sapeva ancora niente. I guadagni, sia pure soltanto eventuali, appartengono a argomenti di cui è più prudente non parlare al telefono. Ma poteva lo stesso annunziarle che era già sul Concorde: e quando, sparita all'orizzonte la rocciosa costa bretone, vide che si volava sull'Atlantico, si avvicinò a una hostess per chiederle se si poteva telefonare. Era una gentile, asettica giapponese:

«Sì, certo, ma dipende dove vuole telefonare. Forse l'anno venturo dal Concorde si potrà telefonare anche in Europa, per adesso, si può soltanto chiamare numeri degli Stati Uniti.»

La giapponesina parlava inglese con un forte, quasi esagerato accento di New York. Senza dubbio era americana di nazionalità. Eugenio le diede il numero di casa sua, a Beverly Hills, L.A., e tornò al suo posto.

Poco dopo si sentì chiamare in francese: «Monsieur Kramèr?...» e una ragazza alta, bionda, con un viso dai lineamenti squisitamente preraffaelliti, gli porse un biglietto: «Voilà, vous aurez votre communication avec Beverly Hills dans dix minutes...».

Angélique non era mai stata così bella: in quei mesi, da gennaio a ottobre, sembrava ringiovanita. Era in pieno fiore. Ma Eugenio, che nella prima traversata non aveva prestato nessuna attenzione al panegirico tessuto da Peppino intorno alla fotogenia di Angélique, non si accorse di lei, non si accorse di niente: forse era troppo commosso nell'imminenza della telefonata. Nessun fremito arcano poté, dunque, avvertire Eugenio della misteriosa scintilla amorosa che sbadatamente aveva messo in moto le turbine della nascente Pepfel.

Dieci minuti dopo, appunto come aveva detto Angélique, Eugenio parlava con Irma:

«Sono sul Concorde, stasera ci vediamo, come va?»

«Benissimo, a Jill è caduto il dente.»

«Ha pianto?»

«No, niente. E poi, avevo pronto il regalo...»

«Il regalo?»

«Ma sì, non lo sai? Eppure dovresti saperlo. Il primo dente che i bambini perdono, porta fortuna. Ma bisogna fare un regalo...»

«Non lo sapevo.»

«Ma sì che l'hai sempre saputo. Solo che non ti ricordi mai, tu, di queste cose. Il regalo che si fa, è sempre un regalo di soldi. Ma soldi veri. Monete.»

«E tu, come hai fatto, allora?»

«Avevo già comprato, apposta, un sacchetto di pelle, come quelli dei cow-boys nei film, ma piccolo, quasi in miniatura. Un sacchetto che si chiude con lo spago, attraverso dei buchini.»

«E dentro, che cosa ci hai messo?»

«Cinque monete da cinque dollari ciascuna. Dollari d'argento, si capisce. Di quelli di una volta.»

«Ma saranno troppo grandi! Non entrano nel sacchetto...»

«C'entrano giusto giusto.»

«Meno male. E lei è contenta?»

«Felice! Figurati che ieri sera il sacchetto, lo aveva nascosto sotto il cuscino. E stamattina, quando si è svegliata, lo stringeva ancora, con la manina.»

«E tu che cosa le hai detto?»

«Che i soldi d'argento portano fortuna, che non bisogna spenderli mai...»

«E lei allora?»

«Allora lei mi ha detto che quando sarà grande vuole andare a cavallo, con il sacchetto alla cintura, come i cow-boys!»

Firenze, 22 febbraio 1987

Indice

«El Paseo de Gracia»
di Mario Soldati
Oscar scrittori moderni
Arnoldo Mondadori Editore

Questo volume è stato stampato
presso Mondadori Printing S.p.A.
Stabilimento NSM - Cles (TN)
Stampato in Italia - Printed in Italy